HET GENOEGEN VAN E

Anne Enright

Het genoegen van Eliza Lynch

Vertaling Piet Verhagen

2003
DE BEZIGE BIJ
AMSTERDAM

Deze vertaling is tot stand gekomen
met financiële steun van ILE
(Ireland Literature Exchange), Dublin, Ierland.

Oorspronkelijke titel *The Pleasure of Eliza Lynch*
Oorspronkelijke uitgever Jonathan Cape, Londen
Omslagontwerp Brigitte Slangen
Foto auteur Martin Murphy
Vormgeving binnenwerk Adriaan de Jonge, Amsterdam
Druk Hooiberg, Epe
ISBN 90 234 1007 6
NUR 302

Voor Martin

Dit is het verhaal van hoe ze hem eigenhandig begroef,
op de hellingen van de Cerro Corá.

Een vis

PARIJS, MAART 1854

Op een prachtige lentedag in Parijs in 1854 stak Francisco Solano López zijn penis in Eliza Lynch. Ze bevonden zich in een huis in de rue Saint-Sulpice, een oude straat waar voorbijgangers steevast in een staat van aangename verbeelding doorheen liepen. In het voorjaar van 1854 was verbeelding een overbodige luxe toen Francisco Solano López zijn penis in Eliza Lynch stak en weer terugtrok, twintig maal in totaal. Dat was een aanzienlijk aantal keren voor Francisco Solano López, maar iets aan Eliza Lynch stelde de gebruikelijke vloed van genot even uit. Iets aan Eliza Lynch stemde hem tot nadenken.

Buiten kwinkeleerden de vogels, ruisten de bomen, ratelden rijtuigen. Binnen was het hemelbed bekleed met turquoise, de reusachtige, bollende hemel boven hen ingesnoerd tot een zijden tuitje dat een spiegelbeeld was van de aanvallige navel van Eliza Lynch eronder.

Afgezien van het prachtige bed bezat ze niets. Een kistje van knoestig notenhout stond in een hoek geschoven, een vergulde klok tikte op een schoorsteenmantel van ordinaire steen, een simpele tafel van ingelegd tulpenboomhout torste een beeld van de gegeselde Christus. Het bed niet meegeteld was het vertrek vrijwel leeg. Maar het bed was overrompelend, een kamer binnen de kamer – een paleis waar over de zacht verende vloer een lachende López dichter op de lachende Eliza Lynch kroop om zich nog grondiger met haar te verenigen.

Wat zonder verder omhaal gebeurde.

Veel mensen zouden op termijn spijt van dit moment krijgen. Iedereen zou er spijt van krijgen, zou je kunnen zeggen – maar niet de twee betrokkenen, Francisco López en Eliza Lynch, *Il Mariscal* en *La Lincha*, Paco en Liz. Nu al onecht. Ze waren het soort mensen dat verhalen aantrok – en niet te vergeten vooroordelen, geruchten, leugens, razernij. De tijd zou het hele kluwen in een knoop leggen; de geschiedenis zou hem gordiaans maken. De details zijn onontwarbaar. Maar van één ding kunnen we zeker zijn: er vond een versmelting van organen plaats en wel in het voorjaar in de rue Saint-Sulpice.

Paco en Liz, lachend op het bed. Mme Lynch die zwijgend opblikt naar de zwijgend neerblikkende señor López. Het hoertje uit County Cork dat zich naar het turquoise keert, terwijl de kleine mesties hem erin schuift. Het was een moment dat de schuld van naties in zich concentreerde, alsof alles hier begonnen was. En er begón ook iets – er bestaat zoiets als een begin – maar wat? Maar wat?

Ze werden minnaars. In horlepijptempo, in marstempo, in twintig maten gingen ze van vreemden naar de rest van hun leven. En ze wisten het. De geluksvogels!

Buiten tjilpten de vogels zich in slaap, terwijl zijn huurpaard in zijn haver blies en de koetsier snurkte. De klok op de schoorsteenmantel stond op middernacht, of op vijf uur 's middags. De klok op de schoorsteenmantel stond stil. En het enige wat je kon horen was het zuigen en blazen van zijn adem.

Wie was hij? Hij was de rechtmatige erfgenaam van Paraguay, een land waar niemand ooit van gehoord had. Wie was Eliza? Zij was volledig zichzelf. Hij was naar haar huis gekomen om zijn Frans te verbeteren – zei hij althans. De woorden die hij die avond leerde, waren 'ruitenheer', 'schoppenvrouw', 'slag'. Hij leerde het Frans voor klootzakken en vervolgens voor truffels, varkenssnuit en tong. Plus een zinnetje: ‘Als ik win, zul je me niet aardig vinden.’ Na welke plezante gekheid ze naar bed gingen.

O Eliza. Zij sprak in feite een heleboel talen: ze stoeide in het Frans, trouwde in het Engels en at in het Iers van de keuken van haar jeugd. Ze kende schoollatijn en badplaatsduits, maar van nu af aan was haar noodlot Spaans, en ze zou sterven in het Guarani, dat wil zeggen vergeten. De minnaar in haar hoofd sprak Russisch, op fluistertoon. De duivel in haar hoofd sprak Portugees.

En dus stak Francisco zijn penis, *son pene*, *su pene*, in dat naamloze deel van Eliza. Hij duwde het ding dat hetzelfde heet in het Engels, het Frans en het Spaans in een deel van Eliza Lynch dat in alle talen obsceen is.

Een:

Hij was rijk.

Twee:

Hij was steenrijk.

Hij had die dag zeventig paar met zilver beslagen laarzen besteld – waarschijnlijk met verhoogde binnenzolen want hij was klein, je kon niet ontkennen dat hij piepklein was, maar hij was ongelooflijk rijk en dus moest zij, uitgestrekt onder hem, fantastisch zijn.

Drie:

Ze hield zich rustig.

Schreeuwen was niet op zijn plaats. Als dit hoogst overrompelende binnendringen haar al verbaasde, mocht dat uitsluitend blijken uit een licht rijzen van de wenkbrauwen, een zwellen van haar gemangelde mond; haar voorhoofd gehuld in een peinzend soort sereniteit, alsof de vraag – hoe die ook luidde – zichzelf beantwoordde.

Vier:

Er viel niet te zeggen hoeveel tijd hij nodig zou hebben.

Zijn haar rook naar seringen en paarden. Zijn adem rook naar bederf. De hals van zijn overhemd was ongeduldig opengerukt en een smerige leren beurs tikte tegen haar borst. Geld? Nee – zijn geld zat opgevouwen in de schacht van zijn laarzen geschoven. Gigantische bedragen. Een wolk van papier dwarrelde neer toen hij ze achteloos op de grond gooide. Daarna zijn korte militaire jasje, bestikt met gouden tressen, en stram en topzwaar van de opmerkelijke epauletten. Waarna zijn broek. Zijn benen erg dik en knoestig. De slippen van zijn hemd tot op zijn knieën.

Zij droeg haar saffieren. En een peignoir van achteloos afgegooide zijde. Die vloeide over haar armen en stroomde onder haar, als water.

Vijf:

Haar lippen werden vaneen gedrukt.

Ze moest zijn eerste vrouw in weken zijn. In Parijs zouden de hoeren hem natuurlijk uitlachen – daarom betaalde hij zoveel. Cora Pearl met haar zweep. Of Dolores in Café Anglais met haar diamanten en bloedhoest. Want ze liepen allemaal op hun laatste benen. De dood in de slaapkamer en opnieuw de dood aan de kaarttafel, waar ze zijn zakken zouden lichten, slag na slag. Hier is de idioot uit de koloniën, mag ik u voorstellen aan... M. le Duc de nog-iets wat hij niet zou verstaan. Een kwal van een Duitse bankier. Een hoer met diamanten in haar kapsel die aanschoof om te kijken. En als hij haar probeerde aan te raken, lachte ze hem in zijn gezicht uit. Zwijgend kaarten ze verder. De inzetten stijgen. De hoer vergaat het lachen. Hoger en hoger en hoger.

Zes:

Hij wierp zijn hoofd naar achteren.

Ze zou hem kunnen bijten. Ze zou op zijn onderlip kunnen kauwen, ware het niet dat hij zo uit zijn bek stonk. Toen hij haar ontvangkamer binnen kwam, kon je hem bij de deur ruiken. Geen idee waar hij moest zitten of hoe hij moest staan, tot ze zijn hoed in haar eigen handen nam en zei, heel ongedwongen, dat hij hem naast zich moest neerleggen, hier op de grond. Zo deed men dat in Parijs, zei ze, die rare Fransen, ze lieten hun hoed op de grond liggen, zodat iedereen hun naam kon zien, die in vergulde letters op de band stond – de eerste weken in de stad was ze er heilig van overtuigd geweest dat iedereen Ruget heette, wat de naam van de hoedenmaker was. Ze lachte. Tralala. Toen zweeg ze en verhief zich met een ruis van zijde, alsof de aanblik van zijn schoot haar even beduusd maakte.

Simpel.

Ze schoof het overhemd met ruwe vingers langs zijn rug omhoog.

Zeven:

Ze kromde haar eigen rug en zei: 'O.'

Iedereen zou een minnaar moeten nemen om te leren hoe te zuchten en wanneer zich om te draaien. Dat was een investering. Iedereen zou één keer lief moeten hebben; een andere manier om te leren was er niet. Eliza had aanvallig, hopeloos lief willen hebben, maar ze had lief als slecht weer. En maar één keer. Haar ogen sluiten en denken dat hij het was, was zinloos. Je ogen sluiten en denken was zinloos. Maar toen ze het toch deed, zag ze heel even López' hoofd boven zich, zijn ogen gloeiende kolen, zijn hersens witheet, zijn haar zwarte vlammen. Ze deed ze snel weer open en was blij vlees te zien. Alleen vlees. Buiten vergat Francine zoals altijd het vuur in te rekenen voor 's morgens.

Acht:

Wie telde?

Zij telde. De eerste man in Parijs, de tweede man in Parijs, twee mannen in Algerije, een man in Folkestone, Kent. Buiten ruimde Francine de kaarttafel op, terwijl López, boven haar, zijn adem inhield. Stilte. De klok op de schoorsteenmantel stond stil. Ze telde ze voor zichzelf. De man van wie ze de saffieren gekregen had, de man van wie ze het bed gekregen had. Twee mannen in Algerije, een man in Folkestone, Kent. Soms steeg de herinnering aan hen op zoals een geur op kan stijgen als je een bloem plet. Telkens als hij zich terugtrok een naam naar boven gebracht – Raspail, Quatrefages, Misha, Bennett– en in haar geramd.

Negen:

'Als ik win,' zei ze, 'zul je me niet aardig vinden.'

Hij spreidde zijn kaarten omgekeerd uit op de tafel en keek haar aan. Een goede hand. Een uitstekende hand. Hij pakte de hartenaas en begon er met zijn mesje het hart uit te snijden.

'Ik heb de hand van keizerin Eugénie gekust,' zei hij. Hij beschreef de ring die ze droeg – een saffier met diamanten in de vorm van een fleur de lis boven nog meer diamanten en een parel.

Keizer Napoleon had een lintje op zijn borst gespeld. Had een arm om zijn schouders geslagen en hem persoonlijk naar de deur gebracht. Langs de enfilade hadden dertig lakeien voorgewend de broederlijke kus bij het afscheid niet gezien te hebben – van man tot man, soldaat tot soldaat, natie tot natie.

Daarna gooide hij de harteloze kaart naar haar toe, over het groene laken.

Dit was een man die niets nodig had.

Dit was een man die alles nodig had – zij het niet één bepaald ding, behalve, en dat onvoorwaardelijk, om in haar te zijn. Zoals nu.

Tien:

De kleermaker in de rue de Rougemont. Klein en kwiek als een jockey, met vurige, beweeglijke ogen. Ze zou hem aardig kunnen vinden. In een ander leven zou ze mogelijk op hem gevallen zijn. Hij nam haar op en wat hem betrof, leek hij te zeggen, was het twintig procent rente of haar. Ze rekende ter plekke af – vlijde zich tussen de zijde en de andere stoffen, nog met een spoel Brugse kant in haar hand. De kant kostte, in arbeid uitgedrukt, een week per meter. Daar dacht ze over na – hoe lang een oud Vlaams wijf erover zou doen om een chique manchet te maken, een hele jurk, en bij de gedachte aan dat oude wijf kwamen bijna de tranen. Ze keek naar de zijkant van zijn hoofd en haar hand klemde zich vaster om de houten spoel. Ze zag zijn bloed op de geklopte zijde; ze zag zwart bloed in het bombazijn trekken. Na afloop vroeg ze hem naar de jurken, en hij – even open in zijn liefde voor schering en inslag als gesloten in zijn liefde (een grommer, een grimasser) – leidde haar het vertrek rond en vree haar op met stoffen. *Nankin, taffetas, piqué, foulard.* En zo kreeg ze, op de pof, van alles vijf stuks, morgen, middag en avond. Voor ondergoed moest ze zelf zorgen. Ze bezat niets, niet eens de peignoir waarin ze sliep. Ze was nog geen negentien en leefde als een gravin – op de pof.

Het geld! Het geld! Het liep door haar handen als water. Ze probeerde het te vangen, vast te houden; graaide in plaats daarvan naar zijn nek, of zijn keel, of zijn mond.

Elf:

Zijn haar rook naar Seringen Vegetal van Pinaud. Zijn

hemd rook schoon. Ze zou rijk zijn. Ze zou een *calèche* hebben, net als Cora Pearl, de Engelse hoer die haar hondje blauw had geverfd om bij haar jurk te laten kleuren. Een man zei dat haar parels vals waren – ze trok de draad kapot en liet ze vallen. Eén ruk en de parels gleden van de draad en spetterden over de grond. Wie raapte ze op? De parels die in hoekjes rolden, onder tafels en kleine tête-à-têtes buitelden. Welke edele jongeman wachtte bij de deur en bleef zwijgend achter, liet zich vervolgens op zijn knieën vallen en scharrelde over het Turkse tapijt om ze op te rapen? Eliza's adem stokte. Het blauwe hondje, de met hemelsblauw zeemleer beklede calèche. Ze zou andere gordijnen voor haar fabelachtige bed moeten vinden, want blauw was Cora Pearl. Een uitgemergelde man die ze een keer gezien had; zijn benen ver uit elkaar, zijn ding bungelend in de ruimte. Dik en sappig. Eliza slaakte een kreet. Ze had geprobeerd braaf te zijn, had braaf wíllen zijn, maar de gordijnen hadden haar een maand neuken gekost en ze waren veel te blauw, en de parels spatten alle kanten uit en rolden over de grond.

Twaalf:

O. Haar stem in de kamer. Een huivering in het afhangende vlees van zijn gezicht, zijn ogen achter de gesloten oogleden alsof hij iets groots en breekbaars door een piepklein gaatje wilde persen – maar alleen als hij het kon vinden. Het zat ergens midden in zijn hoofd, en ze wilde hem kussen, hem helpen het te vinden. Een man die hij een keer gezien had, meegesleurd door een paard; de botten staken uit zijn totaal verwoeste rug. De man keek hem aan alsof al dat gedoe hem verveelde, zei hij. Daarna ietwat verstrooid. Daarna dood.

Ze kroop snel van hem weg, haar ogen star.

Dertien:

Ze waren er nog steeds. Ze hadden hun sporen in haar achtergelaten. De man die niet kon komen en nog niet kon komen en haar sloeg om vol te kunnen houden en haar bekaf maakte met zijn gezwoeg. De man die na afloop zijn mond afveegde – hij pakte een hoek van haar jurk en veegde zijn mond af – en allebei haar borsten een tik gaf alvorens de saffieren neer te leggen. De kleermaker die zich met zijn slimme oogjes dicht tegen haar aan drukte, zijn hoofd vol van iets wat hem voortdurend ontglipte. En Misha die wegging – de rekeningen onbetaald, de lakens nog omgewoeld op het bed. Misha in zijn huzarenjasje, die zei dat hij meer van haar hield dan van zijn paard, die zoveel van haar hield dat hij wilde sterven – die zei: open je ogen, open je ogen en dood me, en toen ze haar ogen opendeed, zag ze hem op haar neerkijken met zo'n alledaagse en harde blik dat zijn ogen van hout leken. En vóór Misha – Quatrefages, wiens vochtige buik aan haar rug kleefde, die op hun huwelijksnacht zei dat ze ermee door zou kunnen als ze haar hemd aanhield. Quatrefages, die louter een dekmantel was voor Raspail, die haar in alle mogelijke posities wrong en van wie ze zich alleen maar zijn handen herinnerde. Raspail een vriend van Bennett, die de eerste was. Bennett de arts die een medicijn toediende. Bennett die zei: 'Wees maar niet bang, liefje, en als je wel bang bent moet je schreeuwen.' Meneer Bennett met zijn dunne glimlachje tot zijn ogen wegrolden in zijn hoofd en je alleen nog maar wit zag. Ze dacht dat ze hem gedood had. Hij glimlachte alsof hij haar ingewanden heel fijn en nuttig vond, en toen barstte hij plotseling voor haar ogen open en spoten er gruwels, gruwels uit. Ze was ervan overtuigd dat ze hem gedood had, meneer Bennett, de vriend van haar vader. Op dit moment doodde ze hem ook. Ze doodde ze allemaal. De bedman, de jurkman, de man die zijn mond afveegde, Misha haar minnaar, Raspail haar meester, Xavier haar echtgenoot, meneer Bennett, haar vaders vriend. Ze doodde ze in Parijs, Algiers, Kent – en meneer Bennett overal. Ze doodde Bennett in Mallow, waar hij nooit geweest was, en Bennett in die kamer in Bordeaux, en Bennett die haar hierheen gevolgd was, want hij was nog steeds in haar, tussen haar benen en achter haar ribben, kloppend, kloppend om te ontsnappen. Elke keer dat hij zich in haar ramde. Daartussenin klampte ze zich aan hem vast. En doodde hen een voor een.

Veertien:

Haar rijtuig zou helemaal zwart zijn: chinalak, afgewerkt met ebbenhout, bekleed met robbenhuid, de ramen dunne schijven lavaglas, de kussens zwarte zijde, doorregen met gitten knoopjes. Hoog en gesloten – Eliza's koets was de duurste schaduw ooit geworpen. Ze gebruikte hem om te ontsnappen. Ze mende hem over de lichamen van haar gewezen geliefden. Ze hotste ermee over hun borst en benen, hobbeldebobbeldebob. Steeds sneller.

Er was natuurlijk meer. Bijvoorbeeld het gevoel van schuivend weefsel op de huid, van stromend bloed op de huid, en de handen van andere mensen. En de smaak, niet alleen van de kwartels die ze die avond genoten hadden, maar van elke maaltijd die ze ooit vergeten waren. En nu werd dat alles als in een gigantische doek bij elkaar geraapt – Eliza en Francisco onderin en hun levens die tuimelend op hen af rolden: het geluid van een piano, een lied dat ze allebei kenden, de diverse geuren van thuis. Het verleden dat ze meebrachten naar dit bed werd niet – hoe kon het ook? – bevolkt door Franse keizers en Engelse hoeren; dat was enkel het vel. Veeleer hadden ze bij zich: de schimmige kring rijstpoeder op Eliza's toilettafel of de onverwachte schoonheid van de handen van zijn lijfknecht – de geur van groenteschillen, zijn lievelingszadel, een poel waar ze als kind in gezwommen had. En ten slotte zichzelf: het landschap van zijn schouders toen hij zijn hoofd naar het hare liet zakken, het netwerk van aders op haar blanke borst. Al deze dingen vluchtig, of bijna, gezien. Al deze dingen zwellend in hun hoofd, een onmogelijk grote bel. En als de bel barst, regent het geen piano's, lijfknechten, zadels, minnaars, spirea, zijde; als hij barst zijn hun hoofden (plop!) leeg. Hoop. Het gevoel, heel simpel, van hem-in-haar-zij-om-hem, het gevoel van vlees dat zijde wordt, van zijde die spier wordt, en alles! alles! te willen, omdat ze gereduceerd zijn tot niets en bang zijn erdoor vernietigd te worden – door de teveelheid van hem en de teveelheid van haar. Vandaar:

Vijftien:

Plop! Niets.

Zestien:

Leeg.

Zeventien:

Niets. Niets. Niets.

Achttien:

Alles.

Negentien:

Alles!

Twintig:

En een klein beetje... meer.

Op dit moment liet de man zich gewoonlijk van haar af rollen en ging op zoek naar zijn laarzen, maar zij bleven liggen en streelden elkaar. Hij betastte haar halssnoer – had dat hem misschien even afgeleid? Zij streelde het vlees van zijn rug – zo netjes ingepakt. Ze begon te lachen. Ze hadden zichzelf verbaasd. Hij stak een hand uit en pakte een fles ietwat lauwe champagne van de grond.

'Mijn vader,' begon hij. Hij praatte over Paraguay, het land waar niemand ooit van gehoord had, een spoorweg die hij ging bouwen, klikklak klikketieklak over haar maag en tussen haar borsten tot hij boem! tegen haar neus botste.

In Londen, vertelde hij haar, was hij in zijn eerste trein gestapt. Negenendertig adviseurs, honderddrie koffers en een retourtje Brighton. Wat een jonge idioot was hij. De stad buiten de raampjes leek eindeloos. Valera, zijn adjudant, weigerde zijn pet van zijn schoot te nemen, zijn knieën preuts tegen elkaar gedrukt, de woorden bestorven in zijn mond. Engeland, dat ellendige land – ze waren zo goed in dit soort dingen. Hij keerde terug naar zijn kamers in Londen en elke dag werd er een nieuwe tekening uitgerold en met iets verzwaard op zijn bureau uitgespreid, kwam een nieuwe ingenieur dit aanzicht of dat spanningspunt onder zijn aandacht brengen. Een schip – de Tacuarí – dat op ditzelfde moment in het droogdok in Limehouse gebouwd werd. Plannen voor een arsenaal, een spoorweg. Bovenal spoorwegen. Eliza kon het zich niet voorstellen, maar Francisco's vader kwam nooit buiten Paraguay. De dictator vóór hem, de eerste, Francia, kwam nooit zijn slaapkamer uit. En nu was hij in Europa, elk uur pratend met andere mannen, die hij met een blik in dienst nam, die beroerde Britten, immens beleefd en onbehouwen, jezuïeten stuk voor stuk. Hij zei tegen hen: Zie je het voor je? Zie je het voor je? Het aanslibsel van het Paranábekken, de sinaasappelbossen, de werkwillige mannen, een land met gevoel. Zie je het voor je? Een land dat je zal verslinden en van je zal houden en je zal inlijven. We zullen staal over haar borst borduren.

Nee, zei hij. Ze moest meekomen en ze leren hun hoeden op de grond te leggen in de koele salons van Asunción. Maar serieus, hij werd omringd door idioten; ze moest op zijn minst mee tot Rome.

Eliza hief haar handen en liet haar vingers over de turquoise gordijnen glijden en toonde de huid van haar onderarm met zijn verbazende, exotische rode haartjes.

'Roma!' zei ze.

En zo begon het. Het staatsiebezoek aan Madrid, waar ze in het hotel op hem wachtte, terwijl hij aan het hof van Isabella werd geïntroduceerd en hem toen hij ziedend terugkwam, troostte tussen twee lakens die ooit aan Napoleon hadden toebehoord.

'Waar heb je ze vandaan?' vroeg hij, terwijl hij over het geborduurde keizerlijke bijtje streek. 'O, Buonaparte,' zei hij, en begroef zijn gezicht.

De reis naar Rome, waar ze hem in bed uit de Baedeker voorlas, porselein kocht, voor gastvrouw speelde, menu's uitzocht, een Nederlandse makelaar op zijn knie klopte, lachte om de woordspelingen van een Venetiaanse miljonair, flirtte met de bisschop die toevallig betrokken was bij de Vaticaanse bank (maar niet, zoals de kranten van Buenos Aires schreven, bij een orgie voor de paus).

De Krim, een strategisch tochtje waarop Eliza een picknick gaf op een heuvel, zittend in hun koets en omringd door andere koetsen, waarvan sommige inzittenden het waagden uit te stappen. Ze zou nooit vergeten wat ze die dag at, de streling ervan op haar tong, terwijl ze door haar lorgnet honderd Misha's in hun huzarenjasjes hun ledematen zag riskeren en verliezen, of simpelweg van hun paard zag glijden en onder de voet gelopen zag worden. Ze kon zich met volmaakte simpelheid de droogheid van de kip herinneren, het honingglazuur op zijn koude, rimpelige vlees, het knerpen van vet op bot, het bruisen van champagne; terwijl beneden het geweervuur knetterde.

Overal waar López ging, trapte hij de deur dicht en beminde haar, op bedden, vloeren, chaises longues, stukjes gazon. Overal waar Eliza ging, waren jurken, pasbeurten, patronen, ruches, laatdunkende gebaren. Weer terug in Parijs bezochten ze Les Invalides en Napoleons graf, waar López huilde en zei dat hij hetzelfde, precies hetzelfde graf zou bouwen, steen voor steen, in Asunción. Zoals hij het zei, klonk het als een uitnodiging.

Ze bleven in Parijs, wachtend op het gereedkomen van hun schip (want er was nu geen twijfel meer over mogelijk: het was ook háár schip). En toen alle Britse spoorwegwerkers en ingenieurs en ijzersmelters aan boord waren, stuurden ze hun bagage naar Bordeaux om zich daar in te schepen.

Toen vrijwel alles gekocht en ingepakt was en van vrijwel iedereen afscheid was genomen, ging Eliza met vier adjudanten en haar dienstmeid Francine naar de kleermaker in de rue de Rougemont. Ze ging voor de gelegenheid gekleed in een Poolse pellies van merinoscrêpe met zeven hoogst simpele ruches van opaline. Wat opviel aan haar was haar parasol, een stok van zuiver kristal en een geweven monogram in elk kanten paneel. Ze keek de kleermaker in de ogen; ze keek naar de inhoud van zijn broek. Ze dronk zijn *café au lait*, luisterde quasi-aandachtig naar zijn raad, liet hem al zijn balen stof uitrollen en vertrok. De volgende dag stuurde ze adjudant Valera, die met het gebrekkige Frans, terug om haar rekening te betalen.

En iedere nacht, zwijgend nu, kuste ze hem in het donker. Alle lichamen, alle monden smolten weg als zij en López probeerden af te maken wat die eerste nacht begonnen was.

La Irlandesa, Il Mariscal. Wat die eerste nacht begonnen was, was een oorlog – dat wisten ze allebei. Wat die nacht begonnen was... liefde misschien. Een gevoel van diepe rust en vreemde dromen. Een pril ontwaken. Een besef dat niets klopte, of dat alles afschuwelijk was. Een onverhoedse honger. Een huivering over haar armen, kippenvel. Een gevoel dat iemand de wereld had weggenomen en vervangen door een andere wereld die er precies hetzelfde uitzag. En met dit alles kwam weerzin – van de geur van López, van hem zien eten en van het voedsel op haar eigen bord. Een afkeer van reizen, hoewel ze moest reizen. Een verandering in haar ogen. Een verre blik, alsof ze naar haar eigen bloed luisterde. U raadde het al. Wat die nacht begonnen was, was een kind.

Diep in Eliza had een toekomst zich ingegraven en genesteld. Een piepklein visje, een dringende, despotische aanwezigheid. Toen ze het ontdekte, zaten ze in Rome. Tegen de tijd dat ze normaal gesproken haar *bondon* regelde, zat ze tot over haar oren in Vaticaanse bankiers en Frans porselein. Bovendien sprak Francine geen Italiaans – ze kon moeilijk naar een apotheker gaan en mimen.

En dus groeide het.

Maar dit was nog van de toekomst. Vooralsnog liggen Eliza en Francisco op het bed, zwelgend in heerlijke uitputting. En gedurende de eerstvolgende paar weken ontdekt ze zoals iedere pas zwangere vrouw dat ze iedereen tot tranen toe bemint en dat het leven goed is.

DEEL I

De rivier

Een meloen

DECEMBER 1854, RÍO PARANÁ

Vandaag vroeg ik opnieuw hoe de vogel heette, maar Miltón haalde zijn schouders op. De *alma perdida*, zegt kapitein Thompson, een van de over-amoureuze Engelsen die een poosje in de wildernis hier of hieromtrent heeft doorgebracht. *Alma perdida* betekent verdoolde ziel. Een plotselinge beweging in de takken, maar als ik opkijk zie ik niets. Op het moment dat je iets hoort in het woud, is het alweer weg. Toch worden we overal achtervolgd door zijn melodieuze, immer dalende kreet.

We zijn twee dagen uit Buenos Aires en niemand weet hoeveel dagen van Asunción. Een bastaardschip, half kanonneerboot, half pakketvaartuig en een gigantisch gevaarte – de Tacuarí. De hele reis van Bordeaux over de oceaan rolden we heen en weer vanwege zijn te geringe diepgang, terwijl die nu weer te groot is om de vaargeul in de rivier te vinden. Miltón staat in de boeg alsof het een kano is. Hij gooit zijn lijn overboord en haalt hem weer binnen, zich van tijd tot tijd omdraaiend om naar de loods te fluiten. Hij kent de rivier, maar welke bewoner op deze oevers heeft ooit een schip gezien als het onze? Hij moet zeker denken dat hij een soort kathedraal naar huis manoeuvreert.

Hoewel, als ik in die donkere ogen kijk, weet ik niet wat deze mensen wel of niet geloven; niet eens of ze wel net zo'n ziel hebben als wij – verdoold of niet. Er is zo veel begroeiing overal. Als dit volk al iets gelooft, denkt het waarschijnlijk dat de duivel een groente is en God een prachtige grote boom.

De lucht is zo zwaar en warm dat ik niet weet of ik ademhaal of verdrink. Ik lig lekker loom op het dek en zuig hem naar binnen. De rivier is zo breed als een open meer. Als we dichter bij de oever komen, leunen de bomen naar ons toe, waanzinnig stil, vol guirlandes en kruipend gedierte: de immense, bedrijvige, steeds wisselende stilte van het woud. Ik snuif zijn geur op en bedenk dat de kans niet denkbeeldig is dat ik ontspruit, of verrot: dat een plant wortel zal schieten in mijn hoofd. Hij zal beter bloeien dan een hoed.

Mijn eigen geur heeft ook een onkiese verandering ondergaan. Hij is licht en moeilijk te omschrijven; de geur van gras in de zon, van iets groens en groeiends, bijvoorbeeld mijn zwellende buik. En onder mijn oksels – vanwege de hitte, denk ik – een vleugje schimmel.

Mijn buik is enorm. Ze hebben me opgehangen in het voorschip, als een gigantische teek. Ik ga helemaal schuil onder de lagen neteldoek die ze om me heen gedrapeerd hebben. Als we varen, wat zeldzaam is, is het briesje verkoelend. Miltón staat op één voet, leunend tegen een paal, zijn vrije hand boven zijn ogen om ze tegen de brandende zon te beschermen. Hij negeert me bedreven. Het licht speelt met zijn botten, vreet aan zijn silhouet tot hij enkel nog een handvol dunne, los met elkaar verbonden lijnen is, zich aftekenend tegen een zee van glinster.

Een van de zeelui schijnt blind geworden te zijn van het licht. Het water, zo alledaags en niets van dichtbij, is een warreling van briljanten van verre. Een gevaarlijk stofje. Zelfs met mijn ogen dicht kan ik het zien. Miltón zit bij de versufte zeeman, maakt een paar scheuren in een breed rietblad, wikkelt het blad voor 's mans ogen en knoopt het achter zijn hoofd vast. De zeeman kijkt door de spleten. Hij is sprakeloos van de pijn. Iets aan het tafereel bevalt me. Zijn lelijke, zinnelijke gezicht, zijn gewaste paardenstaart en die blinddoek van groen. Het is net alsof hij iets anders geworden is; een willekeurig samenstel van delen. Menselijk, dierlijk, plantaardig.

Miltón rookt. En in de kleine bootjes die voorbijdrijven worden kippen omhoog gereikt in ruil voor tabak. Ze blijven om te roken, allemaal, en rollen de bladeren tussen hun handpalmen, dobberend in de schaduw van de Tacuarí. De vrouwen houden hun kinderen de geïmproviseerde sigaretten voor, terwijl de mannen zich uitstrekken en overal buiten blijven. Ze zijn allemaal gezond en ontspannen. Soms klinkt er gelach in de schaduw.

Vanavond laat ik alle kaarsen in de armluchter rechtbuigen. Zacht geworden in de hitte nijgen ze traag naar de grond, zodat de luchter net een soort open bloem is. Als ze aangestoken zijn, probeer ik een gesprek op gang te brengen. Rivieretiquette, simpel en ongeaffecteerd. We zitten bij elkaar zoals alle reizigers – onze positie in de wereld vergeten. Señor López heeft cognac. Meneer Whytehead, de Schotse ingenieur, heeft een zwak gekregen voor *yerba mate*, een smerig brouwsel dat ze hier uit een kalebas zuigen, maar dat hij even smakelijk vindt als thee. Dokter Stewart, mijn arts-verloskundige, drinkt de scherpe plaatselijke alcohol. En omdat meneer Whytehead vanwege vage religieuze gewetensbezwaren weigert te kaarten neemt de meid Francine zijn plaats in voor een onschuldig potje rummy. Ze neemt haar kans waar en drinkt een glas van mijn champagne, riviergekoeld – dat wil zeggen, warm.

Ik vraag señor López naar de inlanders en hun geloof. Hij antwoordt dat hij zelf een inlander is en inderdaad, het is waar, hij gelooft nergens in. Waarop ik me geroepen voel om te lachen. Hij slikt zijn cognac vanavond niet door, maar spuugt hem in een schaal die ik voor hem op een bijtafeltje heb gezet. Voor zijn tanden, zegt hij. De lucht in de kleine hut is bezwangerd van alcoholdamp. 'Nergens in?' vraag ik. 'Zelfs niet in de liefde?' Galant pakt hij mijn hand en drukt er een kus op. En plotseling is Parijs heel ver weg.

Meneer Whytehead vertelt een oerwoudverhaal over een Française die op wonderbare wijze gevonden werd na met haar metgezellen tussen de bomen verdwaald te zijn. Ene Mme Godin des Odonez, wier echtgenoot betrokken was bij een groot meetproject ergens ten noorden of westen van ons. Zijn vrouw reisde hem na via een zijrivier van de machtige Amazone, vergezeld door zeven anderen, onder wie twee vrouwen. Op de derde dag namen de inlandse roeiers de benen en lieten het gezelschap aan hun lot over. Bij toeval vonden ze een andere gids, die ziek in een hutje op de oever lag, maar die viel in de rivier en verdronk toen hij probeerde een hoed uit het water te vissen. Kort daarop kapseisde de kano en ging al hun proviand verloren. Drie van de mannen gingen op zoek naar een plaats waar ze vlakbij meenden te zijn en kwamen niet terug. De rest – Mme Godin, haar twee broers en twee vrouwen – improviseerde een vlot, dat stuksloeg op de rotsen, en toen de dichte vegetatie het hun onmogelijk maakte de rivieroever te blijven volgen, trokken ze het oerwoud in. Ze verdwaalden, raakten buiten zinnen en gingen een voor een dood. Mme Godin, die als door een wonder uit haar bezwijming ontwaakte, trok de schoenen van de voeten van haar dode broer en strompelde verder, niet wetend waarheen. Met gescheurde kleren, halfnaakt (hier kon hij niet nalaten een snelle blik op mij te werpen) en opengereten door kruipers en doorns stuitte ze toevallig op een rivier – wie weet dezelfde – waar precies op dat moment twee door de Goddelijke Voorzienigheid gezonden indianen in een kano voorbijvoeren.

Terwijl hij vertelt, worden de kaarsen zacht en buigen langzaam naar buiten. De vlammetjes bewaren hun ontspannen, hoopvolle houding en dan – het moment van crisis – zie ik ze even slinken tot een lichtend puntje en weer opvlammen, omhoog likkend langs de talg, ondersteboven nu. De ingenieur zuigt het laatste restje vocht in de droesem van zijn maté naar binnen en we luisteren naar de nacht.

Uiteraard is dit alles jaren geleden gebeurd – hij is een Jantje Secuur en geeft ons het exacte jaartal. Ik zeg dat het moeilijk in te denken is dat die enorme bomen weken en maanden hebben, zoals wij; het enige wat zij kennen is weer een dag en nog een dag en daarna weer een dag. Inderdaad, zegt hij. Acht van die oerdagen lang zwierf ze alleen door de brullende wildernis, zich in leven houdend met bessen en vogeleieren, schreeuwend en zingend om de jaguar af te schrikken. Ze vertrok als jonge vrouw en toen ze terugkwam, was haar haar grijs geworden, diep grijs.

Ietwat voldaan houdt hij op en kijkt de hut rond. Ik zeg dat ze haar broer waarschijnlijk opgegeten had. Dat ze hem niet alleen zijn schoenen uittrok, maar ook een stuk van zijn been meenam. Ze sneed er een fikse ham af en gooide die over haar schouder om onderweg op te eten. Señor López stoot een harde schaterlach uit, geeft de ingenieur een klap tussen de schouderbladen en wij spelen nog een rondje rummy.

De manier waarop hij bij het woord 'halfnaakt' naar mij keek amuseert me. Hij is een man van uitglijers en blunders. Hij lekt. Hij kan er niets aan doen. Hij lijkt zo'n onbuigzaam, abstinent mannetje, maar ik voel zijn innerlijke hunkering om te zwichten en net zo te leven als andere mensen. Ook de dokter rolt met zijn waterige oogjes, zuchtend en steunend. Hij is gigantisch als we in zo'n klein hutje bij elkaar zitten. Toch, te midden van zo veel plompheid – zijn mond: klein en fraai gevormd.

Francine zegt, zomaar in het wilde weg, dat een moeder alleen maar in de ogen van haar pasgeboren baby hoeft te kijken om te geloven – wat precies kon ze niet zeggen. Alleen maar dat we oud zijn, dat we afstammen van een oeroud ras. Señor López kijkt naar de tafel en zijn ogen worden vochtig. Ze heft haar gezicht naar het licht en zegt dat we onze eerste weken doorbrengen met vergeten wie we zijn en vervolgens de hele rest van ons leven proberen ons dat weer te herinneren.

Dat is mooi gezegd van haar. Francine begon deze reis als een meid en zal aan het eind ervan een gezelschapsdame zijn. Zo gaan die dingen. 'En wat weet jij van pasgeboren baby's?' vraag ik, met een blik van verstandhouding naar de mannen. Waarop ze heel verstandig haar kaarten uitlegt en het spel verdergaat.

Dus ze heeft een kind gehad. Verbazend wat een reis allemaal aan het licht brengt. Arme Francine.

Maar nu, in het rivierdonker, gaan mijn gedachten naar de ongelukkige indiaan die lag te sterven – en plotseling door die reizigers (die engelen des doods) met hun exotische kleren uit zijn hutje geplukt werd. En uiteindelijk sterft hij toch, maar op een wonderbaarlijke manier, voor een hoed.

Uiteraard was de hoed belangrijk – een blanke zou doodgaan zonder hoed. Een blanke gíng ook dood zonder hoed.

Vanochtend verroer ik me niet, evenmin als de boot. Ik wordt gewekt door metalige klappen, gevolgd door het schielijk sissen van kolen die in de rivier tuimelen als de ketel wordt schoongemaakt. Fft. Ffft. Fft. Ik lig de hele morgen in de oven van onze luxehut. Door de open deur zie ik señor López druk doen, gespannen, verwoed in de weer. Hij ziet me niet. Hij rolt tekeningen uit op de tafel en roept zijn ingenieur, meneer Whytehead, zodat ik de deur dicht moet laten doen en me in het benauwde donker moet aankleden. Buiten treft het licht me als een baksteen. Mijn jurk verlept meteen. Het stijfsel begeeft het in de vochtige lucht en mijn rokken druipen finaal op de grond. En dus sleep ik ze over het dek, en kijkend naar niemand – aangezien niemand naar mij kijkt – ga ik in mijn gazen tent liggen en schommel.

Om twaalf uur hijst men een zeil om een zuchtje wind te vangen en laveren we van de ene oever van de enorme rivier naar de andere. Dan gaat het zuchtje weer liggen.

Iedereen hangt rond. De Engelsen – allerlei soorten spoorwegarbeiders, monteurs, mijnwerkers – vullen de boot met een dof delirium. Hun stemmen drijven op de hete lucht en vallen weer stil.

Ik vraag Miltón naar de naam van een boom op de oever – een mooie boom met een rode, bladderende bast. Hij lacht, wrijft vrolijk over zijn onderarm en zegt, geloof ik: 'Bleekgezichtsvel.'

's Middags laat ik Francine al mijn witte sluiers opbergen. Die vergroten de felheid van de zon en het gevaar van zonnebrand en sproeten. Bovendien zijn ze volgens mij schadelijk voor de ogen. Groen zou de enige kleur voor zomervoiles moeten zijn.

Sproetenwater – neem één druppel zoutzuur, een halve pint regenwater, een half theelepeltje lavendelolie; meng alles dooreen en dep de sproeten twee- of driemaal daags met een kemelsharen potlood.

Als dokter Stewart ons na het eten gezelschap komt houden, neem ik hem terzijde en vraag hem om zoutzuur. Hij zegt dat mijn huid waarschijnlijk reageert op mijn zwangerschap, maar dat citroenen misschien even effectief zouden zijn. Hij spreekt amper Frans en geen woord Spaans, zodat ik gedwongen ben me in het Engels met hem te onderhouden. Meneer Whytehead spreekt uiteraard alles, tot en met Zweeds.

En dus verzamelen we ons – mijn kleine groepje. Het is te heet om te kaarten. Afgezien van mijn sproeten lijkt er geen gespreksstof te zijn. Ik probeer Sebastopol. Ik roep herinneringen op aan Buenos Aires. Ik vraag me af of je in Asunción een tuin kunt hebben, en wat er zou groeien. Maar señor López brengt het gesprek telkens terug naar de situatie van de roerloze boot, de werking van zijn ingewanden, zijn ketels, verticaal of horizontaal, zijn taatsen, wat dat ook moge zijn. Ik heb geen vocabulaire voor dat soort zaken en laat het woord aan meneer Whytehead.

Ik verlang naar mijn piano, maar die zit diep in het ruim. Toen we over de Atlantische Oceaan zwalkten, hoorde ik soms een blikkerige dissonant, een gedempt *ploink* dat me het gevoel gaf dat een van mijn eigen hartzenuwen gesprongen was.

Maar we moeten muziek hebben, de boot is zo stil en de avond valt over ons alsof er nooit meer een nieuwe dag zal aanbreken. Ik laat de kapitein een muzikale zeeman optrommelen om het donker te verdrijven. De man houdt zijn pet in de hand en geeft een nederige, aanzwellende vertolking van 'Barbara Allen' ten beste.

O moeder, moeder maak mijn bed,
Dat ik me neerleg in mijn grief,
Heden stierf mijn schat voor mij –
Morgen sterf ik voor mijn lief.

Señor López overtroeft hem met iets verbijsterends in het Spaans en meneer Whytehead doet, overgehaald door mij, eindelijk zijn mond open – en wat eruit komt is tot onze verbazing een soepele, sonore tenor. Iedereen in de hut is vertederd. Hij zingt een kerstliedje. *'Quelle est cette odeur agréable, bergères, qui ravit tous nos sens?'* en geheel ongenodigd, *pro patria* zou je kunnen zeggen, draagt Francine de bovenstem bij.

Waarna het ijs definitief gebroken is. Señor López wil dat Whytehead met hem wedt over wanneer we in Asunción zullen zijn. Whytehead weigert. Alles wat hij doet, werkt ons nu op de lachspieren. Niemand kan zijn naam uitspreken en dat pikeert hem. Bijdragend aan de algehele vrolijkheid vraagt Francine hoe hij dan wel met zijn voornaam heet, en na enige aarzeling komt hij met de parel 'Keld'.

Dokter Stewart schraapt zijn keel – om een lach te onderdrukken, denk ik, maar dan vult hij onze kleine hut onverwacht met zijn bariton. Allesbehalve melodieus – maar hard, erg hard.

Het donker heeft ons opnieuw omringd.

Vanmiddag zei Francine dat haar moeder een vriend heeft – wiens genereuze aandacht ze nog steeds geniet op de leeftijd van... bijna vijfenveertig moet ze zijn. Geen onaardige man, zegt Francine. Hij komt elke middag om klokslag halfzes op bezoek. Haar moeder noemt hem altijd 'mijn lieve vriend' – aangezien het gebruik van zijn voornaam van weinig respect zou getuigen en zijn familienaam het soort intiem, formeel genoegen is dat alleen voor zijn echtgenote hoort te zijn weggelegd.

'Maar señor López is niet getrouwd,' zeg ik vrij scherp, en Francine doet er het zwijgen toe. Toch vind ik het best een grappig idee. Vanavond probeerde ik het uit op señor López. Ik zei:

'Mijn lieve vriend.' En hij zei:

'Ja?'

Wat wou ik ook alweer over vlinders zeggen? Ik zag een hele vlucht, verankerd aan het zand, vleugels flappend in de hitte en de wind. Een ervan was van een hoogst verbluffend helblauw. Sinds mijn vertrek uit Parijs heb ik nergens zo'n blauw gezien. En eromheen, als in een druk gesprek gewikkeld, vijftig andere vlinders van alle soorten en maten. Ze zaten op het zand en bewogen zich als dames in een tuin wier rokken, als ze openvielen, nog fraaier gekleurde onderrokken onthulden, een vleugje violet, een zwiep pioenrood, afgezet met zwart. Ze spreidden ze uit om te gaan zitten, speelden met hun waaiers en openden hun parasols in de zon.

Ik vroeg Miltón waarom ze op bepaalde plekken op de oever zo bij elkaar kropen. Hij schokschouderde, wat hem, vond ik, een hoogst komisch aanzien gaf. Hij zei dat ze neerstrijken waar een dier gepist heeft, of een man gepist heeft. Tenminste, ik geloof dat hij dat zei. Daarna rolde hij zijn tong uit zijn mond als om te likken.

En nu weet ik niet meer wat ik over vlinders wou zeggen. Ik heb de hele dag gelachen, maar het stemt me triest. Ik herinner me de salon van prinses Mathilde, het rijkste vertrek dat ik ooit betreden heb. En inderdaad, vrouwen als ik, nieuw in de stad, op een kluitje, trillend van opwinding als een rijk man zijn mond opendoet. En als hij vertrokken is, een algemeen gewapper van waaiers als we op zijn woorden neerstrijken en ons te goed doen.

'In ieder geval vechten ze niet,' zeg ik.

'Wat?'

'De vlinders. In ieder geval zijn ze mooi en vechten ze niet.'

'Genoeg pis, voor iedereen,' zegt hij.

De stilte is opnieuw oorverdovend. De baby beweegt in me en wordt weer rustig. Het rode haar van dokter Stewart verbleekt tot lichtbruin in de zon. Hij is overgestapt van rietsuikeralcohol naar een meer respectabele rum.

Vandaag een nieuw kruipbeest, uit het moeras. Señor López sprong vloekend van de matras. *Vinchucas*. Net kakkerlakken. Met een kwalijke reuk. Ik trek verschrikt mijn nachtjapon omhoog en vind meer beten. Honderden beten. Ze houden van blank vlees, zegt hij, en begint vervolgens zelf op me te kauwen. En mijn bloed is ook lekkerder nu. Elk kruipend, vliegend beest kan mijn buik van mijlenver ruiken. Ze vliegen onder mijn rokken en eten. Ik draag Francine op ze te verwijderen voordat ik mijn directoire aantrek en ze wordt op dolkomische, gruwelijke wijze onder de lagen stof begraven. Mijn lieve vriend schreeuwt als hij het ziet en kletst op zijn dij. Hier geniet hij het meest van, overdag.

Ik heb Miltón voor eigen gebruik gerekwireerd om de

muggen buiten mijn provisorische zomerhuisje in het voorschip te houden. En de *jejenes* – kleine, duivelse beestjes. Hun beet gaat snel over, tenzij je eraan krabt, maar de eerste paar minuten zijn een uitgesproken marteling. Miltóns benen zitten vol verbleekte bulten, maar ik heb hem nog nooit zien krabben, tenzij in een verstrooid moment. Hij schijnt er geen last van te hebben. Ik heb zelfs jeuk aan mijn nagels. Ik wil in de rivier springen tot het water zich boven me sluit. Maar in het water zitten ook dingen (om nog maar te zwijgen van de Engelse beesten op het dek) die me tegenhouden, de vleesetende piranha's, die de zeelui met veel gespat en geschreeuw van zich afhouden als ze in de rivier zwemmen, en nog erger, de *rana*, met zó'n lange angel, zegt señor López, die een wond maakt die verbijsterend pijnlijk is en uiterst langzaam geneest.

Nog steeds geen wind.

Ik vraag Miltón de vogels voor me te benoemen. Eerst doet hij dat in zijn eigen taal, een verzameling keelklanken die me aan Gaelisch doet denken en vervolgens, na enig nadenken, in het Spaans. De *membei*, een piepklein papegaaitje met blauwe vleugels. De *mainumby* (de *picaflor* in het Spaans), een snorrend, minuscuul juweel van een vogeltje met iriserende veren. De *tuca*, een sterke, slimme vogel, die ik een keer over zag vliegen met een enorme banaan overlangs in zijn snavel. Een mooie gier, of misschien een valk, die geen Spaanse naam heeft, de *karakara*. Waarom? Omdat hij karakarakarakara roept, gevolgd door rrrrrrrrrrp!

We hebben al een hele lijst als ik zelf ook twee vogels ontwaar – van een bijzondere pluimage: Francine die over het dek wandelt, heel vriendschappelijk keuvelend met onze eigen meneer Whytehead. Francine helemaal in het groen als een kleine parkiet – de ingenieur in zijn geklede jas en hoge hoed, helemaal de ekster (of zeemeeuw!).

Mijn handen zijn gezwollen. Ik kan de ring die señor López in Madrid voor me gekocht heeft niet dragen en word de hele dag achtervolgd door de gedachte dat ik hem op de een of andere manier overboord heb laten vallen, of zelfs dat ik hem persoonlijk over de reling heb gegooid. Ik herinner het me bijna, de zachte plons. Ik stuur Francine naar binnen om mijn reisjuwelenkistje te controleren, en daar ligt hij veilig bewaard, wat ik natuurlijk al wist. Toch zie ik hem nog steeds in het water zakken, tot grote verbazing van de vissen. Ik zie hem omkantelen en in het grijze slib van de rivierbodem zinken. Ik denk dat het misschien in mijn slaap is gebeurd, dat ik 's nachts geslaapwandeld heb en de ring zonder het te weten overboord heb laten vallen.

Die middag roep ik Francine naar binnen. Ik laat haar al mijn koffers uitpakken en pak pen en papier. Ik wil geen gezoek meer als we in Asunción zijn. Ze moet weten welke handschoenen-laarsjes-parasol en ze onder handbereik hebben. Ik ben doodmoe van het beschrijven en dus heb ik een andere methode bedacht, namelijk elk toilet een naam geven, bijvoorbeeld:

De Diana: een jachtkostuum van ribfluweel in twee tinten koper, tablier van doffe, goudkleurige pluche, bijpassend zeemleren gilet, chic strohoedje met bos herfstbladeren en bessen, hoewel ik denk dat het allemaal te zwaar is om in deze hitte te dragen en vrees dat ik allemaal verkeerde kleren heb meegebracht. Hoewel het soms koel is, 's morgens als het mist.

De *Chère Amie*: een uitgaanstoilet in lila *barège* met drie diepe oplegsels, afgezet met blauw gegaufreerd lint aan de pols, grijze satijnen laarsjes met elastieken zijkant: de beau monde mag dan misschien niet veel voorstellen, maar señor López heeft twee levende zusters en een moeder bij wie ik toch mijn opwachting zal moeten maken. Hij zegt dat ze op hem lijken. Dat kan ik me niet voorstellen.

De *Impératrice*: een baljurk in de stijl van Eugénie, onderrok van rozenrood satijn, bovenrok met lussen in framboise, blauw gevlamd kamelot. Handschoenen, laarsjes, *sortie de bal*, in het blauw, hoewel ik geloof dat wit ook zou kunnen. Te dragen met opalen voor mindere gelegenheden of, als señor López het toestaat, met mijn saffieren. Hij heeft gedreigd ze in zee te gooien en ze te vervangen door diamanten, die hij hier goedkoper kan krijgen, hoewel ik me, als ik naar het woud kijk, niet kan indenken dat daar diamanten te vinden zijn, of goud – alleen maar paddestoelen.

Terwijl ik thee drink, komt señor López ons hutje binnen en begint met dingen te smijten – op de voet gevolgd door zijn *valet de chambre*, die met zijn handen zwaait en in tranen uitbarst. De man huilt echt. Een mager kereltje met veel te veel olie in zijn haar. Hij loopt de hut uit naar de reling, waar hij bijna jankt als een wolf. Volgens mij trekt de olie de insecten aan en ik vraag Francine om hem dat te gaan vertellen. Ze geeft me een hoogst impertinente blik, als om te zeggen: 'Ik, met een knecht praten?'

Maar er moet iets gebeuren. Señor López is een ramp met vesten. 's Morgens gaat hij blij met zijn spiegelbeeld naar buiten, denkt vervolgens dat de mannen hem uitlachen en stroopt het vermaledijde ding af. Het resultaat: een roestbruin zijden jacquardvest, compleet met horlogezakje en ketting, weggefrommeld onder een of ander scheepsaffuit of affluit of tralala. Dan windt hij zich opnieuw op, want hij is natuurlijk apetrots op dit roestbruine zijden jacquardvest dat nu bedorven is, en dus stuur ik Francine eropuit om het te redden, strijk het eigenhandig glad en zeg dat het geen zin heeft om rijk te zijn als je niet weet wat geld is. Waar hij om moet lachen. Hij zegt: Als je weet wat geld is, ben je niet rijk.

Maar zo simpel ligt het niet en om het simpel te maken neem ik de kleffe lijfknecht zelf apart en draag hem op alleen maar karamel en blauw klaar te leggen en het vleien aan mij over te laten. En ook om zijn haar te wassen met azijn. Hij beeft enigszins terwijl we praten.

Ik bedenk dat Francine waarschijnlijk graag een *echtgenote* zou zijn. Ik breek me al sinds Frankrijk het hoofd over haar. Tijdens de gruweltocht over de Atlantische Oceaan kon ze me soms alleen maar komen helpen door op handen en voeten naar me toe te kruipen, zich vastklampend aan de vastgespijkerde poten van de tafel en vervolgens aan die van het bed. Dan keek ik naar haar en vroeg ik me af wat ze hier in vredesnaam deed. Wat ze aan de overkant van de oceaan zocht. Wat ze achtergelaten had.

Misschien heeft ze dromen. Ja, ik ben tot de conclusie gekomen dat Francine *pit* heeft. Natuurlijk is ze ook dol op mij, zoals ik vreselijk dol ben op haar. En bovendien weet ze alles van mij af en dus moet ik aardig tegen haar zijn. Dat meisje heeft haar trucjes met de paplepel binnengekregen – al vanaf haar vijfde jaar bewaarde ze geheimen en bezorgde ze *billet-doux*. Je zou bijna denken dat ze van het podium in de Bouffes gevallen is; afgezien van haar gezicht, dat heel simpel en ernstig is en een elegant verdriet uitstraalt.

Dus ze heeft een baby achtergelaten, levend of dood. En vóór zich ziet ze... een echtgenoot – een echte. Zo respectabel.

Ze werd naar me toe gestuurd door Dolores, de Spaanse, die haar te knap vond. Maar ze beschreef haar wel als proper en intelligent en wereldwijs. Ik besloot haar Francine te noemen, voor mijn Franse avonturen. Misschien zou ik haar nu moeten omdopen: tot Speranza of Mercedes.

Ik roep haar bij me. Ik vertel dat dit de dingen zijn die ze als echtgenote moet weten, me bijgebracht door juffrouw Miller, de Engelse lerares in de school voor jonge meisjes van Mme Hubert in Bordeaux en opgezocht in haar kleine boekje, waarin ze, zie ik nu, op het schutblad geschreven heeft: 'Voor Eliza – die het ver zal schoppen in de wereld.' (De bladzijden rotten een beetje in de hitte.)

Ze mag niet! iemand aan blijven kijken, vooral niet als het een heer betreft, en niet om zich heen kijken tijdens meer algemene gesprekken, niet heen en weer schuiven op haar stoel of een lichaamsdeel vasthouden als ze praat, bijvoorbeeld een oor of een elleboog, of haar hand op enig onderdeel van haar gesprekspartner leggen, bijvoorbeeld hun kraag of een knoop. Ze mag niet haar benen over elkaar slaan of haar voeten uitsteken om naar haar muiltjes te kijken, of zich zelfgenoegzaam bewonderen in een spiegel, of op enigerlei wijze haar juwelen, kapsel of zakdoekje schikken. Ze moet haar omslagdoek met gracieuze nonchalance op een tafel gooien en niet inzitten over een hoed die ze zojuist heeft afgezet, etc., etc. Ook mag ze niet overmatig veel lachen of voortdurend met haar waaier spelen.

En het tegenovergestelde, zei ik, als ze een hoer wilde zijn. Maar wederom het tegenovergestelde, dus hetzelfde, als ze een *grande horizontale* wilde worden. We doen wat voorbereidend werk met een waaier, tot wederzijdse hilariteit.

Ik sla het boek dicht.

Dezelfde mej. Miller die toen ik die ellendige school verliet tegen me zei: ‘Jij loopt zeker een ziekte op,’ en de deur achter me dichtsmeet. Adieu, mej. Miller.

Francine zegt dat meneer Whytehead de zoon van een scheepskaarsenmaker is, wat betekent dat hij de zoon van een niemendal is. Bovendien is zijn vader dood. Een feit dat ons bijzonder vermakelijk voorkomt. Ik zeg dat ik niet weet wat voor kansen zich in Asunción zullen voordoen, maar dat ze waarschijnlijk het best bij mij kan blijven.

Het schip heeft gevaren. De hele dag! De bomen links van ons hebben plaatsgemaakt voor een eindeloos moeras van groen en grijs. En het smakken en kletsen van de grote schoepen klinkt iel en flauwtjes in zijn echoloze leegheid.

Vanavond hebben we geen bezoek. Mijn lieve vriend vertelt me spookverhalen waarin alle spoken dieren zijn. Een ding dat de *ou-ou* wordt genoemd, op een schaap lijkt en jaagt in roedels. ‘Ou! Ou!’ zegt hij. Een waterslang met de kop van een hond – en ook wellustig – die jankt en hijgt als een puppy.

Francine heeft mijn beten met kamille behandeld en dus schilferen en jeuken ze. Het is erg zwoel en benauwd. Het schip is vol bewegingen, zachte geluidjes, gekreun. En het kind in mijn buik schopt niet zozeer, maar klopt. Klopt niet zozeer, maar krabbelt.

Maar als we, pakweg, drie ensembles per dag af proberen te werken, zal dat de tijd tot Paraguay aardig vol maken.

Als een soort wraakneming voor het jacquardvest klaagt señor López over mijn strakke lacetten en wordt Francine aan het werk gezet om gaten in de zijkant van mijn korsetten te maken. Ze rijgt roze en blauwe linten door de nieuwe vetergaatjes om me te plezieren. Maar ze zijn geruïneerd. Ik zou me niet moeten hoeven aankleden. Ik zou binnen moeten mogen blijven en dat wil ik ook, alleen moet ik van dokter Stewart naar buiten, om te zweten.

Hij heeft me nog niet onderzocht. Niet één keer. Hij wordt geacht aan mijn voeten te knielen en zijn hand onder mijn rokken te steken en dingen te doen. Maar dat heeft hij niet gedaan. Telkens wanneer ik naar hem kijk, denk ik daaraan, en hijzelf denkt er ook aan, en soms vraagt hij als boetedoening:

'Schopt het nog steeds?'

'Ja, dokter.'

'Uitstekend.'

Mijn lieve vriend is ongeduldig. Hij gorgelt cognac en spuugt hem over de reling. Iedereen is ongeduldig en loopt met een grote boog om me heen. Ik breng ongeluk en ik ben traag. Ik doe ze aan te veel dingen denken – aan vrouwen. Aan de daad die de oorzaak is van mijn zwellen. Ik doe ze denken aan niet uitgekomen hoop en gedempte stemmen en dingen die misgaan in het holst van de nacht.

Toen ik zestien was, was ik geloof ik mooi. Maar dat is

drie jaar geleden. Nu is er iets met mijn gezicht gebeurd. Ik kan niet precies zeggen wat – maar de kleuren die horen te flatteren, flatteren niet en alles wat ik eraan doe werkt averechts. Ik wacht op het uitvallen van mijn haar, maar ik ben vergeten of dit voor of na de geboorte van de baby gebeurt.

Señor López zegt dat ik een vadsige oude in het zwart geklede doña moet worden, met een mond als een kippenaars. Ik moet kaal worden behalve op mijn bovenlip en mensen, vooral belangrijke mensen, rondcommanderen. En hij moet vrolijk worden, zeg ik, en rond, met een baby die aan zijn neus trekt en een tweede die zijn knie nat plast. Maar zijn gedachten zijn alweer elders en hij loopt naar buiten.

In Asunción zal ik een papegaai hebben, precies zoals de gezusters Clarke in Mallow. Een groene die *Erin Abú! Erin Abú!* riep. Ierland voor altijd!

Maar vanmiddag – vreemde avances. Miltón gebaart naar me terwijl ik in mijn *hamaca* lig. Hij staat over een kom pap gebogen, haalt er een brok uit en smeert die op zijn kniebroek. Ik heb er geen idee van waarom hij me dit wil laten zien, maar het is duidelijk voor mij bedoelt. Hij smeert de pap zorgvuldig op zijn zitvlak, komt dan naar me toe, tilt het neteldoek op en doet een aanval op mijn persoon, of, bij nader inzien, op mijn onderrokken, zijn handen nog steeds vol pap. Señor López snelt toe op mijn kreten en er ontstaat zo'n tumult dat ik bang ben mijn nieuwe vriend aan de rivier te verliezen. Hij snatert en jammert luidkeels en plotseling schiet señor López in de lach. Hij lacht tot hij moet gaan zitten en dat doet hij ook: met een smak op het dek, waarna hij met zijn hielen op de grond roffelt. (Terwijl ik intussen zo goed en zo kwaad als ik kan mijn waardigheid herstel.)

Een half uur later is de pap opgedroogd en zijn broek zo stijf als een plank. De vrouwen in die streek gebruiken pap als stijfsel en het effect is wonderbaarlijk. Francine doet een bestelling bij de kok en die avond zijn mijn rokken opnieuw anderhalve meter breed.

We kaarten – zonder geld, wat voor mij helemaal geen kaarten is. De sombere dokter Stewart en de godsdienstige meneer Whytehead, die nu over de schouder van de simpele meid Francine leunt om op een schoppendrie te wijzen. Señor spuugt cognac. Ik stuif en ruis en buig en zoef over het dek in mijn kastanjebruine moiré tot iedereen het warm krijgt, maar ik sla nergens acht op. Ik neem meneer Whytehead (die zijn talen uit boeken leert) in dienst om mijn Spaans in werkwoorden en deelwoorden onder te brengen en ik koketteer vreselijk en:

'Ben je jaloers, mijn lief?' vraag ik als ze allemaal weg zijn. 'Ik geloof dat je jaloers bent op mij en naar wie ik kijk.'

'O ja?' Hij kijkt hoogst verbaasd. Het begrip bedrog is hem vreemd. Daar is een vrouw niet voor. (Of misschien zou hij me simpelweg laten doodschieten!) Hij spreekt zijn fiat uit over de Spaanse lessen met Whytehead en dat geeft me de moed mijn geheime plan te onthullen – dat niets minder behelst dan het koppelen van de ingenieur en Francine.

'De meid?' vraagt hij.

'Als we in Paraguay zijn,' zeg ik, 'kan ze zijn wat ze wil.'

Maar ik heb me verrekend. Er hangt iets onbehaaglijks tussen ons in. Hij is naar buiten gegaan om te roken, hoewel ik zeg dat ik geen bezwaar heb tegen zijn sigaar.

Japonnen voor morgen:

De Bromvlieg: een pellies in de kleur die vliegenvleugel genoemd wordt, een zo donker grijs dat het zwart is. Tablier met een doffe, pauwblauwe glans. Te combineren met een zwarte kantparasol en, stel ik me voor, groene handschoenen.

De Medea: avondtoilet van bloedrood fluweel, onderrok roze *moiré antique*. Te dragen met diamanten, zodra ik die krijg.

De Lotto: toilet voor thuis in otterkleurige taffetas, afgezet met zwart zijden mos, met chemisette van oudroze organdie. Heel saai allemaal.

Een dronken dokter Stewart vertelt me dat hij een wees is. Dubbele tering. Het gebeurde toen hij zes was. Hij zegt dat hij zich niets van zijn moeder herinnert, zelfs niet de geur van haar rokken als hij op de grond knielde om zijn gebeden te doen.

Dat lijkt me een vreemde manier van je moeder vergeten. Ik zeg niets, behalve:

'U moet de baby controleren, dokter Stewart. Zodra u tijd hebt.'

Ik zal in het Engels schrijven, maar spreken zal ik het niet meer. Als ik hun eigen taal spreek, zullen ze dat alleen maar gebruiken om op me neer te kijken. Niet de dokter of de spoorweglui, die weten hoe de wereld in elkaar zit, maar de bemanning. Veertien mannen, hoofdzakelijk uit Londen – een uit Galway en die is het ergst – allemaal uitschot uit een of andere havenkroeg die de kapitein kent.

De kapitein geeft ze toestemming rum te drinken en vanavond dansen ze. Als wilden. Het schip trilt van hun stampende voeten, dingen vallen in het water en de tekst van hun liederen is onbeschrijflijk. Ik weet dat ze over mij zingen. Ik wou dat mijn lieve vriend ze morgen allemaal – of op zijn minst een van hen – afranselde. Ik wou dat hij dit schip, als bij toverslag, alleen bestuurde. En met me trouwde! Trouw met me, mijn lief. Ik moet het een keer zeggen. Ik moet het zeggen waar niemand het kan horen.

Maar we maakten een ochtendwandeling in de kille dageraad, de mist dicht en wit als een massieve muur die voor ons achteruitweek. Het was net alsof we alleen waren, op het schip, op de ronde aarde. Tijdens het varen buigt hij zich soms over de zoekende boeg van het schip, als om te zeggen: 'Morgen, Asunción.' En ik denk dat alleen hij, alleen hij, dit spookschip ter hand kan nemen en naar huis kan laten vliegen.

Onze Spaanse lessen beginnen en Francine is erg goedleers. Ze zit aan de kant te naaien, terwijl meneer Whytehead door het vertrek slentert en zich van tijd tot tijd over mijn kleine lessenaar buigt om iets op te schrijven. Hij weigert te gaan zitten. Ik geloof niet dat hij blijft staan om met zijn figuur te pronken. Hij heeft een goed lichaam, maar is niet ijdel. Hij is ook heel streng, wat me mal lijkt. Eerlijk gezegd heeft de les weinig nut voor haar, aangezien alles in het Engels gaat, hoewel we van tijd tot tijd door het Frans dartelen, omdat dat als taal dichterbij ligt. Maar ze zit er heel knap bij en tilt nu en dan haar hoofd op als om hem te *aanschouwen*. Het is een erg lieve, religieuze blik en in zeker opzicht ben ik best trots op haar.

Vanmiddag was er een incident: Miltón hield de zwaaiende hamaca vast, terwijl Francine mij erin lepelde en nam vervolgens zijn plaats in het voorschip in. Een zeeman (Goggins, geloof ik) sloop op hem af en gaf hem een welgemikte trap in de knieholten, zodat hij in elkaar zakte. Toen Miltón op de grond lag, gaf hij hem nog een trap, en Miltón rolde zich op en slaakte een soort zucht, wat ik nu vreemd vind, zo stil als alles in zijn werk ging – en dit allemaal vlak voor mijn ogen. Ik schreeuw om hulp. Whytehead komt aanrennen en blijft besluiteloos staan. Ten slotte is het mijn lieve vriend die de mannen scheidt en hun de mantel uitveegt. Hij wendt zich naar mij in mijn hamaca, waar ik spartelend als een omgevallen insect probeer uit te komen. Ik moet vertalen – veel nors gemompel, iets over een inlandse vrouw die de zeeman voor zich had willen opeisen, tot Miltón het verhinderde. Hoe weet ik niet. Het is zo'n tengere jongen, hij kan volgens mij niet ouder dan veertien zijn. Maar hij bemoeide zich ermee en de vrouw, die tabak zocht, kon veilig van boord glippen.

Als ik uitvertaald ben, draaien ze zich om alsof ze zich schamen. Alsof iedereen zich schaamt, want alle mannen aan boord staan intussen in het voorschip. Het kind overweldigt me. Het draait zo woest dat ik weer moet gaan liggen. Mijn vriend roept om de dokter, en Francine en de zeelui verspreiden zich terwijl ik mezelf koelte toewuif met mijn waaier van gesteven kant, die in de zon weer stof wordt. Whytehead draait zich om en wil een buiging maken maar bedenkt zich als ik een baan neteldoek optil en weer laat vallen en hem in de ogen kijk.

Señor López zegt dat hij een man is met visie en volharding. Daar moet ik om glimlachen.

Vanavond zijn we alleen. Ik draag Miltón op voor onze deur te slapen. De kapitein heeft – omdat ze het nodig hebben, zegt hij – de rumtoelage van de zeelui verdriedubbeld en ze dansen tot ze de inlandse vrouw en alle vrouwen vergeten zijn en smijten hun flessen overboord.

Francine zeeft het rivierwater door twee lagen schoon linnen voordat ik het toesta mijn huid aan te raken, maar midden in de nacht voel ik een afschuwelijke drang om uit de lampetkan te drinken – de geur ervan heeft iets noodzakelijks. Net als de geur van makassarolie. De enige wijn die ik kan verdragen is champagne, en dan nog alleen omdat hij naar koekjes smaakt. Ze trekken hem aan touwen uit de rivier, zodat hij heel even koel is. Als de fles bijna op is, is hij vrijwel heet. Hete koekjeschampagne. Hij smaakt heerlijk. Hij smaakt als de hel zelf.

Ik weet niet of het aan de wereld ligt of aan mezelf. Ik weet niet wat het is – de wildernis, of het schip, of de baby – dat me zo'n vreemde voor mezelf maakt. Ik drink hete champagne en eet met woeste eetlust de laffe plaatselijke pap. Ik weet dat hij laf is, maar ik vind hem machtig interessant. En 's nachts word ik gek van de honger. Totaal radeloos. Ik kijk naar Francisco's been dat uit zijn hamaca hangt (hij is het geïnfesteerde bed ontvlucht) en bedenk dat ik behoefte heb aan vlees. Misschien zelfs dít vlees, het vlees van zijn dij. Ik heb zin om mijn tanden in hem te zetten zoals je in een meloen zou bijten.

Misschien heb ik behoefte aan meloen. Ik denk aan meloen, raak in de ban van meloen. Ik bijt in het goudgele vlees en voel de zaadjes glibberen in hun zalige franje. Is er ergens in dit godverlaten oord een plaats waar je een meloen kunt kopen of krijgen? Is er ergens een hut met een tuintje erachter waar een oude man planten opgebonden en bewaterd en tegen de zon beschermd heeft? En als hij me geen meloen wil geven? Als de oude man (ik zie hem in het donker voor me zijn hoofd schudden) nu eens zegt dat deze specifieke meloen niet rijp, of voor iemand anders bedoeld is? Deze meloen is voor zijn dochter of voor zijn zieke kleinkind – of dat deze meloen is geteeld in de grond waar zijn vrouw begraven ligt en dat hij onder geen beding opgegeten mag worden, aangezien het vlees ervan hetzelfde vlees is als dat van zijn vrouw? Ik zeg dat ik er geen bezwaar tegen heb zijn dode vrouw op te eten. Ik hef een steen die ik plotseling in mijn hand heb en sla hem op zijn ronde, domme schedel, die met een meloenachtig geluid opensplijt. Eerst houtachtig, dan dik en vochtig.

Na die hallucinatie kreun ik opnieuw van naamloze honger en begin door de hut te ijsberen. Ik sla een sjaal om en glip de deur uit, naar de buitenlucht, alsof daar misschien iets is wat mijn honger kan stillen, een stuk touw om op te zuigen, een laag teer om aan te pulken, gestold op de bodem van een emmer. Alsof daar inderdaad als bij toverslag een meloen zal liggen. De maan is op. Het dek is hobbelig van de lichamen van dronken, slapende zeelui die de hitte ontvlucht zijn. Het tafereel is stil en catastrofaal. Er is niets te eten. Ik leun tegen de deur, leg mijn handen plat tegen het hout en haal adem.

De zeelui hebben zeildoek over zich heen getrokken tegen de muggen. Ze zien eruit als meubilair in een afgesloten huis. Of doden die door spinnenwebben aan de grond geplakt zijn. Een van hen begint te mompelen, in zijn slaap denk ik, maar als ik naar de woorden luister, hoor ik het onzevader. Ik kan niet zien welke zeeman het is. Hij spreekt de woorden op een gesmoorde fluistertoon. 'En verlos ons van het kwade.' Hij is bijna klaar als ik hem zie, uitgestrekt op het dek. Hij kromt zijn rug in de nacht, alsof hij de maan zijn buik offreert.

Die ochtend zeg ik tegen mijn lieve vriend dat ik een kannibaal begin te worden. Hij kijkt me vorsend aan en besluit dan te lachen. De rest van de dag plaagt hij me met eten. Hij praat over maaltijden die hij zich herinnert in Buenos Aires, in Londen, maaltijden die we samen in Rome gegeten hebben. Valera wordt naar het ruim gestuurd en komt terug met een menu van dat eethuis in Rome. En zonder zich te generen, binnen gehoorsafstand van zeelui, ingenieurs en inlanders, de hele nijvere onnozelheid van het schip, leest Francisco het voor. Hors d'oeuvres: overheerlijke garnalen, sterk gekruid. Een rijnkarper *à la Chambord*. Met truffels gevulde kwartels op geroosterd en beboterd brood met basilicum. Asperges met *sauce hollandaise*. Een fazant met Russische salade. Pontet-Canet bij de eerste gang. Gekoelde champagne van de tweede gang tot de koffie. Zo koel!

Om hem te beschamen zeg ik dat de baby degene is die honger heeft, niet ik. Hij loopt naar de reling en kijkt uit over de rivier. Dan loopt hij met grote stappen weg om over ketels te gaan praten.

De hele middag lig ik apathisch in mijn hamaca. Meer moerassen. In de verte bosjes pampagras en daar weer achter lage zwarte bomen. De vaargeul is steeds moeilijker te vinden. De schoepen smakken op het water, de zeilen knallen en het kind beweegt onder mijn hand. Ik voel een schouder bovenkomen, of een piepklein elleboogje. Mijn kleine paling. Mijn enige ding.

Rechts van ons maakt het woud plaats voor savanne en wordt weer bos. Ver weg liggen heuvels, groen en gezellig, maar zonder huizen. Ik zie vee, maar zelfs dat is mager en wild en vreemd. Dan een aanlegplaats met stomverbaasde *campesinos*. De stank van honderden huiden die op rekken gespannen in de zon te drogen hangen, drijft op ons af. Vanavond zullen we vers vlees hebben.

Dokter Stewart wordt eloquent. Hij zegt dat elk land mooi is als het weerspiegeld wordt door 'het lieflijke prisma van mijn lachende Ierse ogen'. (God sta me bij.)

Japonnen voor vandaag:

De *Muchacho*: een rijkostuum van serge in bergandinerood.

De Ierse: die groene jurk met poffen van tule. Te dragen met een omslagdoek.

Voor meer ontbreekt me het vernuft. Ik lig hier en denk dat ik het schip ben. Ik ben het schip en de hemel en in me vaart de baby, welbewaard. Ondanks dit romantische idee ben ik bedroefd.

Ze moeten me 's nachts horen. Mijn slaap wordt verstoord door dusdanige dromen dat ik wakker word en razend trek in hem heb. Alsof hij eten is. Meteen. Het is mijn toestand. En als ik nu eens een onnozele was? Als ik een pasgetrouwd meisje was dat 's nachts wakker werd met het nabeeld van dergelijke dromen, terwijl de halve wereld op zijn beurt wachtte, echtgenoten, vrienden, een vreemde met ogen als het sjokkende beest dat ik op de oever zag, capibara, een man wiens gezicht ik niet kan zien, en Misha die er altijd is, die aan het bed staat – genietend of bedroefd, dat wil hij niet zeggen. Ik word wakker en weet dat hij dood is. En zonder ergens acht op te slaan, vlammend van begeerte, wek ik mijn lieve vriend en probeer hem vergeefs in zijn hamaca te bestijgen, waarna we ons herschikken op de vloer, waar hij op zijn armen steunt om mijn buik te ontzien en we zo'n kabaal maken dat het hele schip ons moet horen.

Het kind, zegt mijn lieve vriend, ligt laag (hij kent geen schaamte), het kind vult me helemaal op daar beneden. Het is een jongen! zegt hij. Het is een jongen. Ik ben blij.

Ik heb te doen met het vrouwelijke geslacht. Ik heb nog nooit met ze te doen gehad, maar nu wel. Ik denk aan mijn moeder – een en al buik en zachtheid, ergens dom door gemaakt. Misschien hierdoor. Misschien had dit haar dom gemaakt.

Vanmorgen word ik wakker door het ergste geluid dat ik ooit gehoord heb. Het geluid van het laatste oordeel, het geluid van alle dieren die alle mensen opvreten. Doodsbang spring ik overeind, ren naar de deur, ruk hem open en sta voor een muur van wit. Ik weet niet of de aanval uit de ingewanden van het schip of uit het water of het woud komt – het geluid is overal. De lucht zelf brult. Mijn enige gedachte is de baby te verbergen voor het gevaar, wat betekent dat ik mijn eigen lichaam ook moet verbergen. Francisco houdt me tegen bij de reling en draait me om in de mist. Apen, zegt hij. Het zijn alleen maar apen.

Meneer Whytehead noemt ze brulapen. Ze laten hun stem door een speciale weergalmende kalebas in hun borst rollen, zegt hij, en misschien versterkt de mist het geluid ook, net als wolken de donder. Hij doemt op uit de mist om dit allemaal uit te leggen. Hij staat plotseling naast ons aan de reling en praat over borstholtes, terwijl ik nog steeds in mijn nachtjapon overstuur sta te zijn. Ik geloof niet dat die domme man ooit slaapt.

Maar volgens mij zijn ze een voorteken, holtes of niet. Plotseling voel ik de tranen komen en ik huil de hele morgen. Mijn lieve vriend heeft genoeg van me, domme meid die ik ben. Ik huil zoveel dat ik dorst krijg. Zelfs op deze vloeistof moet ik zuinig zijn in deze hitte. Om elf uur lijmt Francine me aan elkaar voor onze Spaanse les met rijstpoeder en *eau de lavande*, maar als meneer Whytehead binnenkomt, zegt mijn lieve vriend dat zijn tijd vanmorgen beter besteed is aan staatszaken. En dus maakt hij een buiging en vertrekt weer, waarop de tranen zich opnieuw aandienen, hoewel ik de man niet erg mag. En omdat ik de hut niet langer kan uitstaan, maak ik een wandeling over het dek.

Maar ze waren inderdaad een voorteken. Ik had gelijk – en het is dom een voorteken voor jezelf te houden. Want om twaalf uur, na een ochtend hard werken om ons thuis te brengen, barst een van de ketels, zij het niet ernstig. Ik hoorde een achteloos geluid, alsof twee stukken hout tegen elkaar werden geslagen. Het leek van de oever te komen. Dan, na een korte stilte, de bloedstollende kreten van een van de zeelui die door het ontsnappende water en stoom verbrand was. Hij klauterde naar het dek en tuimelde het luikgat uit, rukkend aan zijn kleren, die aan zijn lichaam kleefden en hem nog steeds schroeiden. Een poging om hem te bevrijden bleek ondoordacht (dokter Stewart was laat) en nu ligt hij half gevild en kreunend op het dek, terwijl het schip en al zijn opvarenden door een afschuwelijke verlamming geslagen zijn. Ik heb hem een bezoek gebracht. Hij ligt rillend in zijn kooi, losjes verbonden in vet, zijn lippen zacht van de morfine. Hij noemt me 'Dora, mijn Dora' en zegt, ja, hij voelt zich goed, dank je. Maar het gekreun blijft uit hem lekken, tot elke man aan boord een schuldig gebed prevelt dat hij tussen deze en de volgende ademtocht mag overlijden. Maar toch komt de volgende ademtocht, afgeladen met pijn.

En dus zit ik bij hem. In een heel simpel toilet in roze en crème tinten en aan zijn goede kant, zachtjes biddend dat hij zijn hoofd niet zal omdraaien om met zijn andere, gekookte oog naar me te kijken. Ik ben nog steeds zijn Dora en houd zijn hand vast. Ik wacht op geheimen, maar die komen niet. De stervenden hebben heel weinig te zeggen, vrees ik, als we ons over hen heen buigen om hun laatste fluisteringen op te vangen.

Hij trekt me naar zich toe en begint een paternoster die ik af moet maken, en bij het horen van de eerste regel weet ik wie hij is – de zeeman die bad in de nacht dat iedereen zich bedronken had. De zeeman die roerloos op het dek lag alsof de schoonheid en het gewicht van de hemel hem tegen de planken drukten. Is het mogelijk dat hij wist dat dit zijn laatste reis zou zijn? Hoe kunnen we zoiets weten? Maar hij wist het. Ik weet zeker dat hij het wist.

En nu, terwijl de avond zich uitstrekt, zoek ik míjn dood. Ik spoor hem op. Ik breek de blanco toekomst open en probeer hem te ruiken – Wanneer en Hoe? Wanneer en Hoe? Als ik mijn dood in het water zou vinden, zou ik dat ongetwijfeld weten, of in het vuur. Als ik vermoord zou worden, zou ik bang zijn voor handen. Maar ik ben nergens bang voor, geloof ik, althans wás, tot nu toe. Nu ben ik bang vanwege het kind, de onnaspeurlijke duur en loop van zijn leven, alles in nevelen gehuld. Alle jaren die me met hem te wachten staan; het niet-weten en altijd-waken, het feit dat er nu een deel van me is dat waarlijk gekwetst kan worden, nadat ik alle kwetsing vaarwel had gezegd.

De laatste keer dat ik het onzevader bad, was toen ik trouwde. Ik wil niet slapen. Het is een mooie dag, een lange dag, helder. Het kind is rustig en mijn geest zwerft vrijelijk rond.

Of misschien zijn het de sinaasappelbloesems die me aan bruiloften doen denken. Ze groeien wild op de oever en de geur drijft over het water naar ons toe. Ik trouwde in een jurk van alledaags blauw, met een tuiltje viooltjes in mijn handen – geen sinaasappelbloesem daar, hoewel M. Raspail me wel een boterkleurig strohoedje stuurde, afgezet met een paar goedkoop uitziende bessen. Het werd bezorgd in onze kamer in Dover en Quatrefages lachte heel vals toen ik het opzette. En dus zette ik het af en sloeg hem ermee in zijn gezicht. Desondanks was het een, je weet wel, heel teder moment, wat me nu het idee geeft dat we vrienden hadden kunnen zijn.

Ik geloof dat ik trek heb in drop. Ik zal een kleine zwarte baby krijgen.

Ik herinner me dat ik in Mallow piano speelde. Ik moet erg jong geweest zijn, de toetsen leken zo groot en papa legde boeken voor me op het krukje om erbij te kunnen. Er waren een heleboel mensen in de kamer en ik droeg een gebloemd jurkje van mousseline. Iedereen klapte en kuste me en mijn vader was erg verguld. Later gaf een heer me een zak drop. Ik vraag me af wie hij was.

De zeeman praat over pasteien. Ik krijg er honger van. Ik zou weg moeten gaan – het is niet goed voor mijn buik om in de buurt van dode dingen te zijn. De woorden kwijlen uit zijn verbrande mond, maar af en toe is hij helder. Zijn hemd ligt buiten in de regen. Dora (ik) geloofde hem niet toen hij zei... wat? Dit is belangrijk; dit moet hij echt zeggen. Maar de pastei leidt af. Hij zakt terug in de pastei. Ik weet niet wat voor pastei het is, maar hij is erg lekker. Mmm, mnn, zegt hij, als een kind. Mmm mmm mnn.

En zo sterft hij. Het is vier uur 's morgens, het uur waarop de wereld zich omdraait. Ik bedenk dat ik zijn naam niet ken. Ik leg zijn verwoeste handen op zijn borst – zo stil – en neem afscheid van hem. Buiten nemen de zeelui hun pet af als ik voorbijkom. Wie kan het nu nog schelen wiens vrouw ik ben?

Vanmorgen beginnen ze de ketel te repareren, met een klein smeltoventje op het dek voor de soldeerkolven. We liggen op het water en branden.

Als ik aan mijn toilet begin, wil ik opnieuw huilen, niet omdat mijn gezicht zo gezwollen is, maar vanwege de goedkope rouge die ik gebruik – een blikken doosje met een plaatje van de toren bij Glendalough op het deksel. Hij is ooit van mijn zuster geweest, maar hij stond haar niet. Ik geloof dat dit mijn enige bezit is dat uit Ierland afkomstig is. Ik heb ook een klein kwastje en wat *maschara* uit Algerije. Mijn opmaaktas is een triest museum. De juiste lippenlak, de absolute tint rouge, dat zijn de enige constanten in mijn leven.

Ik denk dat een van die mengseltjes hier me in het graf zal volgen. En dan bedenk ik dat dit letterlijk waar is – iets van deze spullen zal op mijn dode gezicht gesmeerd worden. En dus leg ik het kwastje neer en staar voor me uit, terwijl Francine achter me reddert. Helemaal vlees en bloed.

Ik ben de dochter van een arts. Mijn moeder kwam uit een nautisch geslacht en haar broer heeft op Nelsons vloot gevochten. Daar bestaan getuigschriften voor, en brieven, in drie of vier landen. Op mijn vijftiende trouwde ik in Kent met een man met de naam M. Quatrefages, die bij de Franse strijdkrachten in Algerije diende. Dit huwelijk was illegaal onder de Franse wet vanwege mijn prille leeftijd, maar wettig in Engeland.

Ik ben de dochter van een arts die gespecialiseerd was in reumatische aandoeningen in het kuuroord Mallow in het graafschap Cork. Mijn moeder had zelf een zwakke gezondheid en deed waterkuren, en we woonden een paar jaar in de buurt van de stad. Mijn zuster Corinne trok het oog van de beroemde Italiaanse musicus Tamburini en woont bij hem, is nu getrouwd met hem in Parijs. Waar ik me bij haar voegde na een wrede echtgenoot ontvlucht te zijn, ene M. Quatrefages, die misbruik maakte van mijn prille jaren door me stilletjes mee naar Kent te nemen en daar met me te trouwen. Tot mijn grote consternatie is dit huwelijk in Engeland nog steeds geldig. In mijn tijd heb ik de musicus Berlioz ontmoet, die mijn pianospel zeer bewonderde, alsook prinses Mathilde, die me vriendelijk ontving, alsook diverse Russische edellieden, die ik na het uitbreken van de oorlog in Rusland uit het oog verloor.

Ik ben geboren in Ierland en heb daar tot mijn tiende gewoond, in de buurt van het kuuroord Mallow, tot de honger die toen op het platteland woedde ons noopte via de haven van Queenstown het land te verlaten. Mijn vader is arts en mijn moeder is een Schnock (van de nautische Schnocks). Na een korte periode in Engeland genoot ik een opleiding op Mme Huberts school voor jonge meisjes in Bordeaux. Ik trouwde op zeer jonge leeftijd met de commandant-dierenarts van de Franse troepen in Algiers. Tijdens mijn verblijf daar werd ik zeer gepatroneerd door het hoofd van het Franse commissariaat, M. Raspail, alsook door de fez van Tunis, die allebei de grootste bewondering hadden voor mijn pianospel. Mijn huwelijk was onwettig onder de *code Napoléon* en toen ik dat ontdekte, verruilde ik de woestijnen van Algerije voor Parijs, waar ik aan de muziekacademie studeerde en een voorlopig vonnis van echtscheiding aanvroeg, hetwelk getraineerd werd door de complicaties van de Engelse wet. Zodra we in Paraguay zijn, zal ik señor López een nieuwe wet laten maken. Want wat ik in me draag – zegt hij – is de toekomst van Paraguay.

De baby schopt als een jongetje. Hij schopt alsof hij er niet snel genoeg uit kan zijn. Francine koelt mijn slapen met eau de lavande. Ze fluistert: 'Niet lang. Niet lang meer.' Maar ik weet niet hoe lang het nog zal duren. Ik weet niet of we Asunción wel zullen halen. Ik weet niet of hij wel ooit geboren zal worden of dat ik hier voor altijd zal blijven – voor eeuwig op deze rivier, met dit voorbijstromende water.

Asperge

1857, ASUNCIÓN

Asunción was een stad naar dokter Stewarts hart; het soort stad waar een man op zijn gemak naar de knoppen kon gaan.

Dat besef drong niet meteen door. Het duurde enkele maanden voordat hij zijn tante een brief stuurde om dit slaperige stadje van adobe en hout, rode pannendaken en geheime binnenplaatsen te beschrijven. Maar hij kon er zijn vinger niet op leggen. Buiten zijn raam was een groepje straatschoffies bezig een peuter tot zijn hoofd in de grond te graven. Ze rookten sigaren – allemaal, ook de peuter, hoewel die de sigaar uiteraard door een helper aangereikt moest krijgen. Geen van hen was ouder dan vijf. Ze leken volmaakt gelukkig.

Op het primitieve bureau voor Stewart lag een vel papier, nu al vlekkerig van zijn zweet. Een verwaaide postbode zou het bij zijn tante in haar bastion in Edinburgh bezorgen, een soort verre kreet. En dus schreef hij het vol met bloemen, de stoffig blauwe palissander en de bruidsoranje bloesem waarbij ze haar lippen zou tuiten alsof ze de vrucht proefde. Wat nog meer? In de verte het geroep van verkopers en het klaaglijk loeien van vee – daar had ze thuis al genoeg van. Hij zou kunnen zeggen dat de vrouwen soms alleen maar de rokken van hun jurk droegen en het lege bovenlijfje op hun achterste lieten hangen. Of dat ze graag dansten met een fles balancerend op hun hoofd. Of misschien niet. 'Het is allemaal erg buitenlands,' schreef hij. Daarna hield hij op, opnieuw zoekend naar een treffende uitdrukking.

Buiten zaten de boefjes nu op de grond en keken naar de peuter, die op zijn beurt van gezicht naar gezicht keek met een uitdrukking die Stewart niet kon duiden. Wie weet voelde hij zich prima zo, helemaal omvat door de aarde. 'De mannen,' schreef hij, 'hebben de gewoonte hoedenranden te dragen zonder het voordeel van de hoed, zodat onze plaatselijke indiaan vrolijk met een vilten aureool rondloopt.' Het beeld zou haar misschien wat al te katholiek lijken, maar het was beter dan schrijven dat prostituees te herkennen waren aan de gouden kam in hun haar. Fatsoenlijke vrouwen droegen er een van schildpad of van hout. Wie pas aangekomen was, zou zich makkelijk kunnen vergissen (schreef hij niet).

'Er heerst zo'n tekort aan ijzer in de stad' (handel, goed) 'dat mensen hun kinderen spijkers nalaten en in hun testament precies aangeven hoeveel ieder er krijgt.' Buiten slenterde het hoofdschoffie, dat weinig meer droeg dan zijn hoedenrand, naar de ingegraven peuter en trok hem los. Het kind gleed als een wortel uit de grond en toen de rode aarde van zijn lijfje viel, zag Stewart dat het een meisje was.

'Maar laten we Asunción niet bagatelliseren,' besloot hij, want zijn tante was een intelligente vrouw en hij mocht haar. 'Het is zoals elke andere stad opgebouwd uit toevallige ontmoetingen en kleine samenzweringen, uit vriendelijkheid jegens onbekenden en kleine, oude grieven tussen vrienden. Het is een grensplaats – de heren zijn ietwat te ruw en de dames ietwat te "keurig". Maar het bestaat, zoals elke andere stad, uit gesprekken.'

Het kleine meisje had haar persoonlijke sigaar teruggepakt en hurkte naast de anderen, kauwend op de peuk. Haar houding gaf Stewart vrij uitzicht op haar genitaliën, open en bloot tussen haar lieve kleine beentjes en voetjes. En eigenlijk was ze helemaal lief, van haar tenen tot de gevaarlijk gloeiende punt van de sigaar. Stewart vouwde de brief op en streek hard met zijn hand over de vouw. Hij had niet geschreven dat de gesprekken maar één onderwerp hadden, namelijk zijn gewezen patiënte Eliza Lynch.

Stewart hoorde ze allemaal. Hij cultiveerde het trucje zich in gezelschap onzichtbaar te maken om geen rem te zijn op de gesprekken over voorvallen die hij zelf had meegemaakt (zij het slechts tot op zekere hoogte). Soms wou hij dat hij nog wist hoe het er werkelijk aan toe was gegaan, maar meestal liet hij zich meeslepen door de verhalen, die in de loop der maanden en jaren steeds vergezochter en bizarder werden – en steeds waarder.

Mme Cochelet, de vrouw van de Franse gezant, zei dat de plechtige aankomst van de Tacuarí in Asunción als volgt in zijn werk was gegaan (ze vertelde het verhaal altijd in de vorm van een soort pantomime):

Het schip glijdt statig naar de aanlegsteiger. De menigte die langs de oever was meegelopen, vult het plein. De loopplank wordt neergelaten. Stilte. Een kar rijdt de Plaza de Palma op, volgeladen met twintig muzikanten die met hun instrumenten zwaaien. Ze springen op de grond, hollen naar de kade en stellen zich op. Opnieuw stilte. Stel je de situatie voor. Het vuil. Het gammele, scheefgezakte inklaringskantoor, de stank van de rivier en, recht voor hun ogen, een schip zo groot als een droom.

Ten slotte de cavalerie, snuivend en stampend. Drie antieke barouchetten rollen aan – en daar zijn ze. Rijtuig nummer een: de dikke oude López met zijn bespottelijke epauletten, zijn zwaard op zijn knieën. Rijtuig nummer twee: de dikke oude doña Juana López, van top tot teen ingezwachteld in het zwart, met haar afstotelijke dochters Rafaela en Inocencia, even dik, even ingezwachteld – met stekelige snorren, zwoegende boezems en vochtige oksels. Rijtuig nummer drie: de jongere zoons, Benigno, of zoals wij hem noemen, Maligno, met naast zich de ridicule admiraal (van welke vloot, als ik vragen mag?) Venancio, even strak en dichtgeknoopt als de stoffering onder zich, de veren van het rijtuig piepend en buigend als ze gaan verzitten.

En dan, als de menigte juicht in de hitte – duizenden stemmen – en de kapel inzet, ziet men beweging, een glimp, een fladderend stukje tule, en dan verschijnt er een visioen aan de loopplank. Een Juno. Een vrouw van omvang in een licht lila kleed, bijpassend hoedje en een kanten stola, bedoeld – daar zou Mme Cochelet goed geld op durven zetten – om haar schande te verbergen. Het liefst zou ze zeggen dat het hoedje *de trop* of het lila vulgair was, maar dat waren ze niet, en haar eerste ingeving – ze kon het niet ontkennen – was te juichen of te bezwijmen – dit brok Parijs ijs dat uit de lucht was komen vallen en terechtkwam op de Plaza de Palma, die volgepakt was met verblufte Paraguayanen die nog nooit zo'n bleke huid of zulke blauwe ogen of zo'n schitterend omvangrijke vrouw hadden aanschouwd en die nog nooit zo'n tint lila gezien hadden, behalve misschien in een orchidee diep in het woud – de kleur van een bloem die in het donker groeit. Naast haar verscheen: de jonge López in een eindeloos hoge hoed, te kleine overjas en martelend strakke wedeblauwe broek. De verschijning neemt zijn aangeboden arm en zweeft de loopplank af naar de kade, als een vorstin naar links en rechts glimlachend. De menigte wijkt uiteen als ze naar het eerste rijtuig en de oude López zweeft. De zoon maakt een buiging en spreekt. Het visioen geeft haar visionaire glimlach en heft een lome hand. Hij hangt in de lucht. De oude dictator gromt – misschien tegen haar, misschien tegen de koetsier – en het rijtuig rijdt in volle vaart weg, in volle vaart gevolgd door het presidentiële escorte, wier gepolitoerde hoeven genoeg stof opwerpen om het zijden lila ijs roetgrijs te maken. Eliza Lynch kijkt naar haar jurk. Dag Parijs.

Tot op dit moment had Mme Cochelet tegen beter weten

in gehoopt dat de jonge López – ondanks zijn satyriasis – op de een of andere manier getrouwd zou zijn, maar het mocht niet zo zijn. Toen 'La Lincha' aan doña Juana werd gepresenteerd, slaakte de oude vrouw (die het hele land behandelde alsof het haar bijkeuken was) een snerpende gil, greep naar haar hart en beval haar koetsier weg te rijden. Hij ging er zo schielijk vandoor dat het inmiddels bestofte visioen bespat werd met uitwerpselen. Waarop Maligno's lippen krulden in zijn stille glimlachje en hij op een gematigd drafje achter zijn moeder aan reed, voordat er nog meer kwaad kon geschieden.

Mme Cochelet was dol op dit verhaal, dat bij het vertellen zo was opgesmukt dat er niets meer (behalve natuurlijk de lila jurk) van waar was. Ze vertelde het jarenlang, soms twee keer per week, maar uitsluitend aan mensen die ze vertrouwde. Mme Cochelet was ten slotte gehuwd met de Franse gezant en moest op haar woorden passen. Ze begon in 1856, nadat Eliza in recordtijd een *quinta* voor zichzelf had laten bouwen: een simpel, comfortabel huis van roze marmer. Het stof van de paardenhoeven werd toegevoegd in 1857, toen de jonge López een weg liet aanleggen die recht van het gouvernementshuis naar zijn poorten in de buitenwijk La Recoleta liep. De uitwerpselen kwamen erbij in 1858, toen haar echtgenoot er zijn eerste bezoek bracht. Dat waren, zou je kunnen zeggen, *politieke* details. En hoewel Stewart Mme Cochelet ten zeerste bewonderde – om hoe ze met haar zelfgebreide kousen de hitte tartte, om haar Normandische correctheid op het gebied van zaken als melk afdekken en bedienden ontslaan, vond hij het niettemin onverstandig dat ze zo vrijelijk uiting gaf aan haar dédain voor La Lincha, zo vaak en zo openlijk zei dat ze 'liever brood zou breken met een *nikker* dan eten in het huis van de Ierse hoer'. Het was vermakelijk, maar wellicht onverstandig. Het was waar, maar fraai was anders.

Eliza ging dagelijks op stap in een rijtuig met zulke fantastische veren dat je zonder een druppel thee te morsen door het land kon rijden. Elke dag zag Stewart ze spugen als het voorbijkwam: de oude Spaanse aristocraten met meer achternamen in hun kielzog dan paarden. Ze sloegen een kruis en bedekten de maagdelijke ogen van hun dochters. Maar waarom zou de vrouw geen luchtje gaan scheppen? Waarom zou ze af en toe niet lui zwaaiend met haar parasol over straat lopen om de mannen uit te dagen haar te groeten – hen uit te dagen haar níet te groeten? Want ze gingen allemaal. Er was geen man binnen een straal van honderd mijl die het uitstapje naar de quinta in La Recoleta niet gewaagd had om de kleine oosterse tapijten, de Franse tapisserieën in de smaakvol ingerichte kamers, in ogenschouw te nemen en het politieke kopje café au lait te drinken dat de maîtresse van Francisco Solano López hem hoogstpersoonlijk kwam aanbieden.

De moeder, de oude doña Juana, bracht de dag door met de rozenkrans bidden en krijsen: 'Ik zal die vrouw nóóit accepteren. Ik zal die vrouw nóóit accepteren!' in het betraande gezelschap van haar dochters – de behaarde Rafaela, de scrofuleuze Inocencia. Stewart schreef laudanum voor. Hij zei niet dat er geen medicijn bestond tegen de feiten – dat de oude vrouw zich op de een of andere manier door haar eigen zoon had laten verschalken, dat ze telkens als ze aan La Lincha dacht haar eigen toekomst zag, waarin de oude López dood was.

Niets was zo goed als een fikse dosis van de dames López om Stewart aan Eliza Lynch te doen denken, die een ander soort vlees had dan de rest van de mensheid, die het soort vlees had dat een man kon verlossen. Als enige persoon in Asunción was het William Stewart door La Lincha verboden haar te bezoeken – bij de meeste mensen was het andersom – iets wat hij als een soort persoonlijk grapje beschouwde. Toch had hij soms spijt als hij aan haar dacht. Hij zou nooit meer de kans krijgen om te palperen, te hechten of te helpen. Hij zou die ledematen nooit van de blos van influenza verlossen, noch ooit van de bloesem van mazelen ontdoen. Bovenal zou hij ze nooit gespreid zien in het bloed en de verschrikking van het kraambed – een tafereel dat hij, na al die duizenden kilometers te hebben afgelegd om er getuige van te zijn, gemist had. Dit leek misschien ietwat nalatig van zijn kant, maar Stewart was afwezig om gecompliceerde redenen waarin drank slechts een ondergeschikte rol speelde. Hij kon gewoon niet snel genoeg van die boot met al zijn verschrikkingen af zijn. Hij liep de loopplank af, baande zich een weg door de drukte en verdween in een week waaraan hij geen enkele herinnering had overgehouden. William Stewart miste Eliza's bevalling omdat hij van haar huiverde. Dat was alles. Hij nam het laatste stukje van zichzelf dat nog fatsoen had mee van boord en voerde het dronken.

Hij wist amper nog welk gewetensbezwaar hem destijds plaagde. Hij gaf het geen naam, want het was onmogelijk te benoemen. Ook moedigde hij het niet aan – hij pekelde het. Hij preserveerde het in alcohol, als een misvormd curiosum waar het etiket van afgevallen was. Als hij het nu tegen het licht hield, zou hij niet eens meer kunnen zeggen wat het was of wat voor soort schepsel het ooit geweest was.

En wat betreft dat andere restant van haar riviergroepje – als hij Keld Whytehead tegenkwam, vermeden ze het onderwerp; alsof ze allebei getekend waren door iets waarover niets te zeggen viel.

En Eliza zelf? Alleen! zei de galante kapitein Thompson. Volstrekt alleen. Ze schonk koffie op het balkon en praatte over thuis. Als de dag heet of het politieke klimaat warm was, legde ze haar hand op haar borst en zei: 'Parijs, ah, Parijs,' op precies zo'n toon. Ze speelde een melodietje op haar fantastisch echte piano, pakte een boek en legde het weer weg. Ze had dingen in haar hoofd, dat zag je. Hij had zo'n boek een keer bekeken en ontdekt dat het niet *Geneviève de*

Brabant maar *Candide* van Voltaire was. Ze legde een hand op zijn arm, trok het boek zacht uit zijn hand en zei: 'Ach, weet u. Dat is het verhaal van mijn leven. En u, kapitein Thompson, bent mijn eigen dokter Pangloss.' Nee, er was geen twijfel over mogelijk. Eliza Lynch was verrukkelijk. Van haar houden was slagen, zei de kapitein, haar haten was simpelweg falen.

Waarin niemand beter slaagde dan Francisco Solano López. De stad was een bouwterrein – een leger hologige jongetjes sleepte steenblokken van het arsenaal naar het postkantoor, sloopte het dak van de bibliotheek en dumpte het op de trappen van de scheepswerf. López die thuiskwam van een zware dag wijzen en stappen en het zoontje dat Papa! Papa! riep en een kneepje in zijn roze wang kreeg van zijn vaders vuile, met inkt bevlekte duim en wijsvinger. Er was nog maar één kind. Volgens Mme Cochelet had Eliza als de furiën paardgereden om het tweede kwijt te raken, maar Thompson zei dat ze het doodgeboren ding had afgelegd in een wit jurkje met kleine gazen vleugeltjes op de rug, als een engeltjespop. Thompson had het zelf gezien tijdens de smaakvolst mogelijke wake, en het verdriet van de moeder was onmiskenbaar. Nu lag er een rijk versierd grafje binnen de poort van het kerkhof in La Recoleta waarop stond:

Eer zonde kon welken of verdriet kon doen kwijnen
  Kwam de Dood, die met vriend'lijk gebaar
Het kostbare vogeltje, zo engelenreine,
  Ten hemel voerde om te beoeien aldaar.

En zo worden we op het laatst vernederd, dacht Stewart – door de spelling. Dat was wat ver van huis zijn betekende. En hij zuchtte als hij langs de versjteerde steen liep op weg naar zijn huis, waar hij ging zitten en zijn laarzen liet uittrekken en nadacht over zijn eigen vreselijke leven.

Soms vroeg hij zich af waar de meid Francine gebleven

was – niemand scheen haar naam ooit te noemen, hoewel ze verder overal over praatten.

Doña Cordal en haar op duistere wijze onteerde dochter Carmencita zeiden dat Eliza's binnenplaats vol vogels zat: parkieten, kolibries, ara's uit Brazilië en, aan een stok geketend in een hoek, een grote dikke karakaragier. Mme Cochelet beweerde dat Eliza een troep wilde indianen in dienst had die ze in prachtig livrei had gestoken en geleerd had wijn in te schenken als Franse lakeien. Ze zei dat het eten in La Recoleta een mirakel moest zijn.

Benigno López vertelde boven een beurse biljarttafel dat Eliza Lynch dingen in bed deed die je als man amper kon geloven – dat had hij van zijn eigen broer – en hij speelde de blauwe bal naar de middelste zak en miste. Kapitein Thompson zei heel galant dat ze een zuivere ziel had. Maar ze waren het er allemaal over eens dat ze achter López' rug met iemand sliep – een Engelsman of die indiaan of een hond. Niemand zei evenwel dat ze met de meid sliep, wat op zijn eigen manier merkwaardig was.

Keld Whytehead luisterde niet naar de roddelpraat: hij bouwde een arsenaal voor López en vervolgens bouwde hij een paar kanonnen voor López. Hij stuurde zijn geld naar huis. Hij ging naar La Recoleta als hij moest en soms, zei hij, bracht de schoonheid van alles daar tranen in je ogen. Op Kerstmis zong hij kerstliedjes (misschien dat Franse dat hij aan boord van de Tacuarí gezongen had), terwijl Eliza hem op de piano begeleidde. Dat was alles.

Aan de andere kant van de stad zeefde López' verstoten maîtresse Juana Pesoa de waarheid tussen het kaf uit. Ze zei dat Eliza met López sliep, en alleen met López, want als een vrouw zich eenmaal aan López overgaf, had ze geen andere uitweg meer. Juana Pesoa had een zoon van López – zijn eerste – en het jongetje woonde nu bij Eliza. Als hij op bezoek kwam, bracht hij zijn moeder verhalen van La Recoleta zoals je een gekooid dier vlees zou brengen.

Stewart zat bij haar en at.

Eliza wil haar zoon in de kathedraal laten dopen – ze wil hem de prins maken, de erfgenaam, de belangrijkste zoon. Maar de jongen is een bastaard en zal altijd een bastaard blijven, en de bisschop verbiedt haar niet alleen het gebruik van de kathedraal maar van alle gewijde grond. Eliza krijst. Ze tiert. Ze geeft López geen rust. Ze laat een corrupte priester komen die één blik op het jongetje werpt – twee jaar oud intussen, met de fonkelende groene ogen van zijn moeder – en verklaart dat hij dit zieltje niet naar het vagevuur kan sturen. Als de kerken hun ontzegd zijn, dan zal hij het kind in de *quinta* dopen. Welke belofte hem een dikke buidel goud oplevert.

Juana Pesoa was een knappe, spichtige vrouw. Ze had een ziekte die Stewart 'je plaats kennen' noemde. Ze ging niet tekeer tegen Eliza, die haar zoon opvoedde met alle privileges, en smachtte niet naar López, die van tijd tot tijd nog steeds zijn rijtuig voor haar deur parkeerde. Ze werd erg stil en werkte aan een maagkanker. Iets wat ze haar eigendom kon noemen.

Stewart vertrok triest gestemd. Hij zou er geen bezwaar tegen hebben zelf een poging met Juana Pesoa te wagen, alleen maar om haar op te vrolijken, alleen maar om tegen zoiets verbitterds op te botsen. Maar toen hij door de straat liep, gingen zijn gedachten tot zijn verbazing niet naar de emotionele kleine rictus die Juana Pesoa's geslachtsdeel was, maar naar Eliza Lynch. Waren haar ogen blauw of waren ze groen? vroeg hij zich af. Wat was de exacte kleur van La Lincha's ogen? De kleur van absint? Of de kleur van curaçao? Maakt niets uit. Ze hadden de kleur van wat hij op de bodem van zijn glas had en hij ging meteen een kijkje nemen.

Mme Cochelet zei dat Eliza iedereen voor haar goddeloze doop uit kon nodigen die ze wilde – dat niemand zou gaan.

De oude López had op zijn stuk gestaan. En haar stem verhief zich in zelfvoldane verontwaardiging, terwijl Stewart onder haar petticoats op de tast de ingenieuze breukband aanspande (na vijf kinderen leed Mme Cochelet aan een pijnlijke separatie van het schaambeen).

'Goed,' zei Stewart. Sinds de verzending van Eliza's uitnodigingen had hij zijn tijd doorgebracht met reukzout onder de neuzen van de dames López houden. Hij ging van de een naar de ander, van hysterica naar flegmatica, en elk van hen had een andere, hoogst *beweeglijke* pijn. Eindelijk een beetje rust. Op de dag van het doopsel zelf, nam hij zich voor, zou hij zich lekker vol laten lopen.

Dat deed hij in zijn eentje. De stad was zo stil, met alle luiken dicht, dat Stewart zich een spook waande toen hij door de straten liep. Iedereen bleef binnen: de vrouwen naaiend misschien, de mannen bezig hun laarzen te herstellen of de krant te lezen, de kinderen allemaal stil. En ieders gedachten waren bij de lege kamers van La Recoleta, het onmogelijke eten dat bedierf op de schalen, de voortreffelijke wijnen onaangeroerd; misschien had zich een handjevol huisindianen rondom de speciaal vervaardigde zilveren doopvont verzameld, terwijl duizenden snijbloemen in de hitte verwelkten. Ze dachten aan Eliza in een ondenkbaar schitterende jurk, een trillende spier in haar wang, een tic in haar prachtige hoerenoog terwijl ze de lege kamers rondkeek, oog in oog met, zich bewust van, opgevreten en terecht in de kont genaaid door haar schande.

En Stewart haatte ze allemaal – zo vergenoegd en zich verkneukelend in hun wraak dat ze, toen de kanonnen begonnen te vuren, de straat op renden en schreeuwden dat de duivelse maîtresse van Francisco López iedereen kwam vermoorden. Uiteraard waren het enkel saluutschoten. Enkel bedoeld om iedereen eraan te herinneren dat de oude López misschien het land had, maar de jonge López het leger (en de rest, een minnares uit de hel en een stem die uit de hemel kwam zoals Tupa, de dondergod van de Guarani, en over de stad rolde. Boem. Boem. Boem).

Een jongen trok Stewart, inmiddels half beschonken, door het gebulder naar het huis van doña Cordal. De matrone maakte zelf open en duwde hem de trap op naar de kamer waar haar opgesloten dochter, de gekkin Carmencita Cordal, tegen haar dode minnaar schreeuwde. Carmencita Cordal vertelde haar dode minnaar dat het jongetje dat die dag gedoopt werd Juan Francisco heette, zoals zij hun zoontje genoemd zouden hebben als ze een zoontje hadden gehad; dat zijn moeder hem Pancho noemde, precies zoals zij haar eigen lieve jongen genoemd zou hebben. Ze vertelde hem dat ze het kind op straat achter een hoepel aan had zien waggelen en dat het beeldschoon was. Stewart beklopte zijn zakken op zoek naar laudanum. De kanonnen zwegen weer.

In het kroegje waar hij later die avond terechtkwam zei Miltón (of een andere indiaan) niets. Dat doen ze nooit. Niettemin werd Stewarts kater niet alleen bestookt door de herinnering aan de kanonnen, maar ook door een besef van iets wat hem weer ontschoten was: Miltón pratend over een land zonder boosheid, Stewart luidkeels instemmend met dat land, die idee. Ze zijn het heerlijk eens. Miltón zegt dat López niet de zoon van zijn vader is. Het lijdt geen twijfel, zegt Stewart, dat hij er Europeser uitziet dan zijn vader, frisser, met meer *brío*. Nee, zegt de indiaan, zoals Jezus – zoals Jezus niet de zoon van Jozef is. Het kan zijn dat ze daar een poosje over debatteerden, maar het had een soort dronken logica die Stewart ertoe brengt de pelotons Guarani soldaten in de straten beter te bekijken. Er straalt een pelgrimslicht uit hun ogen. Noem het wat je wilt, maar ze zijn ergens naar op weg en wie weet word je nog gedwongen om mee te gaan. En wat Francisco López – die dikke baviaan – betreft... het is een soort algemeen grapje hier: dat zijn vader een hoorndrager is en zijn moeder (in haar jeugd) een vrome, bevende hoer. Het vaste stramien – maar niettemin waar. Want de zoon en erfgenaam is nooit de zoon van de vader. Hij kan zijn vader elk moment doden.

Hoog in de cordillera, de met struiken bedekte heuvels ten oosten en noorden van Asunción, ligt een stadje met de naam Piano. Het dankt zijn naam aan het feit dat Eliza daar haar piano moest achterlaten, honderd mijl van nergens en nog eens honderd naar niets. Wie weet bestaat de piano nog steeds. Misschien stut een houten paneel ervan een kippenhok of hangen de snaren ergens in een afrastering, zacht zingend als het hard waait. De hamers met hun groene mos van vilt moeten allang vergaan zijn, maar misschien slingert er nog ergens de gebroken glimlach van een paar toetsen om het vee te smoren of de ploeg te verwarren. Beter nog: misschien luistert de piano een salon of wat daarvoor door moet gaan in de cordillera op, met op de voorkant een papiertje met *El piano del Piano*. Misschien bewaart hij nog steeds de herinnering aan de laatste vingers die hem aanraakten, de zachte handen van de dokter die hortend 'La Palomita' speelden terwijl de piano fier rechtop stond, omringd door gras en dode mannen, ver van huis.

Maar dit alles is onzichtbaar ver weg als Stewart rondstrompelt in een waas van alcohol en scrofuloses. Hij stelt zich Eliza in La Recoleta voor, werkend aan een slecht borduursel met de achterkant vol knopen en de voorkant vol gaten. Ze herschrijft het verhaal van haar leven. 'Mijn moeder, Adelaide Schnock, stamde uit een familie die tweeënveertig magistraten telde en een gezagvoerder van de vloot.' Ze bestelt patronen in Parijs. Ze bestiert een magnifiek huishouden en men zegt dat de dienstmeisjes dol op haar zijn. Dienstmeisjes en mannen – zoveel als ze wil –, meer heeft ze niet. Je zou kunnen zeggen dat ze alles heeft behalve de voldoening ervan. Plus misschien dat ze zich nooit kan ontspannen omdat ze niet echt is. Het moet iemand zwaar vallen alleen maar een verhaal te zijn dat de matrones van Asunción elkaar tussen drie en vier uur vertelden. Alles wat Eliza onderneemt om hen tot zwijgen te brengen maakt hun tongen alleen maar nog losser. Nee, haar enige manier om echt te worden is door te trouwen, en ze kan niet trouwen voordat de oude López doodgaat.

Maar wat ze ook deed, ze kreeg hem niet dood: ongeacht de hoeveelheid soirees of Italiaanse dichters of diamanten of nieuwe kleuren voor een omslagdoek. Dat wil zeggen: tot de schouwburg.

Dat was de trekker, dacht Stewart, hoewel de kogel geen enkele haast had. Hij droomde van de acteur Bermejo met een revolver. Beng! Uit de lange loop van het wapen komt een vlag. De oude dictator lacht. Hij grijpt naar zijn borst. Hij valt eindeloos op de grond.

En waar komt de acteur vandaan? De acteur glibbert nat en aromatisch onder de rokken van Eliza Lynch vandaan.

Een hoer heeft een schouwburg nodig en Eliza was een hoer van bijzonder formaat, dus het gebouw was een miniatuurversie van het Teatro alla Scala in Milaan (maar liefst), hoewel het geen dak had – evenmin als een orkest, decors, gaslampen en vrouwen van dubieus allooi in prachtige kleren. Eliza praatte met de architecten bij kleine glaasjes *fino* en stuurde stoffeerders naar Parijs voor de juiste tint rood. Wie anders had zo veel verstand van dit soort dingen? Eliza was degene die, nog voordat de leien voor het dak gevonden of besteld waren, Bermejo uitnodigde om uit Madrid naar Asunción te komen.

Bij het nieuws dat een heuse acteur op weg was over de Atlantische Oceaan verloren de maagden en matrones zich in dagdromen. Toen hij ten langen leste arriveerde, een klein, roodharig mannetje met een knappe vrouw, was de leegheid van hun middagen subtiel anders dan de gebruikelijke leegheid van hun middagen. De avonden bracht hij uiteraard bij Eliza door, maar overdag konden ze een wandeling maken langs het hotel waar de Fransman logeerde en waar hij op de veranda koffie dronk, iedereen negeerde en plotseling schreef. De opwinding! Hij schreef alsof hij van alle kanten gestoken werd, alsof hij belaagd werd door bijen. Soms zwaaide hij met zijn armen om het gezoem van gedachten om zijn hoofd weg te jagen. Hij ontweek, hij dook weg, hij zat stil – en dan streek de zwerm op mysterieuze wijze neer en schreef hij bladzijde na soepele bladzijde vol, omringd door een dommelige, gevaarlijke kalmte.

Het stond op het papier. Het groeide. Het eerste Paraguayaanse toneelstuk ooit geschreven.

En inderdaad gevaarlijk. Toen er op een middag een afgesloten rijtuig bij de veranda tot stilstand kwam, had Bermejo intuïtie genoeg om erheen te rennen en de hand te kussen die in het raampje verscheen; evenals de andere vrouwelijke vingertjes die uit dit of dat raampje wapperden, zodat hij zich gedwongen zag het hele rijtuig te omcirkelen en weer terug. Welk gekus gevolgd werd door een officiëler *beso mano* in het presidentieel paleis. Toen een diner met de dames López. Waarna hij tot zijn leedwezen geen gast meer in Eliza's salon kon zijn. Het eerste Paraguayaanse theater zou niet de hoer toebehoren maar de natie. De acteur was eindelijk in de stad aangekomen.

In de schouwburg, gigantisch en dakloos, ritselden en wervelden dorre bladeren toen Bermejo's schimmen het podium beklommen. En terwijl die vaster werden en bewogen, begon de oude López achteruit te gaan. De deerne ontwaakte en zijn pijn werd een knobbel; ze begon te spreken en de knobbel werd een puist. Bij het derde bedrijf was de puist opgebloeid tot een zweer, blauwgrijs van enkel tot kuit en op zijn eigen manier niet onsympathiek. Dat vond Stewart tenminste, die hem verzorgde en verbond en de oude man een beetje aderliet omdat hij daarom gevraagd had. De dictator ontpopte zich als een onverwacht goede patiënt. Hij legde zijn been op een stoel, gaf opdracht de luiken te sluiten en liet de onzin van het theater, met zijn uit Madrid gehaalde acteurs en in Parijs bestelde jurken, woelig aan zich voorbijtrekken.

En het was vanwege de schouwburg dat het niemand opviel dat hij nooit meer op straat kwam of dat zijn persoonlijke slager geen voorbouten meer aan de achterdeur bezorgde.

'Koteletten!' zei hij. 'Alleen maar koteletten en bouillon.' En zo groeide het besef. De vrouwen die door de balen crêpe georgette en *satin de Chine* wroetten, lieten de stof in hun schoot vallen en werden stil. Het besef werd een gerucht en het gerucht een afschuwelijk feit – hij lag op sterven. Hij lag op sterven! En ze naaiden verder in schuldige haast, alsof ze hem in een zijden doodskleed stikten. Carmencita Cordal begon 's nachts rond te waren en werd naakt of met bloed bevlekt of in witte jurken buiten gezien. 's Morgens vonden de mensen bloemen tussen hun deur en latei gestoken en ze zagen rouwkransen de rivier af drijven. Vee stierf aan geheime verwondingen. Eliza stuurde de maten van haar eigen lichaam per persoonlijke koerier naar modehuis House of Worth.

Op de avond van de première is er nog steeds geen dak. De Guarani's staan op de vloer van het theater, spookachtig in hun witte kielen, terwijl de muren om hen heen loodrecht naar de sterren rijzen; een reusachtige duiventil met in elk hoekje het ritselen van pluche en fluweel. De oude López betreedt stram zijn loge en het publiek zucht overeind. Hij gaat zitten. Hij draait zich niet om en zegt niets. Naast hem het onaandoenlijk starende gezicht van zijn vrouw en zijn hoogst opgewonden dochters in hun crinolines vol ruches en zigzags, dik en feestelijk als Beierse eieren.

Hun loge ligt vreemd genoeg niet in het midden. De middelste loge – de grootste – is leeg. Het voelt als een tic in je ooghoek, maar geen nood. Het stuk begint.

Aanvankelijk weet Stewart niet wat het publiek ervan

vindt, of zelfs of het wel weet waar het naar kijkt. De minuten dreutelen voorbij – een in het bos verdwaalde deerne. Een tedere scène met de gewonde leeuw (Bermejo met een staart), een krijgshaftige scène met haar redder de Guarani prins (de Engelsman kapitein Thompson, zeer blank).

De indianen zijn oorverdovend stil. Vinden ze het mooi? Misschien hebben ze geen mening als zodanig, of nog niet. Misschien vinden ze het stuk simpelweg even boeiend als een nieuw soort dier, een met drie poten, of vijf. Maar nee – in de stalles klinkt gemompel. De Spaanse deerne staat op tegen haar vader, de conquistador. Hij is te wreed, zegt ze, en iemand schreeuwt. Een laars, een echte, dure laars, wordt op het podium gesmeten. Links en rechts wordt om stilte verzocht; dan nog meer geschreeuw, ook van vrouwen. De deerne beweent de benarde situatie van de indianen en haar vader spreekt haar tegen – de stalles sissen. Zij trotseert hem – ze juichen en joelen. Hij beent het toneel af op weg naar het slagveld – het publiek geeft brullend uiting aan zijn verachting.

Ze vinden het prachtig.

Dan de pauze. Niemand in de stalles weet precies wat dat is. Ze staan er ietwat schutterig bij, terwijl de betere standen in de loges de maté doorgeven en pronken. Dan trekt er een huivering door het gehoor. Op een welomschreven moment wendt ieder zich en masse naar de middelste loge, waar op dat ogenblik het opmerkelijkste ding dat ze ooit gezien hebben binnenkomt en glimlacht.

O.

In de lange stilte staat M. Cochelet, de Franse gezant, op van zijn stoel en maakt een buiging. Het is geen kwestie van diplomatie maar van de ziel. Alle buitenlanders komen overeind, een voor een. Als Eliza een paard was geweest, zouden ze de aanvechting gevoeld hebben voor zo'n prachtig dier te salueren. Maar ze is geen paard – ze heeft zichzelf gemaakt en hun diepe, ironische huldeblijk geldt zowel de vrouw die dit gecreëerd heeft als de vrouw die dit ís, alsof ze in haar schoonheid zichzelf overtroffen heeft.

Haar jurk lijkt van gesponnen goud. Haar onderrokken zijn lazuurblauw, de kleur van de nachthemel in gloed. Vijf diamanttrossen omvatten haar hals en een diepblauwe saffieren pendant hangt over haar lijfje, zo laag dat hij, als ze gaat zitten, in haar schoot rust. Zo veel geld.

Stewart is samen met de rest opgestaan en buigt zich naar voren om haar aandacht te trekken. Een vrouw wier hand hij gekust heeft. Ze is van hen allemaal. Zo teerhartig is ze jegens de armen, de kreupelen, de zieken, je zou denken dat haar aanraking voldoende zou zijn om hen te genezen. Maar nee, daarom is de glimlach zo triest, zijn haar ogen zo wijs. Anderen moeten lijden, terwijl zij alleen maar kan zegenen en hun ter vertroosting haar schoonheid kan aanbieden.

Stewart voelt dit alles als een siddering in zijn bloed en hij weet dat hij een idioot is. Maar hij is niet de enige. De menigte kijkt ademloos toe als ze haar saffier pakt en openklikt. Wat kan erin zitten? De saffier is het absolute middelpunt, alsof de hele schouwburg als de fijnste sjaal door zijn zuivere blauwe poorten de wereld in getrokken is. Ze kijkt erin – een berekenende blik. Het is een horloge, onmogelijk klein. Wat voor nut heeft het uur voor iemand hier, of de minuut? Eliza laat het achteloos openhangen, gapend als een oester op het blauw-gouden bed van haar rokken, en de Tijd verspreidt zich door de schouwburg, duur en minutieus tikkend. Tijd voor het eind van de pauze. Tijd voor de hervatting van het stuk. Tijd voor de veldslag.

'Een rel,' zeiden ze later. 'Een complete rel.'

In de stalles dringen de in het wit geklede indianen naar voren en heffen hun gezicht naar het podium, allemaal onder dezelfde ontzaglijke hoek, terwijl mannen met houten zwaarden op elkaar inhakken en dingen roepen als 'Blikskaters!' en 'Neem u in acht!'. Eerst komt het van nergens, een zacht gekreun, de ruwe weeklacht van iemand die wordt meegesleurd door wat op het podium plaatsvindt (waar ze het onderspit delven – de indianen van 1750), dan komt het van alle kanten, is het overal – de menigte gromt.

Weinig mensen hier hebben de zee gezien, de grote weemoedige massa ervan, dus wie zou de hulpeloos tegen de keermuur van het voortoneel brekende golven van geluid kunnen beschrijven? Sommige rijkaards hebben gereisd, maar kijkend naar het podium voelen ze het ruwe tumult door hun laarzen optrekken en onder in hun keel blijven steken. En de buitenlandse diplomaten, de ingenieurs en spoorwegwerkers, zij horen het niet eens – zo verlamd zijn ze door de gedachte dat de mensen op het podium duidelijk niet kunnen acteren en elkaar dus echt aan het afmaken moeten zijn.

En als het toneel vol lijken en varkensbloed ligt, ebt het tij.

God zij gedankt voor intrige, denkt Stewart als de deerne die open, verbazende ruimte betreedt en haar (zeer blanke) minnaar ontmaskert als de Guarani prins die hij is. En zo gaat het stuk verder, in al zijn heerlijke irrelevantie. De gevangenisscène, het duet door de tralies, het vuurpeloton, het oorverscheurende gebrul van de reddende leeuw, de korte verschijning van de koning van Spanje (de oude López in zijn loge, doder dan ooit), vergiffenis, boetedoening, tranen en…

Nee, geen applaus eigenlijk. Stilte.

Waarom klappen ze niet? Het antwoord is dat de meesten niet weten dat dit de bedoeling is en de rest op de oude López wacht. Maar de oude López zit roerloos in zijn loge, terwijl Eliza Lynch in haar middelste loge alleen maar zelfvoldaan kijkt, alsof ze ook dit gecreëerd heeft.

De dictator staat op om te vertrekken. Misschien weet hij dat het stuk hem gedood heeft. Of misschien ook niet – op dat moment is het geen afwijzing, geen minachting, alleen maar een man die zich omdraait – moeizaam – om weg te gaan. Er is een buitenlander voor nodig, de jonge dichter Hector Varela, helemaal uit Buenos Aires gekomen voor deze avond, om een hatelijke en opstandige daad van applaus te ontketenen dat even door de menigte klatert en weer wegsterft.

Vlak voor de dageraad kwam de crisis. Die trof hem vol in de borst. Tegelijk, zei hij tegen Stewart (nog steeds in avondkostuum), met een bovennatuurlijke vlaag van ontzetting.

Toen Stewart naar het papier keek dat Miltón (of was het een andere indiaan?) hem de dag daarop overhandigde, was zijn eerste gedachte dat Eliza wilde weten wanneer de oude man zou sterven.

'Kom alstublieft.'

Hij las het briefje en talmde. Hij nam een glas madeira. Daarna schreeuwde hij om zijn paard en wrong zijn voet in de draaiende stijgbeugel (hij was gek, ze lag op sterven!). Hij probeerde zijn snelheid te matigen, maar de weg naar La Recoleta was tenslotte de enige rechte weg in het land en het paard galoppeerde van begin tot eind en kwam zwetend tot stilstand bij haar deur.

Een knecht bracht hem de trap op naar de salon – die inderdaad oogverblindend was: het duurde even voordat zijn ogen eraan gewend waren en nog even voordat hij zag dat Eliza al aanwezig was, weelderig tussen haar bezittingen zetelend. Even zag hij haar aan voor een of ander *objet*, zo klein leek haar gezicht in de golf gemoireerde zijde op de ottomane. Maar het was Eliza en ze was doodsbleek.

De dokter dacht met een schok dat ze het spoor bijster was, of verdrinkende – dat ze misschien onder het gewicht van alles zou bezwijken. Hij liep naar haar toe. Ze bood hem haar hand alsof het gisteren was.

'Alles wat ik kan doen,' zei hij, haar hand kussend.

'Kunt u een geheim bewaren?' vroeg ze. En daarop glimlachte ze.

Het gebeurde allemaal zo snel, dacht hij later. Alsof ze het allebei voorzien hadden, dit vertrek, zijn haastige stap, haar hand onder zijn lippen. Ze waren tot een vergelijk gekomen, al zou hij niet weten waarover. En dus volgde hij haar door de gang naar een verre deur zonder enig idee van wat erachter zou zitten, behalve dat het alles zou zijn, en zijn hoofd tolde bijna toen ze ervoor stonden. Ze wendde een ernstig gezicht naar hem toe. En toen duwde ze hem open.

Stewart had er geen idee van wanneer ze vertrok. Hij hoorde een zijden ruis naast zich en toen hij omkeek, was ze weg. Voor hem, op een stoel, zat een vrouw in een goede jurk. Misschien was het een van Eliza's jurken. Een zijden jurk, roze, met rokken die op de een of andere manier zo geschikt waren dat ze een roos leken te vormen. Het roze, dacht hij, was verkeerd. Het accentueerde de roodheid in het gezicht van de vrouw, dat wil zeggen de roodheid van het vlees waar haar mond had moeten zijn. En ook waar haar neus had moeten zitten maar niet zat.

De ogen meende hij te kennen. Natuurlijk waren het de ogen van iedere vrouw die de dood voor de deur ziet staan. Of misschien zien ze het leven. De vertwijfelde ogen van de stervenden, die ergens naar hunkeren – misschien wel naar jou, dokter Stewart.

'Francine,' zei hij.

Haar tranen waren een marteling voor het open vlees van haar gezicht en hij zei dat ze alsjeblieft moest stoppen met huilen, als ze kon. Hij hief haar gezicht bij de kin naar het licht en liet haar het restant van haar mond openmaken om naar de staat van haar keel te kijken. Het was een klassiek ziektebeeld, met verzweringen van neus- en mondholte, vervorming van de stembanden. Hij legde zijn vinger op zijn lippen voor het geval ze iets wilde zeggen.

'Een paar jaar geleden had je een laesie op je huid,' zei hij, en ze knikte. Daarna vertelde hij haar wat ze al wist.

Eliza was er niet toen hij de kamer uit kwam. In de gang stond een indiaan – vrijwel zeker Miltón – die zijn recept aannam en, nogal brutaal, hardop voorlas. Op welke onverwachte eruditie Stewart riposteerde met:

'Lutzomyia, weet je.' Waarop Miltón zei:

'Zandvlieg. Ze zijn gek op blank vlees.'

Stewart wou dat hij ophield een vulgaire, slimme man te zijn en weer een indiaan werd, en zijn ergernis hield hem de hele weg terug naar de fles rauwe rietsuikeralcohol in zijn huis bezig. Hij had scotch, maar dit was geen gelegenheid voor scotch. Van scotch zou hij huilen.

En de dag daarop, van Eliza, een geschenk – een mandje kersen, rood als een open wond, hun tere stengeltjes en hun dikke, donkere huidjes niet wonderbaarlijker dan het ijs waarin ze bezorgd werden.

De volgende keer dat Stewart naar La Recoleta ging, trof hij Eliza op de binnenplaats, diabolo spelend met de enige zoon van Juana Pesoa, de verstoten maîtresse van Francisco López. De dokter keek naar de verdwaasde, vurige ogen van de jongen (die veel te oud was voor dergelijke spelletjes) en aarzelde.

'Ga nu maar. Schiet op!' zei Eliza, en de jongeman holde in een logge imitatie van kindsheid naar binnen.

'Arm kind,' zei ze toen hij weg was. 'Zijn moeder ligt op sterven, weet u dat?'

Ze zei het zo perfect – misschien had ze de beste bedoelingen. En om het zwijgen van de dokter op te vullen nam ze zijn arm en zei:

'Weet u, dokter Stewart, ik ben de fortuinlijkste vrouw in Paraguay. Dus het is een soort lijfspreuk van me – je moet het spréiden.'

Stewart keek naar de vogels. Er zat inderdaad een gier,

vastgeketend aan een staak in de hoek, en hij was erg mooi. Hij wilde de vrouw naast zich niet aanraken. Hij wilde haar hand niet op zijn arm.

Ze informeerde naar zijn onderkomen – had hij een tuin? En zijn tante, maakte die het goed? Toen dit alles mislukte, gaf ze een bediende een teken.

'U moet kennismaken met Pancho,' zei ze.

Haar zoon. Wiens hart hij door de dikke huid van deze vrouw had horen kloppen. Hij moest intussen vier of vijf zijn. De verhalen schilderden een klein beest dat zijn kindermeisje beet en weigerde te leren lezen, maar toen Stewart hem in de deuropening zag, vond hij hem van een zuiverheid die boven de normale zuiverheid van kinderen uitsteeg; hij vond hem zuiver als een vlam. En dus speelde zijn moeder haar scène. Ze holde naar hem toe en omhelsde hem, haar lieflijke knie gebogen, haar prachtige zijde in het stof. Het kind vocht zich vrij en begon te praten, en de hoek van hun gezichten was zo volmaakt, de afstand tussen hen zo stralend en zorgvuldig, dat Stewart haar vergaf – voor welke misdaad wist hij nog niet. Dit was het tegengif. Dit was wat hij wilde. Dit. Wat hij wilde bezitten was niet het lichaam van een vrouw, maar de stille lucht tussen haar neigende hoofd en het opgeheven gezicht van haar kind. Lucht die gevormd wordt door wang en wimper, door lachende lippen en hoopvolle, bemoedigende ogen. Hij wilde geen vrouw – zelfs niet deze vrouw, Eliza Lynch – wat hij wilde was een vrouw zijn zoon geven, of afnemen.

En na deze sentimentele hinderlaag had hij de indruk dat Francine redelijk goed verzorgd werd, naar behoren gevoed en verpleegd in een kamer die klein maar schoon was – dat ze een normale melancholische verzameling problemen, symptomen, verlichtingen was; een tropische ziekte, een normale, hopeloze poging om te sterven.

Aan de andere kant van de stad nam de oude López zijn tijd. Hij was nooit mager geweest, maar nu leek hij dik op merkwaardige plaatsen. Zijn oogleden werden strak en zwaar, zijn oorlellen mollig. Stewart diende hem diuretica toe – paardebloempoeder en digitalis – en zijn pis vulde emmers. Hij zwol op, piste zich kleiner, zwol opnieuw, en Stewart, niet onbekend met vloeibare genoegens en vloeibare pijn, maakte van de weeromstuit een droge periode door. Soms zag men hem in een dronken bui zijn *caña* op straat leeggieten, zodat de goedkope drank klokkend in het stof spatte. Als Stewart in de olie was, verafschuwde hij alcohol en nuchter was hij geen liefhebber van thee.

In werkelijkheid waren de geruchten over zijn nuchterheid prematuur. Hij stopte met drinken tijdens de eerste ziekte, de zweer die het vlees van de dictator als het ware smolt. Hij stopte één keer en daarna stopte hij nog een keer. Bij elkaar stopte hij zes of zeven keer. Maar strikt genomen stopte hij pas (voor de laatste keer, voor de eerste echte keer) op die avond in de schouwburg toen hij bij zijn vertrek rakelings langs de maagd Venancia Báez liep.

Of misschien was dit alleen maar het verhaal dat hij zichzelf destijds vertelde – dat de twee redenen waarom hij nuchter werd de twee bruine ogen van Venancia Báez waren, bruin als de vergetelheid, zo bruin als zwart bruin is (of bruin, zoals hij na hun trouwen zei, als aapjesogen, speels en wijs). Want het verhaal veranderde toen ze midden in de oorlog zaten en de lieflijke Venancia knorrig en benepen werd omdat de oorlog haar niet zinde en ze ook niet inzag waarom dat zou moeten. De oorlog maakte haar dik en hamsterziek, en zolang de oorlog duurde, kon ze niet vrijen, kon ze niet aardig zijn, zelfs niet tegen haar eigen kinderen. Toen dit gebeurde, concludeerde Stewart dat het bij nader inzien toch de ziekte van de dictator was geweest die hem de drank had doen afzweren, want deze slachting, deze verspilling, de groeiende stapel van gewonde soldaten geoogste ledematen op de grond naast zich, al deze dingen gaven hem het gevoel levend en onversneden te zijn. De eerste dagen van de oorlog maakten hem zo ongecompliceerd dat hij meende zijn ware ik gevonden te hebben – dat alle verkeerde afslagen en schijnbaar doodlopende sloppen van zijn leven hem hiernaartoe geleid hadden en bij nader inzien dus toch de juiste afslagen waren geweest.

Een ander verhaal zou simpelweg kunnen zijn dat Stewart meer zijn buik vol had van de drank dan van zichzelf – altijd een delicate vergelijking. Op een nacht maakte de aanraking van zijn dode moeder hem wakker en ontdekte hij dat het de hond was die het braaksel uit zijn haar likte – en wat bekleef, wat, zou je kunnen zeggen, de doorslag gaf, was zijn moeder, niet de hond. Dit was een verhaal voor zijn oude dag, toen zijn moeder – zo lang vergeten – weer bij hem was, voortdurend.

Maar ongeacht wat hij er in de loop der jaren over vertelde of loog, het bleef een feit dat Stewart zich concentreerde op Engelse thee en de ononderbroken verzorging van het opgeblazen lijf van de oude López. En als hij niet bij het bed was, stond hij, in Latijnse stijl, onder het venster van Venancia Báez en maakte hij haar vader het hof alsof deze een vrouw was. Hij liet zijn liefdesbrieven schrijven door een van de bejaarde oude vrijsters Cordal, die er al haar dromen in stortte en bekend was met de vorm.

Het zou twee jaar duren na die eerste blik in de schouwburg voordat hij de naakte borst van Venancia Báez zou zien, twee jaar voordat hij zijn blikken kon laten weiden over haar blote keel of de huid van haar prachtige armen. Elke zondag keek hij naar haar als zij op weg was naar de kerk, verborgen onder een mantilla van zwarte kant en een dikke fluwelen jurk die als mos tegen haar opkroop, en soms vroeg hij zich af of haar lichaam eronder veranderd was. In zijn hoofd gaf hij haar ziektes; een krop die tegen de parels drukte die ze die avond droeg, een uitslaande psoriasis, een tuberculeuze reutel die haar lieve jonge longen verzuurde. Bovendien was hij verliefd geworden op een kind en werd ze langzaam een vrouw. Hij kon niets doen om dat te vertragen of tegen te houden – hij zat gevangen tussen zijn begeerte voor wat al verloren was en zijn begeerte voor wat hij misschien zou winnen en het maakte hem gek, alsof hij verliefd was op de toekomst en verliefd op het verleden, en zijn dagen sleepten zich voort met vegetatieve traagheid, terwijl Venancia Báez ergens in haar diepe, koele huis bloeide.

De schouwburg was intussen gesloten. Het was tenslotte een bordeel, en wie kon aan dat soort geneugten denken terwijl ze op de dood van de oude López wachtten? Hij moest stervende zijn – de dokter was nuchter, werd met de dag nuchterder, en overal woedde de kalmte.

Buiten de dichte luiken leek de natie stil te staan en tegelijk met sprongen vooruit te gaan. Spoorwegen slingerden het land in, de rails werden met toenemende haast een voor een neergekwakt, als een vrouw die steeds sneller breit om klaar te zijn voordat haar wol op is. De bevelen kwamen een voor een – of waren ze enkel verbeelding? – uit de donkere kamer waar de oude López aan waterzucht leed. Het was alsof zijn zwakte hem almachtig maakte. Zijn vrouw, doña Paula, nam haar ware positie in als Cerberus voor zijn met ijzer beslagen deur en verbood soms de toegang aan haar eigen zoons, die als geslagen honden rondslopen en elkaar op straat negeerden.

Overal in Asunción liet men zich door deze golf meevoeren, niet wetend dat heel het gigantische tij op het punt van keren stond. Men zei dat de volgende president een Cordal zou zijn, men zei dat Francisco het verbruid had en men verkneukelde zich al bij voorbaat over de vernedering van Eliza Lynch. Het kon elke dag gebeuren. Het wás al gebeurd. Iemand zag haar 's nachts met een houten kist vol goud haar huis uit sluipen. Iemand zag haar met blauwe plekken van een pak slaag. Iemand zag haar met een ziekte.

Als Stewart in deze tijd naar La Recoleta ging, vond hij Eliza verstijfd van paniek. Francisco zat in de bovensalon met een verre blik in zijn ogen, als luisterde hij naar de zwoegende adem van zijn vader aan de andere kant van de stad. Op een middag bediende ze hem niet zelf, maar stuurde hun zoon door de kamer met de delicate last van een glas cognac voor zijn vaders tanden. Eliza gaf hem een zetje in zijn rug, alsof ze een speelgoedbootje lanceerde, en na een korte aarzeling aanvaardde het lumineuze kind de lange tocht naar de stoel van zijn vader. Hij stond voor de oude stier en de cognac fonkelde in het licht en zijn vader keek naar hem en het kind beantwoordde zijn blik met een ernstige, lieve glimlach. Een ogenblik lang, dacht de dokter, kon de balans naar twee kanten uitslaan: López kon het aangeboden glas aannemen of het de jongen uit de hand slaan. Hij verschoof zijn logge lichaam en zette zijn handen op de armleuning van zijn stoel alsof hij zich opmaakte om overeind te komen. Toen liet hij zich weer zakken.

'Op de tafel,' zei hij, doelend op het kleine speeltafeltje naast zich. Het kind zette het glas voorzichtig neer en López schopte hem met een lome trap tegen zijn achterste terug naar zijn mama.

'Tijd dat we je haar knippen,' zei hij. 'Hè, Pancho?'

Hij liet Stewart een stuk papier zien – het allereerste treinkaartje voor de eerste spoorweg in Zuid-Amerika. Hij was er zo trots op dat hij het niet uit handen wilde geven. Hij draaide het om en om en drukte het tegen de ronding van zijn dij, en zag toen tot zijn verbazing dat hij het opgerold had tot een kleine, strakke cigarro die hij, toen de dokter afscheid nam, in Eliza's *décolletage* gooide.

En: Hij houdt van haar, dacht Stewart. Hij houdt dus toch van haar. Want er vonkte een blik tussen hen – buiten de samenzwering van hun zitkamer en de samenzwering van hun bed – die met recht 'liefde' genoemd kon worden, want hij was zacht en fel en volstrekt leeg. Stewart dacht aan de verhalen die de ronde deden – dat Eliza hem de diensten van de dochters van verre landheren bezorgde; dat ze bij hun eigen vaders navroeg of ze nog maagd waren, alsof ze vaarzen kocht – en ze gaven hem niet de gebruikelijke voldoening. Sterker nog, ze stemden hem triest. Haar 'lieve vriend' hield van haar. Wat viel er nog meer te zeggen?

De meid Francine ging reutelend dood. De kanker die aan Francisco's gewezen maîtresse Juana Pesoa toebehoorde, brak door de wand van haar buik en ze kwam aan een afgrijselijk einde. En de oude López leefde op en stierf verder. Zijn dochters wasten het lichaam van de dictator tot het middel, zijn vrouw verzorgde wat daaronder zat. De doeken die ze gebruikten, werden op een ongemarkeerde plaats begraven en de priesters vochten bij zijn deur. Toen – misschien kwam het door de eindeloze irritatie van de domklokken, of misschien door de eerste trein die zo geestdriftig het einde van de eerste spoorweg voorbij reed, maar op een gegeven moment begon het sterven van de dictator het volk te vervelen, en met de verveling kwam haat en de behoefte om uit zijn vreselijke klauwen verlost te zijn. Het was tijd om de levenden van de doden te scheiden. Het was tijd om weer te zingen en te dansen met een fles op je hoofd. Het was tijd voor Eliza's picknick.

Ze hield hem aan boord van de Tacuarí.

Toen Stewart zijn middagbezoek aan zijn (nu, eindelijk, verloofde) Venancia Báez bracht, was hij verbaasd de kaart te zien die ze hem met trillende vingers ter goedkeuring aanbood. Het was een dikke kaart met een vergulde rand van het soort dat Stewart vele malen gezien had – zij het niet, besefte hij met een steek van verdriet, sinds zijn aankomst in Asunción.

'En wat heeft dit met mij te maken?' vroeg hij, ontstemd over zijn heimwee naar het leven dat hij achtergelaten had – een leven dat veel van zulke fantastische alledaagse dingen gekend had. Venancia's tante, die in een hoekje van de kamer zat te dutten, opende één kil oog.

'Als je het leuk vindt, moet je gaan,' zei hij, en nog terwijl hij dat zei, wist hij dat leuk vinden er niets mee te maken had. Venancia drukte de kaart tegen haar borst en gaf hem een bruine blik. De uitnodiging was gesteld in naam van Eliza Lynch.

Kort daarvoor waren er vijftig Baskische boeren in Asunción aangekomen, die nu op de kade wachtten op een schip dat hen verder stroomopwaarts naar een open plek in het woud zou brengen. De plek zou Nueva Bordeaux gaan heten. Er zou een fiësta zijn. De mannen zouden over land reizen, terwijl de dames zich per schip naar de nieuwe stad zouden begeven, en op de rivier zou een grootse picknick gehouden worden.

Intussen was de zwoegende adem van de oude López in een melkachtig roze schuim veranderd. De Basken op de kade sloegen naar de lucht voor hun gezicht, hun ogen hard van ongeloof bij het zien van de maagden en matrones die zich een weg door de pas aangekomen balen stof zochten. Nog een jurk. Nog een wade die genaaid moest worden voor het lijk van hun deugdzaamheid. Een vreemde, elegische daad van kiezen tussen crêpe de Chine en geglaceerde zijde, die als schitterend water voor hen uitgespreid lagen. Ze betastten het en bewonderden het en lieten het weer vallen, alsof ze in grote weelde gingen trouwen, maar allemaal met de verkeerde man.

Stewart droeg Venancia op in het blauw te gaan. Hij droeg haar op te glimlachen. Hij zei dat ze nu aan hun toekomst moesten denken, dat ze hun kans moesten waarnemen. Zijn ambitie verbaasde hem. Hij deed het natuurlijk voor haar – de lieflijke Venancia die gevoed en gehuisvest en in de beste kleren gestoken moest worden – en daarom gaf hij haar mede de schuld; omdat de prijs van Venancia, de prijs van zijn toekomst, was dat hij op deze manier onder Eliza Lynch' schrandere ogen moest komen.

'Maar ík ben degene die zich te schande maakt,' zei Venancia. In welk geval, zei Stewart, ze niet de enige zou zijn. Venancia monterde enigszins op. Het was waar: elke vrouw die ze kende zou op dat schip zijn. Ze zouden in maanden niet uitgepraat raken.

In werkelijkheid praatte niemand over Eliza's picknick op de rivier toen die eenmaal voorbij was. In 'Nueva Bordeaux' speechten en dronken de mannen en deden ze iets Baskisch met een levende eend, terwijl ze op de komst van de dames wachtten. Maar de dames kwamen niet en vlak voor zonsondergang lieten de mannen de nieuwbakken kolonisten met een hoop voorraad (een paar kostbare ijzeren schoppen, zakken zaaikoren dat zou beschimmelen, zakken cassave die ze op de verkeerde tijd zouden planten) achter op hun plek in het woud en reden naar huis. Men praatte over een aanvaring op de rivier, over verschietende zandbanken, maar achter een bocht in de rivier zagen ze de Tacuarí met afgedekte vuren en gestreken zeilen op het water liggen. De kapitein hoorde hun kreten en antwoordde met een stoot van de stoomfluit, waarop het grote schip zich traag door de stroom liet omdraaien, lui stoom maakte en hen volgde, terug naar Asunción.

De mannen wachtten op de kade op hun vrouwvolk. Ze zagen het van boord komen, in ganzenmars. Ze hielpen de dames in rijtuigen of zetten ze op hun paard of namen, als de paarden afgemat waren, de teugel in één hand en de hand van hun vrouw in de andere. En als hun vrouw uitgeput was, sloegen ze een arm om haar middel – en op deze wulpse manier vulden de straten zich met echtparen met hun dieren en bedienden op sleeptouw, de mannen zwijgend, de vrouwen struikelend en geluidloos huilend – of lachend, sommige – tot het trieste bacchanaal verstrooid was en de deuren van hun huizen een voor een dichtvielen.

En niemand die er nog een woord over sprak.

Uiteraard roddelden de vrouwen nog steeds na de picknick, zoals de mannen nog steeds mompelden en spuugden, maar er kroop een stilte in de reten tussen hun woorden tot de woorden zelf hun logica verloren. Alles klonk nu als een grapje tegen een lege ruimte.

Stewart sloeg zijn slag door een audiëntie aan te vragen, en te krijgen, bij de toekomstige dictator Francisco Solano López. Op de afgesproken dag werd hij een groot witgekalkt vertrek binnengeleid waarin alleen maar een grote tafel stond. Op de tafel, afhangend tot de grond, lag een dik kleed waarin een wirwar van verstrengeld dof gouddraad was verweven. Door dit oppervlak gescheiden stond hij tegenover López en in de blikken die ze wisselden lag hetzelfde vermoeide grapje. 'Wie had dit kunnen denken?'

Als López dezer dagen zijn mond opendeed, gebeurden er dingen; als hij liep maakte de wereld plaats voor hem. Er was geen afstand meer tussen zien, weten, doen. Francisco Solano López was eenvoudig geworden en Stewart merkte dat hij met een soort dier praatte, even gevaarlijk en ontspannen. Spijtig dacht hij aan de twee dwazen aan boord van de Tacuarí, de kleine, pompeuze mesties en hijzelf: de trots van de universiteit van Edinburgh, verdwaasd en gevoelvol en dronken. Waar was hij gebleven, die slordige jongeman die over het moeras uitkeek en vond wat hij zocht – eindelijk een wildernis die groot genoeg was om in te janken (een doel waarvoor de salon van zijn tante ietwat te klein was geweest)? Wat was er in de tussenliggende jaren met hem gebeurd? Hij was harder en zwakker geworden, dat was wat er gebeurd was – en hij had het liefde genoemd.

Toen Venancia hem vroeg hoe het onderhoud gegaan was, zei hij dat hij precies zoals hij gewenst had de positie van generaal-majoorarts van het leger had verworven. Hij had de export van *yerba mate* aangekaart en tegen buitengewoon gunstige voorwaarden een vergunning gekregen. Hij zei dat hun toekomst verzekerd was. Hij zei niet dat ze zijn leven verpest had. Maar hij wist dat die gedachte, nu ze eenmaal zijn hoofd was binnengedrongen, zich vroeg of laat naar buiten zou werken.

In plaats daarvan vroeg hij naar het ware verhaal van Eliza's picknick – voorlopig zou zijn wreedheid jegens haar zich hiertoe beperken. Ze wandelden in de ommuurde sinaasappelboomgaard achter haar huis, tussen bedwelmend bloeiende bomen. Haar tante zat op enige afstand en Stewart meende kans te zien een kus te stelen, een snelle kus in de gespikkelde schaduw. Misschien werd dit zelfs verwacht, en de aandacht waarmee hij naar haar lippen keek, leidde hem af van de eerste woorden die ze vormden.

Venancia keek naar de grond. Toen ze sprak, klonk haar stem vederlicht en onverschillig en meed ze zijn blik.

Mme Cochelet, zei ze, had de dames, verstijfd bij het vooruitzicht van de vernedering die hun aan boord van de Tacuarí te wachten zou staan, moed ingepraat. Er waren dingen, had Mme Cochelet verklaard, die ze als echtgenotes niet konden vermijden en er waren dingen die ze als dames eenvoudig niet konden doen. En dus moesten ze een offer brengen en een compromis sluiten. Ze zouden gaan. Ze zouden zich kleden. Ze zouden de Tacuarí betreden alsof ze een *fête-champêtre* bijwoonden, geen begrafenis. Maar ze zouden de grens trekken bij Eliza Lynch.

En dus liepen ze op de vastgestelde dag op een vroeg uur met hun goudgerande kaarten in hun met kralen bestikte reticules de loopplank naar de Tacuarí op; in maagdelijk wit, in groen damast, in grijze en roze zuurstokdessins. Ze persten hun rokken tussen de leuningen en tilden de voorkant van hun hoepels op om het indecente opwippen van de achterkant tegen te gaan en boven gekomen keken ze stuk voor stuk dwars door de vrouw die op het dek stond heen. La Concubina Irlandesa. Hun gastvrouw. Ze droeg een jurk die helemaal uit kant bestond. Hij kroop om haar hals en sloop naar haar handen, waar hij door de ringen die ze droeg in een soort glinsterende want gevangen werd. Ze was *enceinte*

– alweer – en dit maakte het op de een of andere manier makkelijker om hun buik in te trekken toen ze zich langs haar heen wrongen, angstvallig de bastaardbuik en haar schreeuwende smaragden en hemelse parfum vermijdend. Eliza glimlachte en heette hun een voor een welkom, soms (ongehoord!) bij naam. Niet één vrouw antwoordde haar. Ze achtten zich er niet toe in staat, zei Venancia, toen Stewart uit zijn kussende dagdroom ontwaakte om te vragen hoe ze zo onvriendelijk konden zijn. Ze kónden het gewoon niet, zei ze, en het kippenvel dat hij op haar lieflijke onderarm zag, sprak haar niet tegen. De afkeer was lichamelijk. Venancia Báez, besefte hij, zou Eliza net zo moeilijk kunnen aanraken als een drol.

Ze liepen langs haar heen, zei ze, en hielden zich groot: wezenloos kijkende meisjes en nerveus grinnikende vrouwen. De oude vrijster Cordal met haar plotselinge gierende giechel en mindere idioten die in elkaar doken of naar de andere reling vluchtten. La Lincha draaide haar hoofd om elk profiel dat voorbijkwam te volgen, nu een hoge Cordalneus, dan een paar uitpuilende, witomrande ogen dat een dochter van Mme Cochelet aankondigde. Zelfs haar eigen 'schoonzusters' Rafaela en Inocencia (tja, je kon ze moeilijk 'smerigzusters' noemen) keek ze hondsbrutaal aan toen die snel langs haar heen keken en luidkeels de tussen de masten gespannen wimpels bewonderden. Ze gaf geen krimp, dat moest je haar nageven, en al die tijd vertrok haar gezicht van trots, alsof ze zeggen wou: '*Ik ken jou.* Ik ken je man, je broer. Zelfs je vader. Ze vertellen me dingen die ze nooit van hun leven aan jou zouden vertellen.'

Het was afschuwelijk, zei Venancia, en moeilijk. Het was het moeilijkste wat ze ooit gedaan had. Sommige meisjes moesten reukzout gebruiken om het eind van de loopplank te halen. Maar ze deden het allemaal, en met bonkend hart en glanzende ogen zaten ze bij elkaar, babbelend alsof er niets aan de hand was en genietend van het water en de streling van het briesje toen de boot zich losmaakte van de kade.

Niemand aan dek was zo onzichtbaar als Eliza. Vijftig paar ogen weigerden haar te zien. Vijftig gladde voorhoofden deden alsof de plek waar ze stond alleen maar lucht bevatte. En zo voeren ze, zich vergapend aan de twee reusachtige schoepenwielen, aan de staatsiezaal met zijn aan de vloer geboute, ietwat schimmelige meubilair – dat niettemin zo elegant was dat je bijna zou denken dat het schip je helemaal naar Parijs zou brengen of dat je na de volgende bocht Parijs zou zien liggen. Ze zaten aan de zonkant omdat La Lincha de schaduwkant koos, en wachtten op de picknick.

Venancia pauzeerde even om te slikken. En toen ze de gerechten die voor hen uitgestald werden begon te beschrijven, moest Stewart denken aan een ander meisje aan boord van de Tacuarí dat van eten droomde. Hij herinnerde zich Eliza als negentienjarige, jengelend om meloenen. Hij herinnerde zich haar aan tafel, waar ze achteloos probeerde te eten, en hoe ze naar de vogels op het water en de dieren op de oever keek. 'Gebraden,' zeiden haar ogen tegen een witgeborste zilverreiger. 'Geroosterd,' tegen een slapende tapir. En tegen een springende vis: 'Gegrilleerd, met een saus *meunière*.'

'Getruffeerde kalkoen,' zei Venancia. 'Eieren *à la neige*, gekookte ham met peper, gerookte paling.' Bij elke schotel die op tafel verscheen, fluisterde een hofmeester naam en afkomst van het gerecht. De palingen kwamen uit Rusland, de ham uit Eriga, de foie gras uit Straatsburg. Er waren ook dingen die zogenaamd uit Europa afkomstig waren, maar waarschijnlijk niet heus – een gevulde en gelardeerde 'snoek', wiens snuit een welwillender en lokalere uitdrukking had, en patrijzenvleugels die verdacht op tinamoe leken, hoewel de saus van gepureerde kastanjes echt rook. Er was zwezerik met langoestsaus, een verse tonijn, borden kuit. Er was champagne en bordeaux en voor de beschroomdere gasten eiwitpudding, negus en bowl. Er waren met ijs gevulde leren emmers vol veldflessen aardbeiensap en ananassap, er waren flessen Montbellowater voor de slechte spijsverteerders. De schotels bleven komen: met vette bacon in zijn eigen jus gesmoord kalfsvlees, wonderbaarlijk vroege erwten, diverse soorten pasteitjes, *poulet marengo*, een speenvarken. Eén enorme schotel bevatte een stapel asperges, gezaaid, zo zei de hofmeester, op het dek van een schip in een Franse haven en onderweg tot wasdom gebracht (ze houden van zilte grond, zoals Mme Cochelet later uitlegde) door het geforceerde voorjaar van de Atlantische oversteek, zodat de stengels bij hun aankomst in de hoogzomer van Asunción wit aan de wortels begonnen te worden. Rijp. Het effect van deze groene stapel op Mme Cochelet was zo uitgesproken dat de dames aan weerszijden haar armen vasthielden. Of ze nu een flauwte wilden bedwingen of haar vraatzucht in toom wilden houden – het was iedereen duidelijk dat Mme Cochelet bij haar beslissing moest blijven om niet iedereen bloot te stellen – waaraan was niet duidelijk. Maar nu liep Mme Lynch naar de tafel om de leiding te nemen over wat per slot van rekening haar picknick was, en de vrouwen die het dichtst bij haar stonden deinsden heel begrijpelijk achteruit. Gelukkig (althans op dat moment leek het gelukkig) bevond zich aan het hoofd van de tafel een gemengd contingent Cochelet-Cordals, en die toonden hun karakter door vlak voordat La Lincha de 'doorbuigende tafel' bereikte de rijen te sluiten.

Mme Lynch deed een poging voorbij hen te komen, maar haar vijandinnen sneden haar soepel de pas af. Waarop ze bleef staan en naar hun ruggen keek, terwijl de vrouwen zich rood van opwinding op hun volgende grote uitdaging bezonnen – hoe moesten ze de schotels geserveerd krijgen? Mme Cochelet hakte voor iedereen de knoop door. Ze pakte eigenhandig een schaal en gebaarde naar de 'hofmeester', die een bevende lepel in zijn hand had.

'Dank u,' zei ze.

De asperges raakten bijna haar bord, de hollandaise drupte zelfs al op het koele sèvres glazuur, toen Mme Lynch sprak. Ze verhief haar stem niet, maar sprak zo zuiver en helder dat iedereen haar hoorde.

'Miltón,' zei ze (zich richtend tot de man met de lepel), 'gooi het overboord.' Bliksemsnel gooide de kleine wilde indiaan het tafelgerei over zijn schouder. De asperges beschreven een wijde boog door de lucht en spreidden zich uit tot zes traag rondwiekende (zo leek het althans) sappige speren die een voor een over de reling vlogen. Een seconde later hoorden ze het spet-spat-plons. De indiaan hield op een bijna geamuseerde manier zijn hoofd scheef en keek naar La Lincha, die zijn blik in volmaakte verstandhouding beantwoordde en zei:

'Alles.'

En hij klapte in zijn handen. Klits-klets.

'Oké, klerelijers,' zei hij (in het Guarani natuurlijk – dat geen enkele dame zich kon verwaardigen te verstaan), 'laten we dit spul de rivier in keilen.' Ze baanden zich een weg door de kring verbijsterde vrouwen, één bediende per schotel – ze droegen de schotels hoog boven de hoofden van de gasten de kring uit, lieten ze zakken en renden gretig naar de reling. Sommigen smeten ze met porselein en al het water in en veegden hun handen af alsof ze er een zware klus op hadden zitten. Waarna ze als één man door het luikgat verdwenen. Alles was weg, zelfs het tafelkleed. Op de rivier dreef een vettig laagje hollandaisesaus en *sauce à la Soubise*, maar zelfs dat was even later verdwenen.

Het was vreemd, zei Venancia, maar het eten dat er op de schotels zo heerlijk had uitgezien – toen het in het water zonk, leek het net braaksel. Niet dat zij als een idioot naar de reling gerend was om erachteraan te gaan, natuurlijk – maar Mme Cochelet stond daar plotseling wel, schreeuwend, jankend naar een stomme groente, met iedereen erbij. Nee,

Venancia had haar mond gehouden en zich alleen maar afgewend. En dat, zei ze, was het ware verhaal van de picknick. Als hij het zo nodig moest weten.

Stewart wist dat dit allesbehalve zo was – de week na de terugkeer van de vrouwen was een van zijn drukste geweest. Hij bestookte haar met verhalen over zonnesteek, toevallen, de twee miskramen waar hij persoonlijk bij was gehaald, en uiteindelijk gaf ze toe dat de rest van de dag... moeilijk was geweest.

Na haar indrukwekkende geste had Eliza zich teruggetrokken naar de schaduwkant van het schip. Ze stond een poosje aan de reling en keek uit over het water. Daarna gaf ze de kapitein opdracht het schip stil te leggen en ging zitten. Tien uur lang bleef ze zitten. Aan de andere kant van de Tacuarí vielen vrouwen in zwijm van de opwinding en werden weer bijgebracht – om vervolgens in de middagzon opnieuw te bezwijmen. Hun jurken werden vlekkerig, eerst van het zweet, later door de kribbige achteloosheid van zonnesteek en op het laatst werden ze soms in delirische dolheid verscheurd.

Een poosje lang, zei Venancia, wist ze niet wie ze was.

Als Stewart op dat moment in haar ogen gekeken had, zou hij gezien hebben dat dit meisje intussen meer van zichzelf wist dan ze ooit had gewild. Maar de dokter in hem had er behoefte aan het tafereel te bestuderen – de diverse stadia van de beproeving der dames: wanneer beseften ze dat hier misschien geen eind aan zou komen? Zaten de vrouwen alleen of hielpen ze elkaar als de noodzaak zich voordeed? Vreesden ze voor hun leven? Probeerde niemand Eliza's schaduw te delen? Niemand, zei Venancia heel beslist. De rest wist ze niet meer. Eerst was het opwindend, toen saai en uiteindelijk rampzalig. Op een gegeven moment begon Mme Cochelet hymnen te zingen, maar ze zong in het Frans en dus zong niemand mee. Ze had de indruk dat familieleden bij elkaar bleven, hoewel ze ook daar niet helemaal zeker van was, omdat in sommige families ook gevochten werd. En Eliza? At ze zelf om de rest nog meer te tarten? Nee, zei Venancia, ze bleef roerloos zitten. Maar ze was in een zekere staat, zei Stewart. Venancia moest diep nadenken, ze moest het zich herinneren.

'Ik herinner me dat ze niet at,' zei Venancia. 'Ik ben niet helemaal gek.' Waarop ze begon te huilen. Toen Stewart haar wilde troosten sloeg ze hem van zich af en scheurde een diepe, ijselijke jammerklacht zich uit haar los, terwijl ze met beide handen naar de plaats greep (kon hij niet nalaten op te merken) waar haar schoot op een dag misschien zou opzwellen.

'En nu zal ik nooit meer asperges eten. Ik zal ze niet eens ooit proeven. Nooit! Nooit!'

Waarop haar oude tante toesnelde, haar met een norse blik bij haar middel pakte en omdraaide en als een danseres meevoerde.

Hierna kreeg de dictator natuurlijk eindelijk genoeg van al dat gesterf en stierf hij gewoon. En uiteraard wierp de jonge López één nonchalante blik op het lijk alvorens het testament van de oude man te openen en zichzelf tot erfgenaam uit te roepen. En natuurlijk kreeg niemand anders het testament te zien – dat was nergens voor nodig. Want de jonge López was natuurlijk geen leugenaar. En zo ging het verder, het bijeengeroepen congres, de unanieme stemming, het inhuldigingsbal. En de invitaties voor het bal werden verstuurd uit naam van Eliza Lynch.

Stewart kon geen belangstelling opbrengen voor de algemene vrouwelijke vernedering – hij had zijn eigen bijzondere privé-vernedering toe te brengen. Hij ging trouwen. Een week nadat de jonge López de enige López was geworden, werd Stewart generaal-majoorarts van het leger en werden de toebereidselen voor de verhuizing – van haar vaders huis naar het zijne – van de aanvallige Venancia Báez op gang gebracht.

Misschien had de verloving te lang geduurd. Stewart verheugde zich niet op de ontmaagding van zijn knappe vrouwtje, hoezeer hij daar ook naar verlangde. Hij kreeg het gevoel dat ze hem enigszins op de zenuwen werkte. Hij vond nu al dat het moment waarop hij zijn eerste blik op haar wierp de gelukkigste tijd van zijn leven was geweest, toen hij verstrikt zat tussen het kind en de vrouw, die geen van beiden in zijn armen lagen. En vanaf dat moment was dit de officiële versie van het verhaal van zijn leven. Hij was het gelukkigst toen hij dronken was van liefde en haar naam alles was. Venancia Báez. Venancia Báez.

Op de morgen waarop ze Venancia Stewart zou worden (een naam die ze niet eens uit kon spreken), nam de dokter een medicinale dosis van een uitstekende Speyside-scotch, speciaal ingevoerd voor het bruiloftsontbijt. Tegen de tijd dat hij trouwde, was hij zo dronken dat hij weer nuchter leek en vroeg in de middag was hij lazarus.

Venancia huilde niet. Ze glimlachte. Ze klapte kinderlijk opgetogen in haar handen toen hij over zijn eigen stoel struikelde. En zo ging ze, met alle gratie die ze kon opbrengen, andermaal haar ondergang tegemoet.

Van alle mensen om aan te klampen, klampte Stewart Whytehead aan. Hij dreef hem in een hoek. Hij vertelde hem dat hij een machine was, een automaat, een ding van hendels en katrollen – maar waar, vroeg hij, zat de hendel voor zijn hart? Zat die hier? Of hier? En hij prikte zijn landgenoot in de borst en (bijna) in het kruis. Hij vroeg: En hoe zit het met vrouwen, Whytehead? Hij zei dat hij daar ook geen trek in had. Whytehead had gelijk, het was allemaal beroerd genoeg om van te kotsen. Whytehead had het goed gezien: hard werken en op je buik slapen. Het geld naar huis sturen. Het geld, het geld. Stewart had een tante. Whytehead had drie zusters en zijn moeder leefde nog, nietwaar? Goddank. Goddank dat al die vrouwen nog in leven waren, zodat je als man iets met je geld kon doen.

Whytehead zat zwijgend op zijn stoel. Hij luisterde. Hij leek Stewarts woorden te verwelkomen; hij koesterde zich er bijna in. En de bruiloftsgasten, die ergere dingen gezien hadden in hun tijd, goten stiekem wat whisky in Venancia's bowlglas en lieten de twee '*ingleses*' met rust.

'We zijn geen vrienden geweest,' zei Stewart, en hij nam Whyteheads droge hand in de zijne. 'We zijn niet de vrienden geweest die we hadden moeten zijn.'

Een poosje bleven ze zwijgend zitten. 'Het wordt oorlog,' zei Whytehead.

Stewart liet zijn schouders hangen. Zijn ogen rolden bloeddoorlopen omhoog om naar zijn vrouw te kijken, die zich aan de andere kant van het vertrek dapper met de gasten onderhield.

'Ik heb ze het liefst als ze ziek zijn,' zei hij.

'Dokter Stewart,' fluisterde Whytehead om aan te geven dat hij niet hoefde te zeggen wat hij in gedachten had; dat hij niet verder hoefde te gaan. Maar ze wilden allebei dat hij wel verderging. Ze vermeden elkaars blik, Stewart met een ruk van zijn hoofd, Whytehead met zo'n intense kalmte dat het een flauwte leek.

Hij hield van vrouwen met een goede ziekte, zei Stewart. Omdat die je hart braken. En dat niet alleen – hij had zijn vrouwen het liefst zoals hij mannen het liefst had: rauw, met de rug tegen de muur. In het lichaam, daar lag de waarheid ervan. Whytehead sprak hem niet tegen. Hij wachtte nu, zijn gezicht afschuwelijk wezenloos.

'Dat meisje was erg ziek. De dienstmeid. Wist je dat?' zei Stewart ten slotte, en daarna vertelde hij Whytehead dat ze uiteindelijk kalm gestorven was. Maar de tijd voor het eind was monsterachtig, zei hij, en daar weer voor had ze zich aan hem vastgeklampt. Waar Whytehead dankbaar voor moest zijn, dat een andere man zijn vuile werk had opgeknapt.

En deze kleine opwelling van woede slonk tot liefde voor

de mens aan de andere kant van de tafel. Tranen sprongen in zijn ogen en even staarde hij strak naar een tuiltje bloemen dat veronachtzaamd op het tafelkleed lag.

'Is het de bedoeling dat ik je bedank?' vroeg Whytehead. Waarop hij overeind kwam, zijn hoed en handschoenen pakte, Stewart het beste toewenste met zijn huwelijk en naar buiten liep.

DEEL 2

De rivier

Kalfsvlees

DECEMBER 1854, RÍO PARANÁ

Onze dode zeeman begon al zoetig te stinken – zo snel in die hitte. Ze weten niet goed hoe ze hem kwijt moeten raken en dus ligt zijn stoffelijk overschot op de brits van de dokter, waar hij gestorven is, terwijl de dokter buiten slaapt.

Al die tijd dat hij op sterven lag, was het stil op het schip omdat de mannen hem niet wilden wekken (waaruit?) met hun reparaties en gehamer, zodat de ketel nog steeds niet gemaakt is. Nu heerst er een ander soort stilte – de stilte die zich uit de mond van een dode over de wereld verspreidt. Een verwijding in ons hart. De mannen zijn allemaal rusteloos, en groot. Ze klossen rond of zitten, en bij het geringste geluid draaien ze zich woedend om.

We varen niet, alsof we deze plek midden in de vaargeul willen markeren. Misschien ligt zijn ziel hier nog steeds verankerd. Heel ver weg – anderhalve kilometer, zo niet meer – de groene rand van de oever. Van tijd tot tijd drijft een plantaardig luchtje van gladde, natte dingen over het water. Soms een ver, vallend gefluister als een boom het begeeft en op de grond stort, al jaren dood.

Men zegt dat het zwijgen van het woud een afwachtend zwijgen is, maar ik zeg dat deze bomen nergens op wachten en ook niet treuren. Ze groeien, meer niet. En ik voel mezelf met ze meegroeien. Er is een polsslag in mijn vingertoppen en als ik over mijn jurk strijk, voelen al hun lijntjes en spiraaltjes de zijde en lezen ze het patroon dat in zijn glans geweven zit.

Stilte. De lucht beweegt en de stank van de zeeman verspreidt zich tot we er gek van worden. Francine drenkt een lap om voor mijn mond en neus te houden en mijn huid wordt er rauw van. Domme gans.

Señor López wilde vanmorgen de dode naar goed zeemansgebruik in de rivier schuiven – maar hij stelde het zo twijfelend voor dat niemand zich geroepen voelde hem te gehoorzamen. Hij stamelde en de mannen wendden zich glimlachend af. Weer een dag verloren. Nu verkeert hij in een beheerste staat van razernij. De kapitein houdt zijn gezicht zorgvuldig in de plooi. Het werk aan de ketel gaat verder.

De dokter, in een hangmat buiten zijn eigen hut, verdooft zijn neus met een medicinale fles en valt eindelijk in slaap – maar de stank moet zijn middagdromen binnen sluipen, zoals hij ook de mijne in drijft. De enige activiteit is rotten en zwellen. In mijn gedachten zie ik de buik van de man even dik worden als de mijne. Ik stel me voor dat hij openbarst en dat er allerlei gruwels uit glibberen.

Zo erg kan het niet zijn. Ik zou een kijkje in zijn hut moeten nemen om zijn kalme dode gezicht te zien. De echtheid ervan zou me troost schenken. Ik voel de verleiding er stiekem heen te gaan om te zien hoe gewoon hij is; deze man die ons nu allemaal binnendringt – we ademen hem in en kokhalzen.

Hij is ietwat vlekkerig onder de huid, paars en zwart; ongetwijfeld niets ergers. Of misschien is er nog geen verkleuring, alleen maar wat pafferigheid, wat sponzigheid waar het vlees aan het zwellen is. Natuurlijk had de dokter hem een beetje moeten balsemen, maar de ellendeling is te druk bezig zichzelf te balsemen.

Vanavond zoekt señor López afleiding en dus probeer ik mensen te vinden voor een spelletje bezique. Meneer

Whytehead weigert nog steeds het kwartet vol te maken. Ik heb hem zien kijken en weet dat hij dol is op het vallen van de kaarten, maar hij mag niet om geld spelen en de meid heeft niets. Stewart wipt zijn jaspanden op om ze over een piepklein stoeltje uit te spreiden en gaat ernstig zitten, de kaarten als kleine snoeppapiertjes in zijn grote handen.

'Wat zal het zijn?' vraagt hij.

Om Whytehead betaald te zetten zeg ik dat we in plaats van om geld om verhalen zullen spelen. De verliezer vertelt alles.

'Verhalen?' zegt hij, alsof dat nog erger is dan geld verliezen. En ik draag hem op heel stil te zijn en Francine alle hulp te geven die ze nodig heeft. En dus beginnen we. Hij buigt zich over de schouder van de meid, heel oordeelkundig en lief, terwijl Stewart naast me luidruchtig ademhaalt.

De meid blijkt de verliezer te zijn. Ik had haar de verlegenheid liever bespaard, maar mijn lieve vriend is in een goede bui. En dus gaat ze heel bevallig op het puntje van haar stoel zitten en wendt haar gezicht half af. Ze houdt haar verhaal bescheiden kort, maar het is geen vrouwenverhaal, althans niet zoals ik dat soort dingen meet. Als ze liefde zoekt, heeft ze zich misrekend. Of misschien juist te goed gerekend. In dit hete vertrek praat ze over kou, en ik ruik de dode zeeman in haar adem, hoewel ik al onze kussens doordrenkt heb met *eau de lilas*.

Het verhaal gaat over haar grootvader die onder Bonaparte gediend heeft. In de tijd dat Francine hem kende, zegt ze, was hij zijn vingertoppen al kwijt en was de neus die hij boven zijn lieve, lachende mond droeg een volle centimeter korter, misschien zelfs meer. En in die geest gaat het verder tot we bij de Russische veldtocht belanden.

'Ergens midden in dat enorme land,' zegt ze (op een vormelijk soort verteltoontje), 'zeeg hij neer op grond die zo koud was dat hij weer warm leek. Hij wilde achteroverleunen om naar de hemel te kijken, want die winterse sterren waren mooier dan alle sterren die hij ooit had gezien. En toen kwam het hem voor dat hij ging liggen en de voeten van de soldaten aan zich voorbij hoorde schuifelen. Het was zo zalig. "Vergeet nooit," zei hij altijd, "dat de dood ook zalig kan zijn." En de sterren daalden neer tot hij dacht dat ze alleen nog maar op hem schenen.

Hij zou daar met alle plezier gestorven zijn als er naast hem geen rijtuig gestopt was. De man die uitstapte, was klein en droeg een kokarde aan zijn zwarte hoed. Raad je het al? Hij maakte de overjas van mijn vader open en stak zijn hand naar binnen; "Waarom beroof je me," vroeg mijn grootvader, "als ik je mijn leven al gegeven heb?" Le Petit Caporal zei niets, maar keek naar de papieren die mijn grootvader tegen de kou voor zijn hart had gelegd. Daarna zei hij: "Estella. Ze heeft een mooie hand, vind je ook niet? En kijk hier, het viooltje dat ze voor je geperst heeft, nog steeds blauw tegen het papier." En de gedachte aan zijn dochter, die mijn moeder is, bracht mijn grootvader op de been – op zijn zwarte, gevoelloze voeten, gewikkeld in de huid van twee Russische kippen. Hij strompelde verder, een spoor van veren achterlatend op de sneeuw, en toen hij aan de koets dacht en omkeek, was die weer verdwenen.'

Kippen nog wel. Ik vind de schoenen even pijnlijk en vernederend als het verhaal zelf.

'Denk je dat het echt gebeurd is?' vraag ik. 'Of maakte de arme man het zich allemaal wijs?'

'Tja, inderdaad,' zegt Francine. 'Min of meer.' Wel had ze als kind vol ontzag naar haar grootvader opgekeken. De grote Napoleon had hem gered, wat kon waarder zijn dan dat? Hoewel hij hun misschien alleen maar moed gaf voor de bittere toekomst die hun te wachten stond als Napoleon eenmaal weg was.

Mijn lieve vriend schuift op zijn stoel. Hij is diep ontroerd.

'Wel... Francine,' zegt hij. 'Hierna hoop ik dat je bij het

kaarten voortaan altijd verliest.' En hij heft zijn glas madeira om een dronk uit te brengen op haar en haar verminkte grootvader en de Petit Caporal. Waarna niemand van ons nog het hart heeft om verder te kaarten.

De dode zeeman draait zich om in mijn dromen en lijkt me te roepen. 'Dora! Dora!' Misselijk van hem word ik midden in de nacht wakker.

Het is licht. De maan schijnt en waterige reflecties dansen op de wanden tot ik er geheel door omringd word, een rivier van gebroken licht, rimpelend en brekend op het plafond, het bed en mijn huid. Ik kan er niet tegen, dit flikkerende getij op mijn armen, de manier waarop het mijn lichaam onzichtbaar maakt, zodat ik in het donker alleen nog een oppervlak ben.

Buiten, onder een blinde maan, ben ik ervan verlost. Daar is mijn buik weer, groot en hard en rond. Ik blijf dicht bij de schaduw van de wand en loop in mijn zwangere waggelgang naar de hut van de dokter. Hij ligt buiten in zijn hangmat; de lucht van verschaalde alcohol snijdt als azijn door de afschuwelijke honinggeur van de rottende zeeman. Ik loop zijn hele lengte voorbij, van laarzen tot haar, en hij roert zich en gaat verliggen. Zijn mond zoekt de troost van de stof.

Als alles stil is, duw ik tegen de deur. De stank is sterker: hij overheerst alles. En in plaats van het donker is hier de rivier van licht weer, die me bespot als ik me inspan de zeeman te onderscheiden van zijn bed. We bevinden ons in een flikkerend, wisselend onderwatergraf. En daar is hij. In het licht lijkt hij te leven. Ik loop naar hem toe en wil zeggen... wat? Dat ik er ben – dat ik zijn Dora ben, of niet zijn Dora – ik voel een vreselijke drang om het te fluisteren, maar ik weet niet hoe hij heet.

Ik adem met een grote zucht uit en schrik van mijn eigen geluid. Het is een luchtbel die zijn dode longen hebben uitgestoten, ik weet het zeker. Dit is hoe een dode spreekt. Ze zeggen dat de laatste adem pas een of twee dagen later ontsnapt en als je luistert, hoor je – een vloek soms, of een zegening, of een naam. Wat wil ik horen? Als ik zijn gezicht goed gezien heb, zal ik weggaan, en in het donker doe ik een stap dichterbij.

Zijn oog is open. Ik heb zijn dode oog gesloten, maar het is weer open. Het kijkt niet naar mij maar naar alles – naar het licht dat overal hetzelfde is en de vier flikkerende wanden en naar mij – het concentreert zich op niets, maar laat alles onverschillig in de put van zijn dode blik vallen – en we zijn allemaal eender.

Zijn gezicht, zie ik als ik me omdraai om weg te gaan, is niet hetzelfde gezicht als toen hij nog leefde. Het is strenger. En ouder. Stokoud en met een hoge neus. En het rauwe vlees en het onverbrande vlees vallen in alle rust weg van al zijn scherpe botten. Hij ziet er zeer gedistingeerd uit.

Weer terug in mijn hut zie ik dat oog telkens wanneer ik de mijne sluit. En ook het open, starende oog van de dokter toen ik de deur van de hut dichttrok. Het lijdt geen twijfel dat dit oog leeft: zijn pupil, groot en zwart van schrik.

Hij is verliefd op me, denk ik. Zoiets merk je op het moment dat iemand ontwaakt – het ding dat in hun ogen daagt. Of misschien hebben we in onze slaap allemaal makkelijk lief. Want ik geloof dat ik vóór de schrik liefde zag, of iets dergelijks – verwondering misschien. En dus legde ik mijn vinger op mijn lippen voordat hij iets kon roepen.

'Een klein gebedje,' zei ik, glimlachend alsof ik een droom was. Ik hoop dat hij me daar ook voor aanzag.

Het schip wiegt traag op het water en trekt loom aan de ankertouwen, onophoudelijk. Het bevat ons allemaal, de hoestende, draaiende zeelui, de dode man en mij, brakend in een schaal in de waterige nacht.

Ze zeggen dat ik nu een zee in mijn buik heb en dat mijn kind in me zwemt. En soms stel ik me voor hoe donker, hoe zalig het daarbinnen moet zijn.

Genoeg wind vandaag om naar de oever en het graf van de zeeman te stevenen. We lopen bijna aan de grond in onze gretigheid de wal te bereiken, en de mannen springen overboord zonder op de boten te wachten.

Het lijk van de zeeman wordt aan een ketting neergelaten – in hennep gerold en kriskras omwikkeld met touw, als een pop van stof en twijndraad. Hij is stijf en, vind ik, heel plechtstatig als hij rechtop beneden aankomt. Ik zou hem graag een hoed opzetten zoals admiraals dragen en hem er in zijn sloep op uitsturen om de vloot te inspecteren. Maar ze laten hem zakken tot hij languit langs de wand van het bootje ligt. De roeier raakt hem bij iedere slag en tilt van schrik zijn riem op, zodat de mannen een poosje rondjes draaien.

Alles verloopt zonder enige orde. Iedereen gaat zo snel mogelijk van boord. Mijn lieve vriend klimt omlaag om de arme man te begraven. Meneer Whytehead houdt toezicht op het delven van het graf (het verbaast me dat hij niet eerst tekeningen heeft gemaakt). Francine geeft me een zachte blik en verdwijnt in het net van touwen. Was dat een verzoek? Maar ik kan haar moeilijk terugroepen. Ze wordt over de reling geholpen door de dokter, die zich naar me toe draait voor een buiging die hij niet afmaakt. Hij geeft me een verwarde blik met iets van vannacht erin, en dan kiest hij tot mijn grote genoegen het hazenpad en springt over de reling.

Alleen Miltón blijft. We kijken elkaar aan en hij glimlacht, voor het eerst, denk ik. Het is een heel prettige grijns, met niets van de wilde erin – maar broos en teder, zoals een man in de schouwburg zou kunnen glimlachen tegen een vrouw die hij ooit gekend heeft en nog steeds bewondert. Ik glimlach terug – mijn liefste lach – en vraag hem hoe oud hij is.

'Tweeëntwintig?' zegt hij. 'Misschien vijfentwintig.' Ik zeg dat hij liegt. Hij glimlacht opnieuw om het grapje dat nu tussen ons bestaat en loopt naar het voorschip, heel natuurlijk, omdat ik alleen ben.

Alleen. Maar een handvol mannen is aan boord gebleven. Het schip is lichter onder mijn voeten en ligt hoog op het water. Ik ben bezeten van exploratiedrang. Het duurt een poosje voordat ik besef wat het luchtje is dat me zo bezighoudt – het is de stank van de dode zeeman, die weg is.

Ik kijk naar het groepje grafdelvers op de plaats waar het rivierzand plaatsmaakt voor struikgewas. De mannen gebaren traag in de hitte en flarden van hun gesprek drijven naar het schip. Na een poosje trekken ze verder landinwaarts, waar het graven hun even zwaar lijkt te vallen. Als de twee gravers tot hun dijen in het gat staan volgt er meer overleg. Ze klimmen eruit en springen opzij als het lijk – een, twee, drie – heen en weer wordt gezwaaid en in de platte aarde verdwijnt. Ik spits mijn oren om de plof op te vangen maar hoor niets. Ik kan het gat niet eens zien. Mijn lieve vriend staat bij het graf met zijn glimmende zwarte hoed op en leest voor uit een boek – het moet een bijbel zijn, hoewel ik er geen aan boord heb gezien. De zeelui buigen hun hoofd en een van hen – de man uit Galway, dat kan niet anders – slaat een kruis.

En daarmee lijkt het gebeurd.

Al die tijd leun ik over de reling – zijn Dora. Ik druk een zakdoek tegen mijn ogen en droom van een huisje in Portsmouth of Plymouth waar ik een man schapenvlees voor zou zetten en zou vergeten z'n was van de lijn te halen. Het is geen slechte droom. Als de man een vrouw had, zou ik haar persoonlijk schrijven.

Beste mevrouw Titmouse (of zo'n soort Engelse naam), tot mijn grootst mogelijke leedwezen… geloof me alstublieft als ik zeg… Uw echtgenoot, hoewel weinig spraakzaam, mat zich te allen tijde een voorkomen aan… lange, in alle ernst ondernomen avonturen… gaven van eenvoud en geloof... met u mee in uw verdriet, doña Eliza Lynch Schnock y López. Zoals ik hier genoemd zou worden, als echtgenote.

Ik moet een wapen voor mijn briefpapier maken. Een koloniaal thema – twee gekruiste tabaksbladeren onder een capibara, klimmend, omziend – God sta ons bij – als een soort gestoord kalf.

De bemanning heeft geen haast om terug te komen. Ze hadden proviand mee moeten nemen voor een picknick. Ze gooien het graf traag en onsystematisch dicht. Eén man werkt, terwijl de tweede toekijkt en de steel van zijn schop de borst geeft. Señor López maakt een wandelingetje met de dokter en houdt hem bezig aan de rand van de rivier. De dokter laat zich op zijn hurken zakken, terwijl mijn lieve vriend zijn hoed afzet en naar de hemel kijkt; dan grijpt Stewart naar zijn gezicht. Ik word zo getroffen door dit tableau dat ik de figuren van Francine en meneer Whytehead pas zie als ze de smalle landtong van de rivier bijna om zijn en in de verte aan de andere kant wegzinken.

Mijn vriend lijkt iets met zijn oog te hebben. Wat doet iedereen? Waar praten ze over? Mannen lopen in groepjes van twee of drie en verdelen zich vervolgens weer anders. Als Francine opnieuw aan het eind van de landtong opduikt, heeft ze haar schoenen in de hand en zie ik niet waar haar kousen kunnen zijn. Ze plast even rond in het ondiepe water en ik zie dat ze zich glimlachend naar meneer Whytehead wendt. Een lange tel later hoor ik haar lach in de lome lucht. Alle mannen kijken naar haar blote voeten. De dokter haast zich naar haar toe en bukt zich alsof hij ze met zijn handen wil optillen. Als ik me omdraai, zie ik Miltón eveneens kijken, net als ik, en zijn hoofd schudden.

'Heel slecht,' zegt hij. 'Voor een blanke vrouw. Heel slecht.'

In ieder geval iemand met moreel besef, hoe verwrongen ook (als je nagaat dat hij praktisch geen kleren draagt). Als ik weer kijk, hangt Francine aan meneer Whyteheads schouder, terwijl de dokter op een absurde manier onder haar rokken wroet om haar schoenen weer aan te trekken. Mijn lieve vriend staat erbij en kijkt ongeïnteresseerd toe.

Mijn baby is niet blind. Ik weet nog niet wat voor ogen hij zal hebben, maar ik voel dat ze vol en open zijn onder mijn huid en door het vlees heen naar de verre, honingzoete, aan hem voorbijtrekkende wereld kijken.

De arme zwangere Dora wendt zich moeizaam af van de reling. Hoe kan ik dit of een ander tafereel aan mijn toekomstige kind uitleggen? – het is een kwestie van schoenen, mijn kleine schat, een kwestie van voeten. Ik probeer het me aan te trekken, maar de hele wereld heeft iets eentonigs gekregen, terwijl ik rust en hij schopt: terwijl ik kijk en hij zijn ogen opent en niet ziet.

Ik heb ooit iets in een fles gezien, in de privé-verzameling van een man in de rue Vaugirard. En ik geloof dat het ding in mij, ondanks al mijn hoop, nog steeds louter een ding is. Als ik die fles opnieuw zag, zou ik beter kijken. Nu herinner ik me alleen maar de plooi tussen de tegen het glas gedrukte schouder en de arm. En ook, vreemd genoeg, hoe dik 's mans dijen waren.

De mannen stralen voldoening uit als ze terugkomen. Ze hebben hun man begraven – want de dode zeeman is ieder van hen, één stapje verder. Ze hebben zijn lijk gered van de rivier en de trage stroom en hem begraven in even goede grond als hij thuis gevonden zou hebben.

Onder het eten buigt de dokter zich naar me toe en maakt een vaag gebaar naar zijn keel. Er zitten vliegen, zegt hij, in het zand, die bijten. Ik zeg dat ik er geen idee van heb waarover hij het heeft (denkt hij dat ik op blote voeten ga lopen?). Hij houdt de lelijke rotsklomp van zijn hoofd scheef en blijft me een poosje aankijken met ogen die zo groot zijn en zo op het punt van huilen staan als die van een vierjarig kind.

Ik ben de hele avond verstijfd, als van verdriet, en van mijn stuk en moe.

Vanavond, in het donker, legt mijn vriend eerst zijn beide handen op mijn buik en dan zijn wang. Ik geloof dat hij huilt. Er kruipt iets nats over mijn huid en ik weet zeker dat het uit zijn ogen komt. Hij is zo stil, zo heimelijk in zijn tranen dat ik hem niet kan vragen wat hem bedroeft. Maar het lijkt algemeen, dit verdriet – ik begin er zelf van te janken, hoewel ik geen huilerig type ben, en even later moeten we allebei lachen – en snotteren en knuffelen, en mijn hart lijkt te zwellen in mijn borst omdat ik niet van hem wil houden, maar het lijkt erop dat ik toch een beetje van hem houd, of hem althans kus.

Ik heb geen geheimen, mijn lief, alleen de liefde zelf.

Hij valt naast me in slaap. Ik kijk naar hem. Zijn slapende vlees klemt zich strak aan de botten van zijn gezicht en aan de bal van zijn oog. Ik streel zijn haar en knijp het fijn tussen mijn vingers. Ik wil hem wakker maken. Ik krijg een vreselijk dwaas, duizelingwekkend gevoel. Het overvalt me – om hem alles te vertellen, alles op te biechten; de mannen die uitzinnig of lief of aardig waren en mijn eigen wreedheid. Ik zou willen dat hij de zwartheid van mijn ziel zag.

De eerste man die om mij huilde (mijn lieve vriend) was Bennett – de man die mijn vader aardig genoeg vond om hem driehonderd pond te lenen, die mij aardig genoeg vond om zijn lippen tegen mijn jonge voeten te drukken en vervolgens huilend langs mijn hele lichaam omhoog te werken, terwijl ik naar de muur keek. Dit gebeurde niet de eerste maar de tiende of elfde keer, in die kamer in Bordeaux.

Ik glipte de school voor meisjes van Mme Hubert uit en rende zwaaiend met mijn hoed door de straat. Als ik een paar uur later terugkwam, groette ik juffrouw Miller bij de deur, maakte een knix voor Mme Hubert in de gang, keek hen (onaardig misschien) recht in de ogen. Niemand zei een woord.

De kamer was wit en liet zijn droge poeder achter op mijn kleren of huid. Aan een van de muren hing een schilderij van Maria Magdalena, herinner ik me, geschilderd op blik. Ze droeg een jurk van kemelshaar en had een schedel in haar hand. Ik dacht dat de jurk van mannenhaar gemaakt moest zijn – het haar van alle mannen die ze ooit gekend had – want dit was nu mijn grootste verrassing, de hoeveelheid haar op een man en de rare plaatsen waar het leek te groeien, opgehoopt in de holtes en dalen, als sneeuw. Ik was verbaasd te zien dat het lichaamshaar van een man even wit werd als het haar op zijn hoofd, of even grijs, en ik vond dat Maria Magdalena echt geluk had een jurk te hebben die grotendeels bruin was. De schedel leek me ook goed bij haar situatie te passen, want tijdens de daad zag ik meneer Bennetts schedel altijd beter dan het gezicht dat hij eroverheen droeg. Als hij zijn mond opendeed, zag ik het hoefijzer van bot dat zijn tanden bevatte – en plotseling was hij alleen nog maar holte en kaakbeen en de gapende stompe driehoek van zijn neus.

Daarom leek het me dat de blikken Magdalena niet vol van berouw maar vol van verbeelding was – dat ze de harige huid van een man in gedachten opnieuw voelde, zijn fraaie dode botten opnieuw zag. Omdat ik Bennetts aanraking even zoet vond als de dood. En o! De dood is zoet als je veertien bent.

Ik rende naar die kamer. Soms ging ik vóór de afgesproken tijd en het wachten was vreselijk. Ik word al moe als ik eraan denk. Er was geen klok. Ik hoorde de mensen op straat en soms de zangles die ik miste in Mme Huberts school voor meisjes. Ik zat op het bed en keek naar de deur en drukte mijn voeten hard tegen de grond om het beven te onderdrukken. Wat openging als de deur openging, steeds opnieuw in mijn hoofd, waren niet mijn benen, of zoals u misschien zou zeggen, mijn geslachtsorgaan. Wat openging, waren mijn maag en mijn hart – het vlees dat je op elk slagersblok kon zien liggen en dat versmolt met één felle roering van de ziel die steeds weer hunkerde naar het opengaan van die deur.

Hij zag er altijd anders uit, klein, als het duimslot omhoog klikte. Maar dat was te verwachten.

Dit is nog geen liefde, dacht ik, als meneer Bennett om zich heen blikte (hoewel het vertrek altijd leeg was) en dan naar mij keek en glimlachte.

Hij was heel aardig, moet ik zeggen, en stond mijn nieuwsgierigheid toe de weg te wijzen. Ik was zeer geboeid door de aanblik van zijn lid, een dof, blozend roze dat langzaam schokkend oprees – de eerste vele keren liet hij me er alleen maar mee spelen, om me te laten wennen aan de fluwelen last ervan, zijn opwaartse druk en zijn lelijke, tranende oog. Later, toen hij in me kwam, dacht ik dat ik hem gedood had, wat me een week lang of nog langer bang en gewillig maakte. En toen ik het trucje te pakken had, zei ik niets.

Ik wachtte op het moment dat alles spaak zou lopen – want ergens in mijn veertienjarige hart wist ik dat hij op het randje stond van iets rampzaligs.

En ik had gelijk.

Ik denk er wel eens aan – aan de kwellingen van mannen in privé-kamers. Ik denk aan de mannen die erdoor verscheurd werden, de mannen die wilden dat je hun keel doorsneed of je duimen in hun oogkassen drukte.

Er zijn mannen die jengelen en zich aanstellen als baby's, zoals iedere vrouw die op haar rug gewerkt heeft heel goed weet. Ik heb een hertog met zijn kont zien draaien en als een hond horen hijgen, en tientallen rijke mannen horen giechelen en dreinen. Maar die dingen interesseren me niet. Wat me interesseert is dat hoge, eenzame moment waarop je weet dat je een man zou kunnen doden en hij alleen maar zou smeken om opnieuw gedood te worden. En het was mijn hunkering naar dat moment die me naar die kamer in Bordeaux dreef.

En na misschien een maand liep het inderdaad spaak. En hier ligt meneer Bennett, huilend op de grond. En hier ben ik, een jong meisje dat naar de tegenoverliggende muur kijkt en ik denk: Nu! Nu, dit is liefde. En elke dag ren ik door de straat om op het bed te zitten en te wachten tot ik weer kan liefhebben. En in eenentwintig dagen tijd maak ik hem duizendzeventien pond lichter.

Rond die tijd werd ik 's nachts een keer wakker toen mijn lerares, juffrouw Miller, op mijn bed kwam zitten. Althans ik hoorde het ritselen van haar jurk en voelde het afschuwelijke inzakken van het matras in het donker. Ik zag helemaal niets en toen haar hand naar mijn haar ging, dook ik weg en zou om hulp geroepen hebben. Maar:

'Ik ben het maar,' zei ze.

Een poosje bleef ze zwijgend zitten. Toen:

'Ben je bang?' vroeg ze. Ik gaf geen antwoord en even later veerde het matras weer omhoog en was ze weg. Ik begon te lachen. Ik wist wat ze vroeg – ze wilde weten of ik bang was, niet van de man en ook niet van de toekomst (en zelfs niet van haar eigen spookachtige schim in het donker), maar van de daad zelf. Juffrouw Miller wilde weten hoe het *voelde* om een man te kennen. Dat was het mysterie dat op zijn slinkse manier haar hele leven vergald had. Het had haar zo klein gemaakt dat ze 's nachts de slaapkamer van een meisje binnen moest sluipen om haar haren aan te raken.

De volgende morgen werd ik wakker en legde verboden krullen in datzelfde haar met de krultang van Jeanette Blanchot. Ik liep door de gangen en ging van de ene kamer naar de andere, glimlachend en vrij. Ik was al klaar. Ik was al weg.

Toch ben ik als de dood voor bedspoken, de spoken die je matras indrukken, zodat je alleen maar een verzwakking voelt – het gevoel, in je slaap, dat iets het begeeft. Ik ben bang voor alles wat je in je slaap omver doet kieperen, zodat je als je droomt van vallen droomt. Ik ben intussen zo gezwollen dat ik niet meer op mijn eigen buik kan liggen. Als ik op mijn rug lig, voel ik een wurggeest in mijn slaap. En dus slaap ik op mijn zij, gekromd om mijn buik zoals het kind van mijn lieve vriend gekromd in mij ligt. Ik zou graag hebben dat hij gekromd om ons allebei lag, maar hij kan niet bij me blijven. Hij woelt en wordt wakker en gaat naar zijn hamaca om te schommelen en te snurken.

Wat wou ik ook alweer zeggen over liefde? Ik wou iets zeggen over het moment waarop noodzaak in liefde overgaat – want ik voelde steeds het gewicht van die driehonderd pond van mijn vader. Maar toch – vraag elke echtgenote maar – is er altijd een moment waarop noodzaak in liefde overgaat.

Hij weet niet hoe wreed ik ben. Hij huilt tegen mijn buik – omdat we vandaag een man begraven hebben misschien, of omdat hij naar huis gaat, of omdat hij van me houdt, ik weet het niet. Ik streel zijn haar als hij slaapt en hij kan het niet voelen.

Vandaag was het Kerstmis. Morgen het feest van Sint-Stefanus.

Vanmorgen, nadat alles door een nacht van tranen gewassen is, zegt mijn lieve vriend tegen de stilte:

'Ik heb een keer een man gedood.'

'Eén maar?' vraag ik.

Op een dronken avond bonden hij en zijn broers de man aan de staarten van hun paarden en galoppeerden joelend door Asunción. Ze lieten flarden van hem achter op de straat. Je kon het wit van zijn botten uit zijn opengereten rug zien steken.

'Maar het is niet het feit of het vlees,' zegt hij. 'Het is het waarom.'

'Goed – waarom dan?' vraag ik, zorgvuldig zijn blik vermijdend.

'Waarom niet?' en hij stoot een pijnlijk lachje uit. 'Ik weet het niet. Een vrouw had mij versmaad vanwege hem – niet eens zo'n aantrekkelijke vrouw – en dat was het óók niet. Het was iets wat we moesten doen. Het meisje was niets: Carmencita Cordal. Ze dacht dat de hele stad van haar vader was, wat niet het geval was.'

Of in ieder geval niet meer, denk ik, maar ik zeg niets.

'Maar de man ging wel degelijk dood. Ik draaide hem om en zag dat zijn ogen leeg waren. Ik dacht dat ik erin gezogen zou worden.'

'En werd je erin gezogen?'

'Nee. Helemaal niet.' Hij klinkt teleurgesteld.

'En?' vraag ik, en mijn adem zit zo vast in mijn borst dat ik het woord met een list naar buiten moet smokkelen.

'*En*,' lacht hij. 'Dat was mijn eerste echt dode ding. En het veranderde de hele wereld.'

We blijven een poosje liggen, allebei opkijkend naar het met zon bespatte water dat op het plafond danst, en ik wil hem aanraken met het topje van mijn vingers, of met mijn lippen, die nu helemaal opleven bij de gedachte hem aan te raken. Ik wil hem aanraken waar de huid het dunst is, zodat ik die van hem af kan drinken, op kan likken als zweet – een prikkeling die in mijn mond komt bij de gedachte aan wat binnen deze man ligt.

Als ik de zeeman gedood had, bijvoorbeeld, in plaats van zijn voorhoofd af te wissen, zou ik dan zoveel sterker zijn? Zou ik rechtop lopen? In plaats van 's nachts rond te sluipen om me aan hem te *verzadigen*? Misschien dat ik in plaats daarvan alleen maar zou leven. Alleen maar zou ademen. Want mijn borst wordt steeds benauwder. Hoe meer mijn buik zwelt, hoe kleiner hij wordt en ik kan mezelf niet langer vullen, niet met eten en zelfs niet met lucht. Die snelle, bevallige manier waarop ik moet ademen. Deze gevangenis.

López staat aan het voeteneind, pakt mijn voet, tilt hem op en zet hem plat tegen zijn hart.

'Goed, vraag maar.'

'Vraag maar wat?'

‘Carmencita. “Was ze knap?” of “Hou je nog van haar?”’
Ik wend mijn gezicht af.
‘Op welke manier veranderde de wereld?’ vraag ik. ‘Was de hemel blauwer?’
‘Ja.’
‘Met meer vogels erin?’
‘Beslist.’
‘Was het gras zoeter?’
‘Enzovoort. En zo verder.’
Ik weet niet meer waar we het over hebben. Maar plotseling is het allemaal enorm vermakelijk en gaat het helemaal niet over de dood.

Mijn zuster in Mallow bracht me altijd dingen die ze niet dood kon maken omdat ze te teergevoelig was, kinderlijke dingen: een kikker of een langpootmug, en ik maakte ze af en dan begon zij te huilen. En later natuurlijk een betraand klikverhaal en het van afschuw vervulde gezicht van mijn mama, en zij tweeën aan elkaar vastgeklampt kijkend hoe ik op weg ben naar het hellevuur. Ze is altijd een onnozele gans geweest, mijn zuster. Ze liep weg met een reizende pianoleraar en besloot het een huwelijk te noemen. Ze mag het noemen wat ze wil.
Maar vanmiddag droom ik van langpootmuggen en ben ik zelf het beestje, met mijn buik reusachtig gezwollen en mijn ledematen slap en spartelend en beschadigd, enzovoort.
Het is bloedheet.
Ik denk aan de tijd dat ik naar de kleermaker in de rue de Rougemont ging. De jurk was zo teer dat twee vrouwen op stoelen gingen staan om hem over mijn hoofd te tillen. Met ieder twee stokken maakten ze een baldakijn van de rok en ik ging eronder staan. Daarna lieten ze hem over me heen zakken, en het was net alsof de hemel met een zijden zucht naar beneden viel.

Wat is het aan zachte dingen dat ons aan het huilen maakt? Ik streelde een keer de voet van een standbeeld en de marmeren onderkant was zo koud en teer dat ik mijn ogen dicht moest doen. Maar mijn handen waren niet zacht genoeg om deze zijde te strelen, die zó prachtig blauw was. Mijn handen waren te gevoelloos en te ruw: ik moest er met mijn wang aan voelen, met mijn lippen bijna, en mijn ongeloof erdoor laten wekken. Ik verzeker je, het was het verschil tussen zacht en onmogelijk zacht, alsof er een graad van fijnheid is waar voorbij de wereld smelt.

En op dat moment wist ik waar geld voor diende. Dat was om je dingen te geven die onmogelijk waren. En er verscheen een heel land van dingen om me heen die deze grens naar het fantastische overschreden hebben. Dingen die moeilijk te geloven zijn, die zo lang verborgen blijven, tot het moment dat je het eerste ziet. Waarna ze allemaal wenken en schreeuwen en je naam roepen. Het mooiste stofje blauw, de prachtigste vorm die gouden borduursel kan laten zien op een roze achtergrond, het mooiste zwarte marmer om af te steken tegen het wit. Alles absoluut. Alles voor een prijs.

Ik stond onder die jurk en het was alsof mijn leven over mijn hoofd werd neergelaten. En de zachte blauwe huid ervan was een wapenrusting voor me, en transcendentie. Ik zweer dat ik er meer in zweefde dan in liep. Ik keek in de spiegel en wist dat schoonheid iets heeft dat nimmer aangeraakt kan worden, dat nooit slecht kan zijn, ongeacht de prijs.

Ik denk dat hij wist toen hij de kamer binnen kwam, toen hij zijn buiginkje maakte en er met glinsterende ogen onderuit keek – ik denk dat hij wist dat hij naar iets keek dat volstrekt anders was. Hoewel de blik die hij me gaf minder de blik was waarmee een man naar een kunstwerk kijkt dan, alvorens toe te tasten, naar een goed diner – en mijn geluk is dat het eten wat señor Francisco López betreft nooit gedaan is; er is altijd een nieuwe gang en nóg een nieuwe gang, wat immers de reden is waarom ik zo veel jurken heb, toch? – zodat het genoegen van ze uittrekken nooit herhaald wordt maar telkens weer nieuw is.

Ik heb zo'n heimwee naar hem – ondanks het feit dat hij hier op het schip is, ondanks het feit dat hij maar vijf of zes meter van me vandaan is – dat ik Francine roep om als een lieve en plichtsgetrouwe dochter naast me te komen zitten terwijl ik praat en zucht.

Ik vraag of ze, toen ze die avond de deur voor hem opendeed, enig idee had van de reis die ons wachtte – want het is ook haar reis. En ze zegt: Nee. Hoe had ze het verschil tussen hem en al die anderen moeten zien?

Wat natuurlijk hondsbrutaal is.

O, maar nu denkt ze er nog eens over na, ja, hij had inderdaad wel een air, van een man die zich nergens door laat tegenhouden.

Ik zeg dat mijn eerste gedachte toen hij mijn kamer in kwam – ik kan het niet ontkennen – was dat ik hem liever langer had gezien en misschien iets bleker, maar ze had gelijk wat betreft dat air van hem – het maakte je inwendig aan het kronkelen, maar op een prettige manier. En ze zei:

'Inderdaad.'

Ik zeg dat ik van hem genoot bij het kaarten omdat hij goed speelde, en voor veel geld. Hij keek me aan over zijn hand en probeerde een onverschillige indruk te maken, niet omdat hij met me naar bed wilde, maar omdat hij twee azen en een koning had. En ik won. Ik had kunnen blijven winnen (het waren tenslotte mijn kaarten), maar ik hield op en zei: 'Als ik win zul je me niet aardig vinden.' Uiteraard was het belangrijk hem niet weg te jagen. Maar, weet je, ik wílde ook dat hij me aardig vond – deze man die zo serieus kaartte. En ik wilde ook doorspelen. En zo raakten we erin verwikkeld – in dat liefdesduel dat we nog steeds aan het uitvechten zijn.

En hij legde zijn kaarten neer.

'Weet je nog?' vraag ik, maar Francine voelt niets voor deze afbreuk aan het decorum. Ze is een dienstmeid. Ze deed destijds niet alsof ze aanwezig was, dus hoe kan ze nu doen alsof ze het nog weet? Mij gelijk geven zou indiscreet van haar zijn en nu wil ze dat ik hierover ophoud.

En ik wil ook ophouden, want terwijl ik verder klets, besef ik dat mijn lieve vriend Francine begeert en dat ik haar een beetje beurs aan het maken ben, zoals je kalfsvlees beurs slaat om het malser te maken voordat je het in de pan legt.

Hij blijft staan om een buiging te maken en begint aan een nieuwe ronde over het dek. Of draaft. Hij is nooit stil. Er wordt altijd geschreeuwd en gepland. Er is altijd overleg in een hoek, een kreet naar de andere kant van de kamer of het dek, een volgend onderonsje van mannen in een volgende hut voor nog meer of nieuwe gesprekken. Hij neemt ze apart en het gesprek is zacht en hard en gaat over bielzen en zijsporen, over wagens en mijnen en de aanvoer van salpeter.

Ik kijk hem na als hij wegloopt. Hij verdwijnt om de achtersteven en het schip is stil. Dan komt hij terug. Zoals gewoonlijk praat hij met Whytehead over de smelttemperatuur van – is het houtskool? –, in ieder geval het volume ervan, en wagens. Ik hoor voortdurend het woord 'wagens'. Die zijn kennelijk essentieel.

Ik wieg in mijn hamaca en praat met Francine over de eerste keer dat ik de man onder ogen kreeg. En het feit dat we allemaal kennen – behalve misschien Whytehead met zijn wagenhoofd – het feit waarvan iedereen aan boord van dit schip op de hoogte is, is dat Francisco López, mijn lieve vriend, dolgraag een bepaalde hoeveelheid tijd in het privégezelschap van mijn meid Francine zou doorbrengen. En deze fixatie van hem doet ons terugdeinzen, alsof hij een geweer in zijn handen had en zij een vogel was. En inderdaad, haar oog lijkt erg op een vogeloog, terwijl ze vanuit haar ooghoeken niet naar hem kijkt en toch naar hem kijkt.

Ik zou de del het liefst een klap geven, maar ik doe het niet.

Ik zeg: 'We moeten wat naaldwerk mee naar buiten nemen en naaien waar het licht goed is.' Het meisje kijkt me aan. Ze weet dat ik liever hennep zou plukken dan zijde stikken, want mijn vingers zijn zo gezwollen dat ik de naald niet eens voel. Maar ze gaat toch, wat me een ogenblik adem geeft.

Mijn lieve vriend nadert en buigt. Whytehead tilt zijn hoge hoed op en dan draaien ze zich weer om en lopen aan de stuurboordkant verder. We schijnen elkaar perfect te begrijpen.

Als Francine terugkomt met het mandje is haar gezicht rood, alsof de gebeurtenis in de korte tijd die ze nodig gehad heeft om het te halen en terug te komen al heeft plaatsgevonden. Ze straalt iets wufts uit dat me – als een klap – doet denken aan het moment waarop ik na die kamer terugkwam in de school in Bordeaux. Juffrouw Miller die opendeed. Mme Hubert in de hal. Ik geef haar dezelfde strakke blik. Half haat, half hopeloosheid. En het verbaast me, de macht die mannen hebben. Hoe we wijken voor hun begeerte.

En nu zitten we te naaien. Althans, ik schommel en doe alsof ik naai, terwijl Francine naast me nette steekjes maakt, en de onderhandelingen beginnen.

Maar eer het zover is, zijn er een paar dingen die ik dringend wil zeggen.

Ik wil zeggen dat ik van mijn man houd. Ik wil het uitschreeuwen alsof ik ergens in een beklaagdenbank zit. Maar hij is mijn man niet en het is niet aan mij om zo'n liefde uit te spreken. Zelfs niet om zo'n liefde te koesteren. Wat maar goed is ook, want zo'n liefde boeit me niet.

Maar het is leuk, soms, om te doen alsof. Om een zucht te slaken en te vragen:

'Wanneer is het begonnen?'

En waarom zou ik niet beginnen met een klop op de deur?

Mijn lieve vriend kwam mijn ontvangkamer in de rue Saint-Sulpice binnen en mijn leven veranderde op slag. Misschien was het een even banale binnenkomst als alle andere – dat viel niet te zeggen; zo veel beginnen zijn vals of onvoltooid. Een paar warme ogen wordt iets te lang vastgehouden en op dat moment denk je: ik zou kunnen vallen, ik zou tijden door kunnen brengen met in de armen van die man vallen. Of hij blijft één nacht, misschien drie. Of hij vertrekt. Of je vindt hem bij nader inzien toch niet aardig.

Nee, Francisco Solano López kaartte met me en ik zei: 'Als ik win zul je me niet aardig vinden.' En hij legde zijn kaarten neer omdat hij mij ook aardig wilde vinden, voordat hij me bezeten had. En door zo'n alledaags hoffelijkheidje – een soort matheid, zou je kunnen zeggen – werd mijn toekomst bepaald. Een tederheidje, een attentie van een man die in de regel noch teder noch attent is. Maar hoe kon ik dat weten? Ik was mijn toekomst binnen gegaan. Het had een korte toekomst kunnen zijn, of een armzalige. Maar anderzijds waren we zo innig gelukkig in bed. En dat is geen noodlot: dat is een kwestie van de neus. Of zoals mijn leermeester in dit soort zaken, M. Raspail, een keer zei: Het is een kwestie van hoe ze ruiken.

Dus je liep je neus achterna, zei Francine, en we lachen allebei.

Ik liep mijn neus achterna hiernaartoe. Om te liggen en te wiegen en te dromen van jurken op stokken en van insecten zonder pootjes. Om te liggen en de zoon te liefkozen van de man die in beheerste razernij over het dek loopt, terwijl ik me onderhoud met mijn meid – bijna een gezelschapsdame intussen – die het doelwit geworden is van die begerige hebzucht die mannen onderling zo vaak uitspelen. Stewart, Whytehead, López. Wie zal haar krijgen, als het niet De Hengst is?

Het had erger kunnen zijn.

Hij klopte en Francine deed open. Het lijkt erop dat hij

ook voor haar een toekomst meebracht. En geen slechte ook. Als ze hem neemt – wie zal het zeggen? Het zou tot een huwelijk kunnen leiden – een soort minnelijke schikking, misschien zelfs met Whytehead, zoals ik zelf ooit aan Quatrefages werd overgedaan. Want vreselijke dingen, wil ik fluisteren (ze is zoveel jonger dan ik), zijn nooit het eindpunt. Ze zijn alleen maar de doorgang.

Maar vanavond bijt ik, ondanks al mijn berusting, in zijn schouder tot hij bloedt en sla ik hem tegen zijn hoofd. Hij mept me terug, in mijn nek, en dan, duizelend, tegen mijn oor, en we maken geen van beiden geluid. Er is niets te horen behalve wat gekrab of het geluid van een kussen dat opgeklopt wordt, of zwoegende adem terwijl López me met gestrekte arm van zich af probeert te houden: één, twee schijnbewegingen en hij pakt eerst mijn ene en dan mijn andere hand. Hij houdt mijn polsen vast en trekt ze met een ruk omlaag, zodat mijn gezicht dichter bij het zijne komt. We hangen vlak tegenover elkaar. Hij kijkt me aan en er is een woord dat hij in mijn gezicht wil zeggen, of sissen.

Ik wacht tot het komt. Het hangt in de lucht, dit woord. Ik wil dat het uitgesproken wordt. Maar hij zegt het niet. In plaats daarvan knijpt hij in mijn polsen en kijkt me aan, terwijl het kind in mijn buik zich omdraait en zich lui nog eens omdraait.

Truffels

1865, ASUNCIÓN

Stewart bracht een bezoek aan Whytehead om een wond te verzorgen die hij niet wilde laten zien aan de artsen – Fox of Skinner – met wie hij dineerde. Dat nam Stewart althans aan toen hij over de lichte keep in de heuvel die de plaatselijke bewoners *Tapé taú nde yurú* 'het pad waar mijn kussen jouw mond opeten' noemden naar Whyteheads quinta liep. Het zag er hetzelfde uit als alle andere paden, alleen misschien iets mooier. Hij vroeg zich af of Whytehead wist waar hij woonde.

Behalve Fox en Skinner kwam ook Cochelet bij Whytehead dineren. En kapitein Thompson. Soms at een dame bij Whytehead en vertrok magerder dan ze gekomen was, versteld van het schapenvlees en het dessert van gesponnen suiker in de vorm van een of andere recentelijk geopende hangbrug. Whytehead organiseerde volmaakte etentjes waar alle gesprekken draaiden om kanonnen en kalibers, de wereld en of ooievaarsbekjes in deze hitte een schimmelziekte zouden krijgen. Een zes gangen durende levende dood. Althans dat zou het zijn als hij ooit werd uitgenodigd, dacht Stewart, terwijl hij Whyteheads oprijlaan in liep. Knerp. Knerp. Knerp. Grind. Stel je voor. Een geluid om je laarzen tot tranen toe te bewegen.

Groot-Brittannië in huis in de vorm van Eames, een heuse lijfknecht, heus afkomstig uit Yorkshire. Groot-Brittannië in de hal, zachtjes tikkend. Groot-Brittannië in de salon en de manier waarop Whytehead in de gestoffeerde stoel troonde en vanachter zijn grote, opzichtige snor voor zich uit staarde. Het laken, het paardenhaar en de ongelooflijke pluchen gordijnen: de kamer was een opmerkelijke prestatie. Stewart keek om zich heen en zag Mile End Road, trillend in een fata morgana van hitte.

De wond, zei Whytehead, was aan zijn hand – het soort kwetsuur dat zijn barbier had kunnen behandelen, dacht Stewart, tenzij de eerstaanwezende staatsingenieur de generaal-majoorarts meer te vertellen had dan 'Het doet zeer'. En inderdaad, er bleek genoeg stof tot praten. Het was tenslotte oorlog. Ook waren er samenzweringen te smeden of te ontmaskeren. En geld dat gered moest worden, of zelfs verdiend. Wat zijn tante vakpraat zou noemen. Wat López misschien verraad zou noemen.

Stewart opende Whyteheads vingers om de wond te vinden. Het was een lelijke, dicht vertakte wirwar van littekens, oud en nieuw. Minder een snee dan een gat – iets of iemand had in Whyteheads hand zitten graven, af en toe pauzerend en dan de draad weer oppakkend. Dat was al een poosje gaande en Stewart vreesde dat er een parasiet in het spel was, een of andere merkwaardig gefixeerde schimmel wiens geduld op het punt stond beloond te worden – want na maanden wroeten en genezen was hij bijna aan de andere kant.

'Ik geloof dat ik ermee op een spijker geslagen heb,' zei Whytehead toen Stewart hem vragend aankeek. En om vooral exact te zijn pakte hij het ding van een bijzettafeltje en liet het de dokter zien.

'IJzer,' zei hij

'Ah,' zei Stewart.

Ze keken allebei naar de punt toen Whytehead, de spijker tussen duim en wijsvinger heen en weer rollend, een denkbeeldige curve door de lucht van de kamer beschreef.

Tja, ijzer was immers zijn werk. Het gram voor moeizaam gram uit de aarde krabben; smelten, gieten, modelleren.

Vijfhonderd pond kartets opgeofferd omdat de minister van Oorlog deftige hekken om zijn huis wilde hebben, die het land wellicht minder gekost zouden hebben als ze van massief goud waren gemaakt. *Je kunt een Braziliaans spionageschip niet met gouden granaten tot zinken brengen.* Zoals Whytehead zou kunnen opmerken tijdens een van zijn saaie diners met al die saaie mannen die peinsden over het vermoeiende feit dat ze leefden.

Stewart bestudeerde de spijker. Misschien wilde hij zeggen dat de kleur op de punt roest was, geen bloed, of dat die twee dingen na verloop van tijd dezelfde kleur krijgen. Stewart wist wel beter dan het ding aan te raken. Laat de man zijn troost hebben, zijn zuiger, zijn wroeter. Zijn eigen kleine kruisiging.

'Kostbaar spul,' zei hij.

De Brazilianen zaten op de rivier. Ze zaten ver naar het zuiden, maar ze waren er, ergens achter een bocht, of de volgende. Niets kwam erin en niets kwam eruit. Niemand kon Asunción verlaten.

Whytehead legde de spijker neer. Stewart liet zich in de bijpassende paardenharen oorfauteuil zakken. De klok (weer een klok!) tikte Brits door. Ze waren allebei zo vreselijk moe.

Het was een gezellig vertrek. De gordijnen voor de ramen waren mosgroen, met langs de hele zijkant kleine kwastjes. Aan de muur hing een ingelijste gravure van *De koningin in Balmoral, gezeten op haar paard Fairy*. Hij zou best met Whytehead willen trouwen, dacht Stewart. Wat een luizenleven zou dat zijn. Niet hoeven praten. Alles georganiseerd en op tijd. Een vrouwtje dat tijdens je afwezigheid een gat in haar hand wroet.

En: 'Wil je de tuin zien?' vroeg Whytehead.

'Heel graag,' zei Stewart.

Ze liepen door openslaande tuindeuren naar een granieten terras. Een rij stenen potten bevatte de skeletten van struiken die in de vorm van zangvogels waren geknipt. Gewone vogels: mussen of vinken of winterkoninkjes.

'Opgevreten door de mieren,' zei Whytehead, en hij bleef even staan om naar de verwoesting te kijken.

Stewarts tante was van mening dat alle tuiniers gekken waren die zich uitgaven voor tuiniers. Ze zei hetzelfde over sportvissers en ze stond dat soort types steevast met een behoedzame, luide stem te woord, dus:

'Zelfs in de pot?' vroeg Stewart zonder een spier te vertrekken.

'O, ze komen overal,' zei Whytehead, en hij ging Stewart voor over het kwijnende gazon en door een gat in de heg.

De hemel was laag en vriendelijk toen ze door Whyteheads moestuin naar een verzameling schuurtjes liepen. Ze liepen zo mooi samen; Stewart was zich bewust van het bewegen van zijn dijen toen ze met hun stokken zwaaiend over het land liepen. Bonen, cassave, maïs: Whytehead wees ze aan, compleet met botanische details, ook de decoratieve rozenstruiken, anjelieren en dahlia's die tussen de rijen groente geplant waren. Ze stopten bij zijn varkensstal. Ze aaiden de onmogelijke Jersey-koe die gehouden werd voor de melk (die in deze hitte zo dik als boter moest zijn).

Stewart wandelde over het landgoed van de eerstaanwezende staatsingenieur – Keld Whytehead, negenendertig jaar oud, half gekruisigd; wiens vader niets was dat het vermelden waard kon zijn, wiens grootvader waarschijnlijk een visser op de Orkneyeilanden was geweest, dat wil zeggen een keuterboertje met drie woorden Engels, namelijk 'pence' en de woorden voor 'rentmeester' en 'meneer'.

'Grote goedheid,' zei Stewart. 'Van u?' Een tabaksakker strekte zich voor hen uit, wuivend in de wind, met tussen de bladeren de bewegende ruggen van dagloners die aan het werk waren.

'Een goed jaar,' zei Whytehead. Hij kon een vulgaire uitdrukking als 'van mij' niet over zijn lippen krijgen. O, heerlijk.

Ze zouden niet over de oorlog praten – als vaklui, als verraders –, ze zouden over het weer praten, als heren, en ze zouden hun werk doen, wat inhield op grote schaal doden en redden, kanonnen en ziekenhuizen bouwen en hun schouder tegen het wiel zetten, dat het wiel van de Geschiedenis zelf was.

'En dat heb ik uit een stekje gekweekt dat Mme Lynch me stuurde.'

Eliza bracht tegenwoordig haar tijd door met actie voeren voor de troepen. Ze hield grote soirees waarop ze bij de deur stond en persoonlijk de juwelen van de dames in ontvangst nam. 'Goud in geweren,' zei ze, 'goud in geweren,' en de vrouwen liepen de hal in alsof ze op weg waren naar bed, slaapdronken naar polsen, oren en halzen grijpend om sluitingen open te maken.

En toch had ze kennelijk nog tijd om een paar lavendelstruiken te kweken. Stewart had gehoord van dat stekjes-en-lotengesprek dat ze met Whytehead aan de andere kant van de stad voerde – een stroom van chutneys en jams, parasols tegen de zon en overschoenen tegen de regen; kleine attenties zoals zusters zouden sturen, het intiemst mogelijke teken van de dankbare supplicaties van een natie. Eliza Lynch was Paraguay. Ze had ter meerdere eer en glorie van het land drie levende zoons gebaard. En aangezien López zijn land aan haar had overgedragen was ze bovendien een van de rijkste vrouwen ter wereld. En ze gaf Whytehead gedroogde zaadhuisjes die ze eigenhandig afgesneden en in haar eigen rieten mandje gelegd had. Wat het allemaal de moeite waard maakte.

'En hoe maakt Il Mariscal het?'

'Hij verkeert in uitstekende gezondheid,' zei zijn arts. 'Uitstekend.'

'Goed. Goed. Zijn slijmvliesontsteking?'

'Aanzienlijk beter.'

'Godzijdank.'

Ze staarden met toenemende spijt naar Eliza's lavendelstruik. Het was een feit dat het een heer (of wat in Paraguay voor een heer doorging) moeilijk viel zich toe te leggen op het wiel der Geschiedenis als de bestuurder van de wagen een tiran was als López. Om nog maar te zwijgen van de slaven die aan de touwen zwoegden. Whyteheads mijnwerkers waren geketend en alleen al de gedachte maakte hem onwel. Zulke onteerde mannen gebruiken vereiste nobeler bloed – bloed dat ergens tussen blauw en pikzwart in zat; bloed dat niet sneller ging stromen bij het zien van groene fluwelen gordijnen, of zelfs van een ingelijst portret van *De koningin in Balmoral, gezeten op haar paard Fairy*.

Aan de zijkant van het huis leunden ze op een zeer Britse omheining om Whyteheads beste paard te bewonderen, een prachtige, groothartige *colorado* die naar hen toe galoppeerde toen hij hen zag en vervolgens trillend bleef staan en weigerde dichterbij te komen.

'De pracht van zijn gesnuif is een verschrikking,' zei Whytehead, en toen Stewart geen poging deed het vers te noemen, zei hij: 'Het paard. Job: 39.'

'Ah,' zei Stewart.

'In het volle geklank der bazuin zegt het: Heah, en ruikt den krijg van verre, den donder der vorsten en het gejuich.'

Zich achtervolgd voelend liet Stewart de omheining los en draaide zich naar het huis. Whytehead volgde hem. Hij verviel in een ontspannen toon, alsof hij met een boezemvriend sprak, alsof hij tegen iemand sprak die hem bijzonder graag mocht.

'Ik had een vaag idee van een soort Israël ergens in deze contreien,' zei hij. 'Toen ik op dat schip zat. Die afschuwelijke oversteek. Ik dacht – tja, ik dacht aan hoeveel ton per kilometer spoorlijn, natuurlijk, maar ook, weet u, aan een verdoolde stam. Of een arcadia.'

'En alles is arcadisch hier,' zei Stewart hopeloos menslievend, bewogen door de plotselinge wetenschap dat de man met wie hij praatte zou sterven. En wat dan nog? dacht hij. Doodgaan doen we allemaal.

'Inderdaad. Het heeft alles,' zei Whytehead. 'Behalve olifanten.'

Na Whyteheads dood zou het arsenaal instorten en zou het afgelopen zijn met de kanonnen. Naar het nerveuze, ontwrichte gezicht van de man kijkend bedacht Stewart dat ook zíjn dood zojuist een stapje dichterbij was gekomen. *Hoe voelt dat, dokter?* En omdat hij wist dat ze nu bij de waarheid waren aanbeland, bleef Whytehead staan en draaide zich om.

'Ik ging gisteren naar het kantoor van de minister van Oorlog,' zei hij. 'Toen ik aankwam, vroegen ze me bij de poort te wachten. In de zon. Dat weigerde ik uiteraard. Ik heb honderden dingen te doen. Ik ben geen wachter. Maar toen ik hem een brief schreef over de brutaliteit van de schildwacht, stuurde hij dit.'

Stewart pakte het stuk papier en las het door van 'Uw excessieve gevoeligheid' tot de gekrabbelde handtekening aan het eind. *Benigno López*. De ellendeling van een broer. De enige verrassing was dat hij kon schrijven.

'Daar moet u boven staan,' zei hij.

'Ik kan er niet boven staan. Niet boven dit en niet boven de rest. Daar ben ik de man niet naar.'

'God nog aan toe, ga er dan onder staan. Vlei de man een beetje.'

'Ik zou niet weten hoe.'

Dat was waar. Whytehead kon niemand vleien, arm of rijk. Dat vond hij democratisch. Stewart vond het alleen maar *kleingeestig*. Wat de reden was waarom hij dit land zou overleven, dacht Stewart, en Whytehead niet. Skinner behandelde hem voor loslijvigheid, Fox voor reumatische nekpijn en nu Stewart voor een gat in zijn hand. Maar niemand kon hem van zijn waardigheid genezen.

Onder Fox onderging hij een dagelijkse morfine-injectie

in de nek. Misschien kwam het daardoor dat hij zonder waarschuwing bleef staan, zich omdraaide of ging zitten. Of zich, zoals nu, languit op het gras uitstrekte. Stewart ging naast hem zitten, dicht bij zijn hoofd. Een positie die hij onaangenaam erotisch vond.

'Maar O de aanraking van een verstorven hand,' zei Whytehead. 'En 't geluid van een stem die verstild is.'

Een poosje keek de ene man naar de hemel en de andere naar de verre bomen.

'Vroeger sloeg ik mijn zusters altijd,' zei Whytehead dromerig. 'Heel hard. Ik heb er geen greintje spijt van. Vreemd dat een man over zoiets inzit. Vindt u ook niet? Maar tegenwoordig zit ik er voortdurend over in. En wie was die jongen trouwens? Ik ben er niet helemaal zeker van dat ik die jongen was.'

Op één arm steunend draaide hij zijn hoofd om Stewart aan te kijken.

'De jongen op wiens daden ik geoordeeld zal worden.'

'En denkt u dat we geoordeeld zullen worden?'

'Ik weet het zeker.'

'Streng, bedoel ik?'

'Er is maar één manier.'

'Ik ben de laatste tijd erg geporteerd,' waagde Stewart het te zeggen, 'voor de idee van een barmhartige God.'

Whytehead lachte.

Stewart liep terug over Het Pad Waar Mijn Kussen Jouw Mond Opeten. Hij wou dat hij wist wat hem met die man verbond. Natie was wel de laatste reden. Als de draden van hun leven elkaar kruisten, raakten ze steevast in de knoop. Geen wonder dat ze elkaar vermeden. Of eerder áfstieten, als magneten – als een van hen zich ook maar iets afkeerde, sloegen ze om en zogen zich aan elkaar vast.

Ze waren natuurlijk ook zakelijke rivalen. López, die graag een bankrekening in het buitenland had, gaf hun dezelfde voordelige voorwaarden, hoewel Whytehead er rijker van werd dan hijzelf. Geld, dacht Stewart, het was altijd geld wat het hart van een man verstikte.

En zij werden nu ook gek gemaakt door geld – het betere soort Brit, opgesloten in Asunción of werkend aan de spoorweg in het enorme legerkamp in Léon. Terwijl de oorlog doorsudderde, ergens in de Mato Grosso in het noorden of Corrientes in het zuiden, veranderde hun salaris van goud in zilver en vervolgens in papier, totdat het moeilijk te zeggen was of ze überhaupt nog betaald kregen. Maar ze hielden vol. Als iemand al ooit hardop twijfelde, was het 's avonds laat na te veel drank: overhaast en ondoordacht – hoeveel kans je had om over land naar Buenos Aires te ontsnappen, bijvoorbeeld, en of López 'deugde', en tegen wie de oorlog eigenlijk gericht was. En Stewart, die nuchter was, zat in een hoek en gaf elk van hen in gedachten vol walging antwoord: Nee, je had geen schijn van kans om over land naar Buenos Aires te komen, want de Brazilianen beheersten de rivier, en: Nee, López 'deugde' niet, want hij was op het verkeerde soort *school* geweest, weet je niet, en de oorlog, ten slotte, was gericht tegen iedereen. Dat sprak vanzelf – het was immers een oorlog.

Als hij na zulke bijeenkomsten naar huis liep, schreeuwde hij dingen in zijn hoofd. Dit is een man, wilde hij uitroepen, die geen toegang heeft tot de zee. Hij voelt zich als een rat in een zak.

Maar meer nog: dit was een man die nooit zijn Homerus gelezen had; hij beseft niet dat oorlogen dingen zijn die je voert in successie, met als gevolg dat hij allengs en onvermijdelijk met iedereen oorlog kreeg – als er een probleem in de Oostelijke Republiek is, annexeren we gewoon een stukje Brazilië. En we sturen onze legers door Corrientes, dat nu Argentinië is. Enzovoort, tot dit drietal, dat tot voor kort nog een verzameling stechelende provincies was, een pact tegen jou aangaat. Drie naties – Uruguay, de Argentijnse republiek, het keizerrijk Brazilië – die allemaal gezworen hebben Francisco Solano López te vernietigen.

Maar nóg meer – dit is een oorlog in eigen land, waarbij je zonder enige notie waarom hier in Asunción doodgeschoten kon worden. Je kon doodgeschoten worden, terwijl je naar huis liep voor je thee. Deze oorlog was overal, net als lucht. Hij werd gevoerd in het zwijgende hart en de zwijgende mond van de indiaan. Hij werd gevoerd voor 'Paraguay'. Wat inhield, helemaal nergens voor. Naar Britse maatstaven gemeten was López stapelgek.

Maar Stewart mocht de man; hij vond dat hij volmaakt zichzelf was. Hij hield van zijn intelligentie, die aanzienlijk was. En als hij tijdens die eerste avonden van de oorlog naar huis liep, overwoog hij welke feiten hij zijn dier, López, zou voeren. Wat Cochelet zei, bijvoorbeeld, wat Thompson impliceerde over de competentie van zijn broer Benigno om een verdedigingslinie voor het kamp in Léon aan te leggen, wat Benigno over zijn vriendin Eliza Lynch mompelde. Wie weet zou hij op een dag zijn buik vol krijgen van al die dronkaards en een paar woordjes in het donzige oor van zijn Meester fluisteren.

Toen hij bij zijn eigen huisdeur kwam, waren deze gedachten aan trouw en verraad versmolten tot één groot verlangen naar een borrel. Hij vond niets zo vervelend als deze reductie. Een of twee keer per maand werd Stewart overvallen door zo'n zucht. De hang naar het immorele. Hij fulmineerde tegen de oneerlijkheid van zijn leven, wist dat hij *iets* verdiende bij wijze van hulp of wraak, iets kleins en giftigs. Iets smerigs. Of onschuldigs. Een slokje cognac misschien.

Hij wist waarom hij die mannen haatte, Benigno López, Thompson en de rest. Hij haatte hen omdat hij het glas waaruit ze dronken van hun lippen wilde trekken. Maar hij raakte het glas niet aan en zou de mannen niet verraden. Hij liep. Van middernacht tot, pakweg, drie uur dwaalde hij door de straten en over de landwegen. Hij wist nu dat hij altijd een buitenstaander zou zijn, dat het zo nu eenmaal zat, en dus schepte hij behagen in het donker en putte troost uit de slapers die hij voorbijliep, dieren of mensen. Hij bleef staan om naar ze te kijken terwijl ze draaiden en zuchtten, graaiend, jagend, smakkend – wensend en hebbend, wensend en niet hebbend, wensend en eindelijk krijgend, de hele nacht.

Het was tijdens zo'n 'nachtelijke peregrinatie' dat hij Eliza Lynch tegenkwam, en kuste. Of dacht dat hij haar kuste. Of nee, haar echt kuste. Hij deed in ieder geval iets wat met het woord 'kussen' omschreven zou kunnen worden. Ook voelde hij – en daar was hij zeker van – een niet geringe vochtigheid tussen haar benen. Tenminste, daar dacht hij later aan, hoewel hij zich niet gebukt had – hoe kon hij ook? – om haar rok op te tillen, midden op straat. Hij raakte haar aan, dat wel. Hij raakte haar aan, maar niet zo intiem. En wat hem zorgen baarde, was niet de sprong die zijn geest maakte, maar waar hij terechtkwam – deze vloeibare schok, dit ziektesymptoom, genitaal of geestelijk, dat de arts in hem beschaamde –, bespot als hij al was door de begeerte die bij deze te late ontmoeting ontvlamde, de jaren die zijn hand erover had gedaan om zich zo diep in de waanzin die Eliza Lynch was te wroeten. Het maakte hem suf – een hitte die boven zijn knieën begon en bevend opklom naar een trillend hoogtepunt onder zijn ribben. Het gevoel was meer dan alleen anatomisch – hoewel het ook in die zin overweldigend was. Als het enkel een lichamelijke kwestie was, dacht hij later, zou hij in ieder geval geweten hebben waar hij het op had moeten richten, in plaats van deze scheurende, kokhalzende drang om in, uit en helemaal door – over, onder en tussen Eliza Lynch te zijn.

Maar het was ook een kwestie van het lichaam. Het gebeurde in het donker. Maar wat het ook was, het gebeurde. Laten we het een kus noemen. Hij werd gegeven, of genomen, toen de oorlog nog maar een idee was waarmee ten noorden en westen van hen werd gespeeld. Toen Stewarts ziekenhuisbedden ingenomen werden door gebroken benen en het incidentele koortsgeval. Het was begin juni. Op de valreep. Het was de avond voordat de hoofdmacht van het leger, vergezeld door de halve stad, de rivier afzakte naar het fort bij Humaitá.

Stewart keerde die avond terug naar Asunción om wat spullen op te halen, waaronder een laatste blik op zijn vrouw. Hij werd niet verwacht en ging te voet van het nieuwe treinstation naar huis. Na het kamp waren de muren van de huizen uitzonderlijk leeg en vrouwelijk en huiselijk. Het was moeilijk te zeggen of iemand sliep. Hij hoorde het gekras waarmee schatten onder de vloerplanken verstopt werden, het gesmoorde geluid, althans dat verbeeldde hij zich, van kinderen die verwekt en tranen die vergoten werden. En ook teleurstelling, het verre grienen van vrouwen die keken naar wat ze op het punt stonden te verliezen en huilden dat het eigenlijk nooit veel had voorgesteld. Toen Stewart voor zijn eigen deur stond, wist hij precies wat erachter lag. Met een schok bedacht hij dat hij nu bij een oorlog betrokken was, dat hij zou kunnen sneuvelen, en dat als hij sneuvelde, het hiervoor zou zijn: zijn vittende vrouw, zijn seniele schoonvader, zijn huis, Paraguay.

En dus begon hij te lopen. Hij nam de rechte weg want de nacht was donker, en hij stopte pas voorbij de hekken van het kerkhof bij La Recoleta, waar hij een in bleke gewaden geklede vrouw net als hijzelf langs de kant van de weg zag lopen.

Ze leken wel vluchtelingen. Voorzover Stewart kon zien had ze geen paard, geen knecht. En hij dacht dat dit typisch was voor geesten – figuren die niets hebben, die zich altijd van je af bewegen. De maan stond hoog en de gladde glans van haar haren riep een soort afgrijzen in hem wakker. Hij wilde niet dat ze zich omdraaide. Hij wilde niet zien wat voor blik er nu op haar gezicht lag: een stille, afschuwelijke smeekbede of een volstrekt normale uitdrukking die traag en afzichtelijk was gemaakt. Was Eliza dood? Het was jaren geleden dat hij haar zo gezien had – sinds de tijd dat Eliza een soort nationaal Ding was geworden, was ze nooit alleen.

Nu was ze alleen. Ze liep voor hem uit, aan dezelfde kant van de weg, een rij jonge cipressen een voor een bereikend en passerend. Aanvankelijk haalde hij haar niet in, maar schikte zich naar haar dromerige tred. En hoewel ze niet harder of zachter liep, wist hij dat ze zich bewust was van zijn aanwezigheid in het donker achter zich. Dus ze leefde. Ze was meer dan levend. Hij voelde haar gedachten naar hem tasten, terwijl zijn gedachten zich afspeelden achter haar rug. Normaal zou hij geroepen hebben om haar gerust te stellen, maar zijn zwijgen gaf hem een diep, onverwacht gevoel van voldoening. En dus paste hij zijn snelheid aan, stap voor stap, zijn schreden verkortend om op dezelfde afstand te blijven – zijn tred steeds meer afgemeten en dreigender tot het moment overging en ze niet langer bang was.

Ze draaide zich om. Stewart had verwacht een meisje te zien, maar hij stond tegenover een vrouw en de manier waarop ze hem begroette, zou in elke salon op zijn plaats zijn geweest: die bouwde muren om haar heen en negeerde de nacht.

'Dokter Stewart,' zei ze.

'Mijn lieve madame Lynch.'

De afstand tussen hen gaf hem een dwaas gevoel, nu hij hem moest overbruggen.

'Zult u me naar huis brengen?' vroeg ze.

'Ja zeker, het is erg laat.'

'Dank u.'

Ze draaide zich om en pakte zijn arm – zo elegant dat het leek alsof ze een dansje gingen maken. Maar Stewart voelde dat hij niet met haar mee kon gaan, en er volgde een moment van lichte, uiterst pijnlijke verwarring toen zij aan zijn arm trok zoals een moeder aan de arm van een koppige schooljongen.

Hij had, zo ontdekte hij, haar iets te vertellen.

'Eliza,' zei hij.

Hij wilde haar vertellen hoe ze tegenwoordig gezien werd. Hij wilde haar waarschuwen tegen wat ze misschien zou worden.

In eerste instantie was ze nog mooier. Stewart was op de leeftijd waarop mannen verslingerd raken aan jeugd, zodat Eliza's steeds grotere en nieuwere schoonheid hem voor raadsels stelde. Naar algemene maatstaven was ze oud. En ze was bedillerig. Ze viel zijn ziekenhuistenten binnen met haar chique gevolg en haar dames, en je zou denken dat de mannen geïrriteerd zouden zijn, maar de waarheid was dat haar gezicht hun tot troost strekte, haar glimlach hun een balsem was, en dat de paar woorden die ze sprak (soms tot Stewarts ergernis) op zich al genezend werkten. En het waren niet alleen de onnozelen en veronachtzaamden die de kracht ervan voelden. Als ze een kamer binnen kwam – bijvoorbeeld een kaal vertrek in het kamp bij Léon –, als de mannen krassend hun stoelen achteruitschoven en opstonden, was het meer dan beleefdheid wat hen bewoog; het was het besef dat zij, in tegenstelling tot de echtgenotes-dochters-zusters-soldatenhoertjes, zich bewust was van de ernst van hun grote onderneming en dat ze op een of andere heerlijke, natuurlijke manier van hen allemaal was. De mooiste vrouw ter wereld.

Dus dit was het eerste wat Stewart Eliza moest vertellen in het ongerijmde donker, langs de kant van de weg – dat ze beeldschoon was. Het tweede wat hij haar moest vertellen was dat ze ook slecht was.

Dit was geen woord dat hij ijdel in de mond nam, maar de oorlog was inmiddels even opwindend voor hem als de godsdienst, en het was van levensbelang López zuiver te houden. Il Mariscal zwiepte met zijn rijzweep tegen zijn laarzen, struinde rond, was overal, en als de kapel 'La Palomita' speelde, leek hij dubbel zo groot en uiterst voornaam. En op zijn struinende, zwiepende manier kon hij iemand laten geselen, of iemand terecht laten stellen. Hij kon late diners hebben waar een vrouw beter weg kon blijven. Dat is wat Stewart wilde zeggen: dat Eliza jegens haar Grote Vriend een houding moest aannemen – inderdaad, zoals je op een oude vaas kon vinden. Ze zou op haar knieën kunnen vallen. Ze zou kunnen troosten. Ze zou kunnen smeken. Maar vroege geselingen en late diners diende ze te vermijden. En ze mocht nooit ofte nimmer iets in zijn oor fluisteren.

Zoals hij haar pas geleden nog had zien doen, op de estrade in Cerro Léon, tijdens een groot militair defilé. Zij fluisterde, hij lachte, waarna ze zich allebei weer naar de soldaten keerden die voorbijmarcheerden op weg naar hun graf. Eliza's gezicht had zonder ook maar iets te veranderen op de een of andere manier iets meedogenloos of gretigs gekregen. Of iets afschuwelijk sereens. Zonder één keer met haar prachtige ogen te knipperen werd ze van engel der barmhartigheid tot engel des doods.

Was het te laat om terug te keren? Was er nog een andere weg die ze in kon slaan? Stewart wou dat López met haar trouwde – hunkerde daar bijna naar. In het dwaaste hoekje van zichzelf voelde hij dat er iets was wat deze vrouw kon doen – iets slaapkamerachtigs dat hun beeldschone Eliza tegen hun onbezonnen Mariscal zou kunnen zeggen om overal een eind aan te maken, aan de foltering en de verschrikking die op het punt stonden om op hun hoofd neer te dalen. Want het was het noodlot van engelen, immers, dat ze ons moeten voorspreken.

En nu stond ze hier, haar gewone vlees naast hem op een weg, en Stewart als beschermer. Ze glimlachte tegen hem, na aan zijn arm getrokken en die weer losgelaten te hebben. Hij had enkel haar naam gezegd.

'Eliza?'

'Ja?' vroeg ze, hem opnieuw bij de elleboog pakkend, heel geduldig en zusterlijk.

'Wees voorzichtig,' zei hij. En ditmaal liep hij wel verder met haar, omdat hij zielig genoeg niet wist wat hij nog meer moest zeggen.

'Ik ben altijd voorzichtig,' zei ze (slecht, heel slecht) en de tenen van haar satijnen schoentjes glipten een voor een onder haar jurk vandaan en over het gruis van de weg.

Het was niet ver naar haar huis. Opmerkelijk genoeg praatte ze over Zuid-Engeland, het stadje in Kent waar ze getrouwd was. 'Want ik ben getrouwd, weet u,' met een zekere M. Xavier Quatrefages. Een beest, maar lang niet het ergste beest, zei ze. Een paardendokter in het leger. Maar Kent was niettemin prachtig. The Weald – was dat in Kent? Misschien was het Surrey. En zo kwamen ze bij de poort van haar quinta, waar ze zich omdraaide en zijn hand in de hare nam, waarop hij zich als een dorps-Romeo naar haar toe boog om haar mond te kussen. Of haar wang. Of zijn lippen raakten vluchtig de huid van haar gezicht toen ze zich afwendde.

Hij mocht de vrouw niet eens. Het was een rol die hij verplicht was te spelen, en zij draaide zich om, als om de scène af te ronden, en vluchtte bevallig naar binnen. De theatraliteit ervan irriteerde hem, maar minder dan het bruisen in zijn bloed dat sinds het moment dat hij haar in het donker begon te volgen gestaag was toegenomen. Hij vond dat ze met hem speelde. Hij voelde zich verleid en afgewezen. Maar zelfs als dit zo was (en het was niet zo) – dan telde het nog niet. Wat telde was de gewelddadigheid waarmee hij haar begeerd had, een vrouw die over Kent praatte, of was het Surrey, alsof zij hem niet ook begeerde. Was dit hartstocht? Deze *epilepsie*? Deze drang om als een kind in een driftbui de kamer, het huis, de hele wereld kapot te slaan? En dat anatomische ding, zijn geslachtsdeel, dom en brutaal, een plaats zoekend die hij zich niet eens meer kon voorstellen, laat staan een naam geven, totdat hij, op zijn hand, die schokkende, ingebeelde vochtigheid voelde; arm gevorkt dier dat ze was. Weg nu, door de poorten van haar huis. Naar bed.

Hij schudde het als een hond van zich af en liep terug naar de stad, en als een hond had hij het gevoel dat hij een aframmeling had gekregen. Maar de weg was recht en hij wist waar hij heen ging. Hij ging naar zijn irritante vrouw Venancia voor wat liefde. Meer niet. Het geurende kussen van haar borst onder zijn oor.

De herinnering aan die nachtelijke ontmoeting bleef Stewart nog lang bij, als een droom die zich 's morgens niet laat wegwassen. Hij keerde terug in allerlei kleinigheden – het geluid van de insecten in het donker, de bocht in de weg en wat er gebeurd had kunnen zijn als hij het anders had aangepakt. Als hij meer gepraat had, of beter. Als hij was blijven staan. Als dit of dat detail ook maar een fractie anders was geweest en hij een vrouw onteerd had – of andersom – die hij niet eens mocht, die net als hij 's nachts alleen buiten liep.

Niet veel, natuurlijk. De geslachtsdaad. Een andere manier van naar López kijken. Zijn eigen keel geruisloos doorgesneden misschien (of misschien niet). Een diepe hartstocht of geen diepe hartstocht. Een puinhoop. Allerlei dingen, zij het niets wat de som zou vergroten van zijn plezier Eliza heimelijk in het donker te zien, alsof ze hem, en hem alleen, voor dit tête-à-tête had uitgenodigd.

Uiteraard was ze daar niet vanwege hem. Wat Stewart wist – maar pas later besefte – was dat Eliza's doodgeboren dochtertje begraven lag in het kerkhof achter de muur waarlangs ze die nacht liep. Dat realiseerde hij zich zeven jaar later, toen hij een kind begroef voor Venancia, die er niet bij kon zijn omdat ze haar kerkgang nog niet had gemaakt. Het was hun zesde, een scharminkelig dochtertje dat meteen stierf nadat ze geboren was. Ze schraapten wat aarde weg en begroeven haar. Toen Stewart opkeek, deed Venancia's afwezigheid aan de andere kant van het kleine graf hem aan andere geesten denken – de lila bleekheid van Eliza die nacht, in juni 1865, toen de oorlog nog iets was wat gewonnen of verloren kon worden.

Het kerkhof was prachtig. Het was zo'n zalige dag waarop je zou denken dat er op zo'n plek en met zulk weer geen ontberingen konden bestaan. De palissanders stonden in poeierige bloei, de vogels kwinkeleerden in de stilte en de hele wereld leek te fluisteren: 'Later. Later.' Nu was het allemaal afgelopen. De oorlog. López. God weet hoeveel doden. Stewart vond het moeilijk om na al die slachtpartijen om zijn eigen dochtertje te treuren, maar natuurlijk treurde hij wel, en het dierlijke verdriet dat hij voelde, leek zo oneerlijk – dat je er nooit van af zou komen, dat pijn, net als honger, altijd nieuw en hardvochtig zou zijn. En toen hij zich omdraaide, schoot hem te binnen dat Eliza's dochtertje hier ook begraven lag. Dus daarom was ze naar buiten gegaan op die laatste avond in Asunción; om de botjes van haar baby te bezoeken – zo licht en voorlopig en amper gevormd. Hij dacht aan hoe ze nu in de aarde lagen, open en los; van elkaar weggesmolten waar het kraakbeen geen kans had gehad te verharden tot bot.

Stewart stapte achteruit met zo'n snuif van minachting dat de doodgraver verbaasd opkeek. Hij had – maar pas op het allerlaatst – aan de kus gedacht. En met de herinnering kwam de gedachte dat de kus, ondanks zijn bedwelmende helderheid, bij nader inzien misschien toch geen kus was geweest. En dat het hoe dan ook van geen enkel belang meer was. Misschien was het toen evenmin van belang. En Stewart voelde een hevig heimwee naar de oorlog. Terwijl hij als levende tussen de grote, zuchtende menigte doden stond.

Het is mogelijk dat iedereen zichzelf zag als een personage op een schitterend doek, een doek dat misschien de hele lengte van een oude zaal besloeg. Het zou vol rook hangen.

Het zou heuvels bevatten, en mannen die zwoegend de hellingen beklimmen, terwijl andere mannen van bovenaf op hen vuren. Een ravijn. Een moeras. Verre embrasures en veldschansen – strategische details weggedrukt in een theebruine verte voordat de Paraguayanen muur te kort komen. In het midden de rivier, traag en ondiep, die voorbij het verhaal van de op zijn oevers uitgevochten oorlog stroomt of kruipt: de veldslagen van Riachuelo, Tuiutí, Curupaití, de loopgraven bij Curuzú en, boven alles uittorenend, het belegerde fort Humaitá, waar de bouwer ervan, de dappere kapitein Thompson, hoog op de lemen wallen zijn kaarten ontrolt.

Beneden hem liggen Braziliaanse pantserschepen op de rivier, terwijl de monden van de kanonnen op schip en oever primitief vuur spuwen. De rivier kolkt van granaten die de schepen op een haartje na missen; de wallen van het fort, hoewel oppervlakkig beschadigd en gedeukt, houden stand. Het lijkt een redelijk prettige patstelling – een dure manier om te vissen. Achter de rieten borstweringen wijzen mannen naar de verte of klikken een telescoop open om in de zon te laten blinken. Hun namen staan wellicht op een lint geschreven dat zich beneden hen ontvouwt. In het midden, López op een onwaarschijnlijk witte, steigerende hengst op de hoge muur. Pedro Inácio Meza, de rampzalige held van Riachuelo, die met stramme gebaren op de kerktrappen aan zijn verwonding bezwijkt. Kolonel José Díaz die een uitval doet en een batterij La Hitte-kanonnen buit maakt op de Uruguayanen bij Estero Bellaco. Hoezee! Generaal Francisco Isidoro Resquin die bij Tuiutí de linkerflank attaqueert, terwijl generaal Vicente Barrios de rechter aanvalt en de woeste Guarani soldaten onder hevig vijandelijk vuur door moerassen en kreupelhout waden om de strijd aan te binden met zestigduizend Brazilianen, Uruguayanen en Argentijnen in die gigantische stad van doek. Hoe kan één man ze allemaal schilderen? En hoewel we mannen hun handen ten hemel zien slaan en met hun ogen zien rollen, hoewel we zelfs de kogel zien inslaan, de verslagen gezichten van kameraden die toeschieten maar niet kunnen redden ('o nee!' zou de titel van het schilderij kunnen zijn. 'O Nee!'); hoewel we genoeg doden zien vallen, zien we niet één lijk – zo snel worden lichamen geruimd en dan afgedankt, zelfs door hun eigen verhaal – en ook de gigantische hopen gesneuvelden zien we niet. Misschien missen we de gigantische hopen gesneuvelden: we genieten er intussen van; van de onverwachte anatomieles van iemands nek die tot de ruggengraat openligt, de manier waarop een groepje lichamen met elkaar verward raakt en slinkt, de manier waarop we de lijn van een been moeten volgen om te zien wiens voet dat is, zo sterk is onze drang het lichaam tot een geheel te maken en elke man zijn eigen ledematen te geven. En ook de afschuw, natuurlijk, als het been ophoudt. Tienduizend mannen sneuvelden bij Tuiutí, en terwijl hun huid in de buitenlucht leer wordt, zakt de heuvel der doden in en wordt akelig plat (wie had kunnen denken dat er zo veel ellebogen in de wereld konden zijn?). Een eenzame fotograaf staat op het dodenveld en er is niemand om hem te schilderen: de schilders zijn allemaal gevlucht. Wat gebeurde er bij Tuiutí? Een veldslag, meer niet. Alleen maar moeras werd verloren en alleen maar moeras werd gewonnen. Maar de man die het moeras verloor, was López.

Toch mag je de Guarani soldaat nooit onderschatten. Ook hij is in het schilderij, in matte rijen en gelederen, voortdurend oprukkend. Keer op keer denkt, vecht en sterft de Paraguayaanse indiaan, schijnbaar kansloos tegen een verpletterende overmacht, beter dan zijn geallieerde vijanden. Zijn broek is blauw en zijn tuniek is rood en hij trekt ze allebei uit om in het moeras te vechten, dat hij kent en zijn thuis noemt.

Maar het vlees maakt hem ziek, zoals Miltón het verhaal vele jaren later vertelt. Niet omdat het vlees rot is, hoewel het vaak rot is, maar omdat deze mannen er niet aan gewend zijn dat goedje te eten – ze máken het alleen maar, of wórden het. In welk geval er een overvloed aan vlees is gemaakt in de vijfeneenhalf jaar van de oorlog. Terwijl de veldslagen krakend op hun plaats schuiven en de ene strategie langzaam tegen de andere botst, vecht de Guarani indiaan door – galachtig, met kramp in de buik, lijdend aan vlees in de adem en vlees in de buikwind – en zonder overgave. Dat nooit.

Desondanks is het verhaal van de oorlog er een van terugtocht. Curupaití verdedigd en verloren. De sluwe dubbele rij loopgraven bij Curuzú, daarna terug naar het fort van Humaitá: driehonderdtachtig kanonnen, een wirwar van verdedigingswerken ervoor, krioelend met twintigduizend jongens en oude mannen, omdat er alleen nog maar oude mannen en jongens over zijn.

De strop om hen heen wordt aangetrokken en de namen blijven zich ontrollen in de geschilderde wind: op de rivier drijft de onverschrokken Díaz in zijn dodelijke kano. Generaal Barrios doet een uitval, Paulino Alén, oog in oog met de nederlaag, schiet zich een kogel door het hoofd. Bernardino Caballero houdt Acosta Nu bezet – dit zijn namen die hardop moeten worden uitgesproken. Evenals de namen van de stoere schepen die in deze oorlog gevaren hebben, de Tacuarí, de Paraguarí, het buitgemaakte Braziliaanse stoomschip Marquês de Olinda, de Ygureí, de Salto Oriental en de Pirabebé. Schepen waarop mannen vochten en waarin ze verbrandden; schepen van waaraf ze verdronken.

De dappere mannen van andere oorlogen opsommen strekt ons tot enige troost: de geschiedenis is een litanie en het enige wat wij op deze aarde doen is dodenlijsten maken.

En we gaan zo op in onze recitatie dat we de drie Braziliaanse schepen die de over de rivier gespannen kettingen doorzagen en vervolgens onder de batterij van Humaitá door varen, niet eens opmerken. Het zijn de Barrosso, de

Tamandaré en de Brasil: allemaal monitoren, blind ogende dingen van onnatuurlijk ijzer – zelfs het dek is beschut, zodat de mannen erin veilig of dood zijn: er is geen middenweg, evenmin als romantiek. Monsterlijke moderniteit die voorbij de open mondingen van tweehonderdvier kanonnen puft – van de Curupaitíbatterij naar de laatste verdedigingsstelling bij Humataí – als op weg naar een picknick. En vervolgens de rivier op stoomt om Asunción te bestoken.

En zo gebeurt het. De stad brandt. Ergens op de achtergrond legt de geest van Whytehead triest maar toch trots een hand op de bolling van een koude smeltoven. Daarmee was het gedaan met de overlevenden van de onbeproefde Tacuarí – ze verbleken naast de grote namen van deze oorlog, Spaanse creolen en Guarani. En in het laatste stukje van het doek geeft de dappere kapitein Thompson het fort bij Angostura ten slotte over, omdat geen enkele Paraguayaan weet hoe dat moet.

En waar is Stewart? Was hij dapper? Verder naar beneden, op een naamloos stukje grond, tilt hij een stervende man op bij zijn schouders alsof hij hem helpt uit het schilderij te kijken. De ogen van de man rollen omhoog. Zijn laatste trillende gebaar is naar Humaitá en de onwaarschijnlijke hengst op de hoge muur – mijn kapitein, López. (Of is dat López zelf, onmogelijk stervend in Stewarts armen? Met meer baard misschien, en een andere blik in zijn ogen?)

En waar is Eliza in het uur van zijn nood? Ze staat niet op het schilderij. Haar portret zou aan de tegenoverliggende muur gehangen worden, eindeloos kijkend. Proberend te ontdekken waar het allemaal mis ging.

Ze zal het hier niet vinden. Dit is een heroïsch schilderij – een van de laatste van zijn soort – en vertederend naïef. Het wemelt van de fouten, natuurlijk, maar dat is een ander verhaal. Stewart zou aangevoerd kunnen hebben dat de over de rivier gespannen kettingen tijdens het beleg prachtig door waterhyacinten overwoekerd werden. Elke morgen keek hij verwonderd naar de scherper wordende lijn – het water stroomopwaarts glad als glas terwijl de rivier verstikt werd door vegetatie. Op een ochtend stond alles in bloei en voelde hij een vreselijke drang het drijvende pad over te steken van zijn kant naar de vrijheid van de andere oever.

Hij had ook kunnen klagen over het ontbreken van rood – de kleur die zo afleidt. Hij zou kunnen zeggen dat de schilder er niet in geslaagd was de uiteenlopende en romantische tinten van bloed te vangen, bijvoorbeeld, van het droge roestbruin waar Whytehead het eerst zijn aandacht op vestigde, tot het vloeibare rood van de rivier als die doordrenkt was van het licht van de zonsondergang. Het kon de bougainvillea zijn, die van de ene op de andere dag opschoot uit de vruchtbare modder naast zijn hut in Humaitá, of het opbloeiende overhemd van een man vlak voor zijn dood, maar Stewarts oog werd die oorlog doorboord door rood zoals zijn hart soms doorstoken werd door het vreemde blauw van de hemel.

En vooral zou zo'n schilderij niets bevatten van kwade dampen of modder: geen bemodderd kadaver of levende mannen vol slijk. En bovenal geen vrouwen bespat met die troep, of zelfs vrouwen die, zoals Eliza, verbluffend moddervrij bleven.

In werkelijkheid krioelde het fort van Humaitá van de vrouwen. Ze maakten zich los van de modder van de muren en naderden in hun modderkleurige jurken en openden hun modderkleurige gezichten om het prachtige schone rood van de binnenkant van hun mond te laten zien, afstekend tegen hun gele tanden. En wat ze ook te vertellen hadden, het was altijd lastig – altijd een verzoek: om nieuws over een man, om bemiddeling over een lapje stof, of een stuk dak voor boven hun hoofd of, later, om eten. Ze boden niets in ruil, sommigen van hen, afgezien van de aanblik van hun aantrekkelijke vrouwelijke gelaat of het vooruitzicht je mouw met rust te laten. Anderen boden uiterst vrijmoedige seksuele diensten aan, maar hun onderhandelingstechniek liet doorgaans te wensen over en ze konden van niets naar alles springen zonder zich bewust te lijken van het verschil.

In de universele modderigheid na dat eerste treffen bij Riachuelo (niemand durfde het een nederlaag te noemen), was de kleinste veeg met een lap al genoeg om vooruit te komen. De vrouw die het meeste succes had – althans de vrouw aan wier mouw Stewart zou trekken voordat de oorlog afgelopen was – begon met een schoon gezicht en een bos in het moeras gemaaide biezen je dak te repareren. Op het laatst leverde ze van alles, van een fles Franse wijn tot gevlochten manden voor de wallen van het fort. Je kon haar eroverheen zien lopen als een gezette ingenieur in rokken en steeds betere laarzen, met gouden kettingen om haar hals en andere bungelende dingen verborgen onder de stof van haar hemd.

Ze werd nooit geraakt. Toen het water steeg, kwamen de Braziliaanse schepen dichterbij en de dikke aarden kussens die de muren waren, werden dikker en gevaarlijk laag, als heuvels. Het was moeilijk te zeggen of ze instortten onder de beschieting of in een natuurlijker staat vervielen, en Stewart had sterk het gevoel dat ze er geen enkel bezwaar tegen hadden om zo te bezwijken, terug naar de rustige vlakke staat of afglijdend in de rivier om weer modder te worden. Hij kon zich niet aan de indruk onttrekken dat zelfs de aarde zich tegen hen begon te keren.

Toch bleef het leuk. Elke morgen juichten ze als een kleine raderboot de rivier op stoomde om een paar twaalfponders op de Braziliaanse vloot af te schieten en even paniek te zaaien, het water te laten bruisen. Toen hij tot zinken werd gebracht, stuurden ze Jaime Corbalan in plaats ervan – één man in een kano vol torpedo's met aan zijn keel een fladderend, door Eliza opgespeld lint.

'We maken er nog wel een gat in,' zei López, terwijl ze op de dageraad en het geluid van de eerste explosie wachtten, de bolle waterbal die in de lucht ontplofte. Maar er gebeurde niets. Er hing een onbehaaglijke stilte, die zich langzaam opvulde met diverse soorten tegenspoed en angst en verraad, zodat ze tegen de tijd dat het eerste spottende gefluit opklonk wisten wat er gebeurd was. De Brazilianen hadden hem opgeslokt. Corbalan was een rijke jongen en dat was het probleem, zei López, die op zijn montere manier de broer van de man dood liet schieten.

Toen kwamen er nieuwe schepen en de granaten vlogen hoog over de muren heen en deden een boog van modder opspuiten waar eens hutten en keten hadden gestaan. Elke morgen gingen de vrouwen naar buiten om de niet ontplofte kartetsen te verzamelen en naar de kanonniers te brengen, die het slaghoedje vervingen en ze terugschoten. Ze renden er joelend naartoe, elkaar opzij duwend om zichzelf moed in te spreken, want hoewel de granaten er hoogst onschuldig uitzagen – gewoon hompen metaal in de modder – kwam er onder de zachte aanraking van een vrouw soms een tot leven en dus tot ontploffing.

Stewart werd geconfronteerd met het probleem van de vrouwen als hun anatomie hem in de operatiehut verraste – hij dacht steevast geschrokken dat het geslachtsdeel van de man weggevaagd was en zocht door bloed en haar naar de niet-bestaande wond. Telkens als hij een hemd openknoopte en er een borst – of twee – onder aantrof, slaakte hij een zucht over het probleem van de vrouwen. Als Venancia hier was, zou ze dan granaten gaan zoeken? (Venancia, die bij het verstrijken van de weken en maanden in zijn gedachten even mooi werd als een glas water, een bord met vers eten.)

Waarom, vroeg hij zich af, deden de vrouwen zoiets? Elke granaat leverde een pot maïs op, maar er waren andere manieren en andere plaatsen waar een vrouw voedsel kon vinden. 'Ik had een man die sneuvelde,' zei een van hen, 'en toen had ik een andere man die sneuvelde.' Als het leven zo goedkoop was, leek ze te zeggen, werd liefde algemeen. Dus deed ze het misschien uit algemene liefde. Of uit liefde voor dé generaal – López. Of omdat het hun bevolen werd – heel simpel: liefde voor de discipline. Of omdat ze het risico opwindend vonden, wat bij sommigen zeker zo leek te zijn. En ten slotte deden ze het misschien omdat niemand graag verliest – wat niets anders is dan de liefde voor de overwinning, met haar lauweren en haar vleugels.

Stewart werd erg beziggehouden, wijsgerig gesproken, in zijn choleratent en zijn tyfustent, door het probleem van de liefde. Het nam hem geheel in beslag. Misschien was het altijd zo geweest, dacht hij, terwijl hij een mosterdpleister van de borst van een cholerapatiënt trok, of bleef staan bij de grafkuilen waar de doden begraven werden om naar de gashoudende, opbollende grond te kijken. 'Mijn tante zei altijd al dat ik een tobber was.'

'Maar alle liefde is een tobberige liefde,' zei hij, per ongeluk hardop, en meer dan eens. 'Alle liefde is omhaal.'

Hij meende dat hij verliefd begon te worden op Eliza Lynch, bijvoorbeeld. Maar fatsoenlijk ditmaal. Daar maakte hij zich niet bijster ongerust over: het was een spirituele, zelfs androgyne liefde – het was geen hunkering. Hij wachtte niet op haar komst. Maar als ze buitenkwam – haar jurk wippend op zijn hoepels, vlak boven de modder, en haar parasol gloeiend als een levend vlies in de zon – waren haar ogen zo vriendelijk en was haar hele houding zo simpel en bevrijdend, dat het onmogelijk was haar zelfs een vrouw te noemen. Ze was als een zuster als ze zich voortbewoog en als een droom als ze stilstond. Ze was waar iedereen voor vocht.

Uiteraard was hij ook *verliefd* op haar op een onstuimig soort manier – dat was iedereen, dat was een algemeen aanvaard feit. 'We zijn gesneuveld en naar Eliza gegaan,' was de schertsende dronk die ze uitbrachten in haar kleine huisje achter de kerk in Humaitá – en het gebruik van haar voornaam duidde niet op gebrek aan respect, maar was juist het tegenovergestelde: een soort speelse zaligverklaring.

Eliza's huis was een toevluchtsoord – deels doordat het zo ver weg stond van de boog van bloederige modder die de ballistische draagwijdte van de Braziliaanse schepen markeerde. Wat niet wilde zeggen dat Eliza een lafaard was; ze liep vrijelijk door het fort. Een opvallende verschijning – je zou zelfs kunnen zeggen een doelwit – een werveling van kleur met twee jongens, een voor en een achter, die planken neerlegden en opraapten voor haar voeten. Ze kregen er zo'n handigheid in dat het voor hen alle drie een soort spelletje werd; Eliza versnelde haar pas en de jongens renden om haar heen, een geïmproviseerd wiel makend op welks binnenrand ze veilig kon lopen.

Stewart had de jongens kunnen gebruiken, maar hij misgunde haar deze hoffelijkheid niet. Haar beeldschone verschijning beurde hen allemaal op. Er was geen man in het fort die zijn leven niet gegeven zou hebben om te voorkomen dat haar kousen bespat werden met ongeacht welke vloeistof haar zou kunnen bezoedelen: vuil, bloed (sperma, dacht hij terloops), etter, adellijk of niet, en, God weet, zweet; de soep van verrotting, goede, ouderwetse stront – want er waren zo veel manieren tegenwoordig waarop de kous van een dame bevuild kon worden.

Telkens als Stewart Eliza zag, was ze gegroeid. Dat verbaasde hem niet; Venancia was in zijn gedachten bijvoorbeeld geslonken tot ze voor hem een soort dochter geworden was – een lichaam dat hij in zijn armen zou kunnen nemen, fris en licht en los als water. En soms was het lichaam levend en soms was het dood. Maar hoe dan ook, hoewel Stewart wist dat ze geleidelijk zowel het landgoed van haar vader aan de bovenloop van de rivier als zijn eigen waardeloze salaris aan het opteren was, met het verstrijken der maanden en jaren werd ze toch almaar lichter in zijn treurige armen.

Zelf, dacht hij, was hij ongeveer even groot als hij altijd geweest was, hoewel hij zijn hart voelde groeien. Zijn hart leek hem al de omvang te hebben van een paardenhart, en terwijl de voedselstapel slonk en de lijkenstapel groeide, had hij de indruk dat zijn hart uiteindelijk zijn hele borstholte zou vullen, totdat hij nog louter een pompende, mogelijk lege huls van spieren en botten zou zijn.

Niet dat dit alles iets gaf, maar hij merkte wel dat de grootte van zijn hart, denkbeeldig of echt, soms zijn longen belemmerde. Hij kon geen adem meer halen, althans geen fatsoenlijke, mannelijke adem. Dat kwam door het verdriet, dacht hij. Daar had hij andere mannen ook over horen klagen – een beklemming op de borst die alleen maar oploste in tranen en voorzover hij kon zien geen ziektebeeld gaf. Het was gewoon dat je longen krompen met het stijgen van het dodental – als om je eraan te herinneren hoe het voelde om adem te halen en te leven.

Zijn maag ontsnapte aan deze inventarisatie, omdat hij die niet langer als iets van zichzelf beschouwde, dus wie weet hoe groot hij was: misschien zo groot als de hele wijde wereld of zo klein als een kogel in je buik. Meestal probeerde hij het te negeren, dat nukkige, eigenmachtige, wrede orgaan. Maar toen verhuisde de honger naar zijn mond en dat gaf hem het verlangen zijn tandvlees om dingen te klemmen – allerlei dingen – om hem te stillen. Of soms zag hij bij het opensnijden van een gewonde soldaat een glimp van diens laatste maaltijd en voelde hij afgunstig speeksel zijn eigen muil overstromen.

Niet dat ze verhongerden. Ze hadden eten – een beetje althans. Maar het was niet het juiste eten. Er waren dingen die je dolgraag op je bord zou zien liggen, maar niet kon benoemen. En terwijl de maanden verstreken, zaten de mannen vaker bij elkaar en werden hun ogen meer naar binnen gericht en problematischer en meer medeschuldig aan hun eigen verdriet.

Het was rond deze tijd dat het gerucht ontstond dat Eliza het vlees van de doden at. Ze zei dat het precies zo smaakte als varkensvlees, alleen wilder – als de truffeletende wilde zwijnen in de Auvergne. Volgens sommigen gaf ze de voorkeur aan Braziliaans vlees – hoewel het daar niet aan overhield – volgens anderen aan dat van henzelf. Het verhaal werd alom geloofd – de truffels gaven de doorslag. Niemand kon een detail als de truffels bedénken; bovendien, wie van die mensen had ooit van de Auvergne gehoord? En de smaak van wildachtig varkensvlees spoelde eindeloos door hun mond, die zo nat werd dat ze moesten spugen als ze Eliza in gedachten een lange lap bleke ham van een geamputeerde homp vlees zagen scheuren. Er waren mannen die tijdens een lange dag in de loopgraven hun eigen armen bekeken en de verhouding van vlees tot vet berekenden. En hoewel het iets gruwelijks had, was het niet zozeer dat ze Eliza haar portie misgunden, als wel dat ze de schuld gaven aan deze gapende wereld waarin je lichamen smeet, wie weet je eigen, alsof de hemel zelf verhongerde.

Maar als ze buitenkwam, ontbrak het die kannibaalse gedachten aan een landingsplaats. Eliza was het mooiste ding in deze hele modderkleurige wereld. En ze verslonden haar met hun ogen.

Maar hoe zat het met de liefde? vroegen Stewarts bezorgde gedachten. Wat heeft al dit eten met liefde te maken? Natuurlijk werd hij hier onaangenaam dicht met zijn neus op de cyclus van het leven gedrukt. Dat werd iedereen. Tijdens de eindeloze middagen werd zijn medische stapel afgedankt vlees vaak aangevallen door honden, die soms doodgeschoten werden terwijl ze hun menselijke buit verscheurden. De doodgeschoten honden werden vervolgens opgegeten. Natuurlijk werden ze eerst gekookt, en dat maakte verschil, maar hoe dichter je de grens naderde, hoe belangrijker het werd om die te handhaven. En wat kon de grens anders handhaven dan liefde?

Hij was niet de enige die er zo over dacht. Er was een drukke handel in priesters in die tijd, of in priesterachtigen

– mannen met een milde, melancholische wijsheid die je in vredestijd het liefst met een spade een klap tegen hun achterhoofd gegeven zou hebben – ze vulden hun pijp met andermans tabak en als tegenprestatie kreeg je een wijze zucht en een verhaal, bij voorkeur vol narigheid. Stewart luisterde alleen maar als het een liefdesverhaal was, want liefde boezemde hem nog steeds razend veel belangstelling in (evenals noodlot en tegenspoed), terwijl de dood hem volstrekt geen zorgen baarde. De laatste dood die hem verdriet had gedaan was die van Whytehead, en Whytehead was al een paar jaar dood. Hij herinnerde zich amper wanneer. Voor het eerste treffen bij Riachuelo of erna? In ieder geval zeker voor de grote veldslagen van de oorlog. Whytehead had alle pret gemist. Nee, bij de laatste gelegenheid dat Stewart hem gezien had, speelde het orkest 'La Palomita' en hief de menigte een oorverdovend gejuich aan en stond Whytehead alleen maar wezenloos toe te kijken.

Dat was de morgen nadat Stewart Eliza Lynch gekust had – of niet; de morgen waarop de vloot werd uitgezonden om de blokkade te doorbreken. De hele stad stond op de Plaza de Palma om de Tacuarí nog één keer toe te juichen. Die had nu gezelschap van de Paraguarí en vijf of zes andere schepen, waaronder de Ygureí, de Jejuí en de Salto Oriental. Aan het touwwerk van het buitgemaakte Braziliaanse stoomschip Marquês de Olinda wapperde nu de nationale vlag en het leek allemaal zo indrukwekkend en zo helemaal van hem dat Stewart alle gescharrel met deze of gene vrouw vergat. Geen enkel mannenhart kan schepen weerstaan, en toen ze statig wegvoeren, wierp Stewart de idiote kus en alle kussen achter ze aan, zoals je een duif in de lucht zou werpen – een stuiven van spieren en emotie dat hoog opsteeg en een poosje in hun kielzog bleef drijven.

'Hoezee,' schreeuwde hij, wuivend met zijn zeer Britse hoed. 'Hoezee!'

En Whytehead keek hem scheef aan.

Daarom was hij bijna blij toen hij na een paar weken in het veld bericht kreeg dat de man dood was. De schepen hadden de strijd aangebonden in de ondiepten van Riachuelo en gefaald. De Jejuí en de Salto Oriental waren gekelderd, de Paraguarí was lam geschoten. De vlootcommandant, commodore Meza, was zo verstandig geweest om in Humaitá van boord te gaan om aan zijn kwetsuren te sterven. En in Humaitá hoorde Stewart ook dat het arsenaal verder stroomopwaarts zijn eerstaanwezende ingenieur en het leger hun gratis aanvoer van *matériel* verloren had. En hij voelde de mysterieuze draad die hem met Whytehead verbond knappen.

Het verwonderde hem dat er inderdaad ergens een draad wás, als een pees in zijn borst, waarin de band met deze man het voelbaarst was geweest. Hij keek ervan op dat hij echt het gevoel had dat er iets losschoot. Het beeld van de schikgodinnen, dacht hij, klopte precies – de grote scharen waarmee ze de draden van een mensenleven doorknippen – want wat de wereld bij iemands dood voelt, zelfs op een afstand, is een ontrafelen.

Het lijk werd gevonden in zijn tabaksschuur en men zei dat Whytehead zich daar aan een balk verhangen had. Zijn dinerdokters Fox en Skinner hadden zelfvergiftiging geconstateerd: hij had een aftreksel van nicotine gedronken, zeiden ze, een eigen brouwsel voor het verdelgen van bladluis. Stewart wist dat Whytehead zoiets nooit zou doen. Dat zou zijn zusters te diep krenken. En hij ging zitten om een brief te schrijven om hun dat mee te delen. 'Geachte mejuffrouwen Whytehead,' begon hij. Denkend dat de brief hen nooit zou bereiken. Zich afvragend hoeveel van het geld van hun broer ooit op Mile End Road terecht zou komen.

In de daaropvolgende maanden schonk Stewarts draadtheorie, of peestheorie, hem enige troost. Het was alsof veilig weggeborgen in zijn borst een klein pakje menselijkheid zat en hij zichzelf daar soms een klopje gaf – zoals een man die zijn pijp zoekt – terwijl om hem heen de cholera zijn intrede deed, samen met allerlei andere soorten, maten, vormen en typen schijterij – dysenterie, tyfus en de rest. Hij vroeg zich af waarom God geen handige stop voor de mensheid ontworpen had. En hij dacht dat als hij nog één man met een stinkende broek zag, hij hem waarschijnlijk zou doden om tijd te sparen.

In oktober was het noordelijke leger uit de cordillera huiswaarts gestrompeld en had Stewart weinig meer om handen. Alleen de lichtgewonden keerden terug, gedragen, heel die enorme afstand, door broers, of vrienden, of zelfs vreemden – die nogal ontdaan moeten zijn geweest toen López hun last zodra ze die neerzetten doodschoot om de schande van de overgave bij Uruguiana uit te wissen.

De generaal kreeg als eerste de kogel – dat was het verschil tussen López en andere aanvoerders. Daar gaat hij, dacht Stewart. Mijn beestachtige Mariscal met zijn beestachtige oorlog. Hij liep naar de rijen gewonden en staarde elke man in het gezicht, naar zijn ogen kijkend terwijl het orkest 'La Palomita' speelde.

De grote slachting was begonnen en het zou jaren duren voordat Stewart zich weer gevoelens veroorloofde.

Toen, in juni 1867, kwam er een man naar hem toe die een zin uitsprak die zo duidelijk was dat Stewart zich afvroeg welke route dit nieuws genomen had – het had zulke afstanden afgelegd en wist toch zo precies de zijkant van zijn hoofd te raken, waar de natuur een oor had geplaatst om het te ontvangen. In juni was de Doterel binnengelaten met een nieuwe Engelse gezant aan boord; misschien was het nieuws gekomen in een brief die Venancia in zijn naam had opengemaakt. Was het haar stem die hij door het gezicht van de man hoorde toen deze halverwege een drukke middag naar hem toe kwam en zei: 'Ik moet u meedelen dat juffrouw Steerat in Edingbur dood is.' Het was nieuws, zei hij, voor *el doctor* – die inderdaad een tante met de naam juffrouw Stewart had die intussen al een hele tijd dood was in Edinburgh, en nergens anders. Waar het nieuws vandaan kwam of wie ervoor betaald had, wist Stewart niet. Toen hij zijn plotseling zware gezicht ophief om de man te bedanken, had die zich al omgedraaid.

'Ze was een moeder voor me,' zei Stewart zielig tegen zijn rug, en de man keek hem over zijn schouder aan, precies als het standbeeld van Perseus in Albani.

En zo werden de afgelopen, gewone maanden van beleg buitengewone maanden, waarin hij geleefd had terwijl zijn dierbare tante dood was. Als het mogelijk was het leven achteraf te ervaren dan was dat wat hij op dat moment deed – een vloed van gevoel stroomde door de dagen, een slinger in de tijd, een ommekeer – alsof hij haar dood onderweg geheel per ongeluk had laten vallen en nu terugging om hem op te halen.

De hemelen stonden voor hem open. Niemand stond meer tussen hem en het weidse blauwe uitspansel. Stewart keek als voor het eerst omhoog en concludeerde dat er geen merkwaardiger kleur bestond dan blauw. De vrouw die hem had grootgebracht was dood en hij had niets gevoeld – geen waarschuwing voordat het nieuws kwam, geen emotie toen hij het kreeg. En zo ontrafelde zijn draadtheorie van de menselijke verbondenheid, vele kilometers van huis.

Natuurlijk wist hij toen hij de vrouw voor het laatst omarmde, dat hij haar nooit meer zou zien. Wat precies is wat we allemaal doen, dacht hij, want 'Vaarwel' bij een vrouw is altijd voor eeuwig. Zelfs het kleine afscheid. Zelfs als ze haar hoed opzet en naar de stad loopt, wat niet erg ver is. Vaarwel. Want dat is waar vrouwen voor zijn. Om achter te laten en lief te hebben van een afstand, bijna zoals we de doden liefhebben. En hij dacht aan de slanke engel die hij graag op haar graf zou zetten – hij bracht zijn tijd door met deze of gene frase in de grafsteen eronder te beitelen. De juiste woorden vindend en weer vergetend, ze opnieuw opstellend in zijn hoofd. Op een dag zouden ze vastgelegd worden met pen en papier, maar in de tussentijd schetste en vergat hij zin na zin – tot het moment waarop zijn geest verstilde bij de regels die Whytehead die dag in Asunción gereciteerd had.

Maar O, de aanraking van een verstorven hand
En 't geluid van een stem die verstild is.

En hierbij vulde een droefheid zijn (toch al zeer gezwollen) hart, en hoewel de oorlog Stewart over het geheel genomen nog steeds beviel, wist hij niet meer hoe hij begonnen was.

Maar nu zijn tante dood was, voelde hij de behoefte zich 's avonds te kleden en de mannen om hem heen met maatschappelijke ogen te bezien. In plaats van geelzucht zag hij bijvoorbeeld een neiging om de kantjes eraf te lopen. Hij paste zijn tantes paardenjargon op hen toe: de een was een uitbreker, een tweede een zwenker voor de grote hindernis van het leven. En alsof Eliza dit van een afstand besefte, werd hij op een ochtend, toen hij (zoals een man van tijd tot tijd kan gebeuren) bezig was zichzelf te ontluizen, gestoord door een klein meisje met een kaart.

Mme Eliza Lynch
heeft het genoegen hierbij
dr. William Stewart
uit te nodigen voor een diner
op zaterdagavond 7 juli
om half acht des avonds

Dit bracht hem er ten slotte toe aan de mouw te trekken van de vrouw die over de muren liep. Hij vond haar terwijl ze mannen beval een hoog gat met gevlochten schanskorven te dichten en onderbrak haar zo lang als het duurde om haar een stuk papier te vragen, als dat gevonden kon worden. Het kwam nog die middag – een prachtig vel – in ruil voor een toekomstig leven, gered of verloren (dat zou ze hem wel vertellen als de tijd kwam) en hij wreef zijn handen schoon met droog gruis alvorens het op te pakken.

Humaitá, 4 juli
Dr. William Stewart
aanvaardt met genoegen
de vriendelijke uitnodiging van
Mme Eliza Lynch
voor een diner
op zaterdag 7 juli
om half acht des avonds

Het plaatsen van de ene regel onder de andere, zo lieflijk, vervulde hem met een stille vervoering. Alleen maar dit – het simpele op en neer halen van een pen – gaf hem bijna weer het gevoel nobel te zijn.

Haar recente bevalling en de geboorte van een vierde zoon betekende dat het vele maanden geleden was dat Mme Lynch gasten in haar huisje achter de kerk ontvangen had. Dat was jammer, want Eliza bij kaarslicht was een wonder. Ze gaf haar gasten het geschenk van een diepe, ongedwongen aandacht en de glanzende goedkeuring van haar mooie zwarte ogen. Als ze sprak, was haar stem zowel licht als trots en haar hele conversatie zo zorgvuldig geënt op de mannelijke geest dat je nooit hoefde te aarzelen of je woorden te wegen. Dit alles vertelde hij zijn tante terwijl hij zijn gezicht afschraapte met een bebloed lancet op de avond van het diner en met een blinde hand de lijn van geschoren haar volgde. Maar omdat zijn tante dood was, bleef ze hem vragen stellen, alsof ze een vrouw keurde die hij haar huis binnen wilde brengen. (Eliza – godherejezus! – in de salon van zijn tante. En als haar jurk wegvalt, zit er onder het balein alleen maar bot en daarna nog meer bot. Eliza die kletterend aan de voeten van zijn dierbare tante valt.)

Hij stapte in wat er van zijn lakense pak over was en wierp zich op een uitdijende groene vlek die zich voedde aan zijn landkaart van zweet. Hij vouwde de revers over zijn borst bij gebrek aan linnen en knoopte een doek om de boord om alles op zijn plaats te houden – en al die tijd probeerde hij zijn tante in zijn hoofd antwoord te geven.

Eliza's Iersheid, bijvoorbeeld – was ze werkelijk Iers? En wat voor soort Ierse, nu we het daar toch over hadden? Het juiste soort, antwoordde Stewart, voor het grootste deel – haar manieren leken ingeboren, niet aangeleerd. Hoewel het mogelijk was dat ze ongeveer even Iers was als elke willekeurige vrouw die vooruit wilde komen in Parijs, waar Ieren als *sauvage* en Engelsen als louter ouwe vrijsters beschouwd werden.

Maar waarom zou ze twijfelen? (Zijn tante deed hoogst vervelend.) Natuurlijk was Eliza Iers. Om te beginnen dat gedoe van die 'lachende ogen'. En de gênante neiging tot politiek bedrijven. Een dwang bijna. En verder de onbeschroomdheid van haar gewoonten en de soms komisch aandoende listigheid die willekeurig waarheen leek te zwerven en plagend aan mannen plukte, vooral aan hun edele delen.

Maar wat zou dat? Ze is meer dan dat alles, hield hij zijn dode tante voor, terwijl hij door de modder ploeterde – ze is ook Eliza.

Haar huis was een lantaarn. Een lage, alledaagse bungalow, vrij groot. In plaats van muren waren er gordijnen van zeildoek die van de daklijsten hingen. De lichten schenen door de gewaste katoen tot de hele ondiepe kubus voor je ogen leek te zweven, vooral als je honger had. Als je erg veel honger had, leek hij te dansen en zich terug te trekken en dan plotseling weer vlak voor je neus te staan, heel helder en net iets te snel.

Je zou de flap van de deur opzij kunnen schuiven als Saladin die zijn paviljoen of als Djenghis Khan die zijn mongoolse joert binnen gaat. Stewart schoof het zeildoek opzij en liep de 'hal' in. Hij had een boek van Suetonius bij zich voor Eliza, maar plotseling vond hij het totaal misplaatst en legde het, terwijl hij wachtte om binnengelaten te worden, ongemerkt op een kaarttafeltje. De binnenwanden waren eveneens van stof en hij volgde een geborduurd tafereel naar de eetkamer: een klein mirakel van gordijnen en wandtapijten en beschilderd katoen.

'Welkom in mijn veldtent,' zei Eliza met een gebaar naar de vaag opbollende wanden, waarna ze met openlijke genegenheid naar hem toe kwam en hem haar hand bood voor de kus. Daarna draaide ze zich om en nam hem mee naar de andere mannen.

'Dokter Stewart,' zei ze.

Het was een klein groepje. Paulino Alén, de caballeros Bernardino en Pedro – wat je zou kunnen noemen de mannen in opkomst, hoewel ze in werkelijkheid de enige mannen waren die ze nog hadden. Paulino Alén was een jongen en dat had iets gênants: zijn waanwijze waardigheid, zijn mooie, zuivere huid. Hij wreef snel met zijn hand over zijn zitvlak en stak hem uit. Stewart schudde hem, plotseling ontroerd, draaide zich vervolgens om en keek naar de stof langs de wanden. Tussen de plooien Pompejaans rood en zacht olijfgroen hing hetzelfde groen als van de gordijnen van de arme angsthaas Whytehead – misschien had Eliza ze van dezelfde groothandel; die waren zo dun gezaaid in Asunción. Toen zag Stewart de kwastjes en dacht dat Eliza ze van Whyteheads ramen gehaald had, na zijn dood.

Een kooi vol opgezette vogels! Terwijl het moeras buiten de muren zo veel levende dingen bevatte. Het waren niet de exotische vogels die je hier op je dak kon vangen, maar – nog exotischer – vogels die je in Engeland zou vinden. Een geschrokken strandloper die zijn waarschuwing tjilpt, een fazant die een klauw optilt om weg te rennen. Helemaal de Schotse Hooglanden. De doek die eronder lag uitgespreid was een nieuwe Schotse ruit in een fantastisch fijn geweven patroon van turquoise, geel en grijs. Het leek wel of Eliza een vrouw van hem wilde maken. Stewart wilde de stof tegen zijn wang houden; hij wilde hem onder zijn jasje proppen, tegen de huid van zijn borst. Hij wilde dat stuk stof hébben en ervan houden en ervoor zorgen dat het niet scheurde.

'Ah, u hebt mijn vogels gezien,' zei ze. 'Doen ze u niet aan thuis denken?'

'Heel erg,' zei hij.

Hij vond dat ze hem de vogelkooi daarop had moeten aanbieden, zodat hij die had kunnen weigeren om in plaats ervan om de stof te vragen. Maar ze deed het niet.

Waarom zou ze ook? Hij was van haar.

Een klopje kondigde Il Mariscal López aan – zoals altijd formeel wanneer hij het huis van Eliza Lynch binnen kwam.

'Laat hem erin,' zei ze tegen de knecht, die de flap optilde om de dictator binnen te laten. Die er na dit theater ietwat belachelijk uitzag. Je was altijd vergeten hoe klein hij was.

López kuste de hand van zijn geliefde en gebaarde het gezelschap plaats te nemen. Je kon een soldaat tegenwoordig niet laten wachten als de geur van eten in de lucht hing. Terwijl de stoelen onder hen geschoven werden, glipte een figuurtje op de plaats naast Stewart.

'Te laat, Pancho,' zei Eliza. 'Jij moet altijd te laat zijn.'

'Neem me niet kwalijk, mama.'

Stewart zat naast de Kleine Kolonel, wat zijn geluk compleet maakte. Ze waren allemaal zo dol op de jongen. Zijn ogen waren van het lichtste groen dat je aan deze kant van de Atlantische Oceaan kon verwachten – zo groen dat ze in sterk licht bijna blind leken. Hun gebrek aan uitdrukking was bijna decadent. De tersluikse passiviteit van zijn jeugd en de langzaam knipperende wimpers deden je denken aan vrouwenogen, zodat je je afvroeg wat ze daar deden – zo bescheiden en toch uitgekookt – midden in een jongensgezicht.

Maar het was een jongen – dat leed geen twijfel –, even kostbaar en wild. Hij was ook een Nationaal Ding, want op een goede dag zou hij de reden zijn waarom iedereen deze oorlog gevoerd had. En als zodanig keek hij al dreigend naar Alén, die heel wijselijk zijn bestek bestudeerde en zijn blik niet beantwoordde.

Er viel een heleboel te bestuderen. Toen Stewart Aléns blik ving, tikte hij op de buitenste van de vijf vorken, tot stiekeme opluchting van de jongen. Eerlijk gezegd wist Stewart maar van drie ervan waar ze voor dienden: vlees, vis en vleespastei – zelfs deze vaststelling deed hem op een onbetamelijke manier watertanden. Hij reikte naar een glas en aarzelde, waarop Eliza's lijfknecht zich uit het donker naar voren boog en op een fluistertoon die bijna seksueel was in zijn tact en grootmoedigheid de glazen voor hem benoemde. 'Water, chambertin, Latour, champagne.' Daarna trok hij zich weer terug.

Stewart zocht en vond de mineraalgroene ogen van de Kleine Kolonel.

'Valt er nog een beetje te jagen tegenwoordig?'

Hij huilde bijna. Misschien huilde hij al. Hij keek naar de jongen die tegen hem praatte en hoorde niet één woord dat uit zijn jonge mond kwam. Misschien omdat Eliza dit begreep, serveerde ze vrijwel meteen – geen soep maar een kampstoofpot zoals ze die gewend waren: cassave en vlees. Een lekkere. Een vreselijke stilte daalde neer toen ze toetastten. Na welke losbandigheid het echte maal mogelijk werd, in al zijn rituele heerlijkheid: soep, salade, vis, wild, vlees. De salade was ietwat 'indiaans' en de vis was de gebruikelijke vis die uit de rivier gebombardeerd werd, maar hij was verser dan Stewart gewend was omdat hij vlak onder de snuiten van de Braziliaanse kanonnen was weggerukt, en keek naar hem op uit een *sauce à l'estragon*. Al met al gaf het eten hem een ontegenzeggelijk patriottisch gevoel. Het gevogelte was plaatselijk wild, geschoten voordat het binnen het bereik van de vijandelijke geweren kwam. De varkensham was een geschenk, zei Eliza, van iemand die haar dankbaar was, en de chocolademousse was bijzonder koloniaal en lekker, want recht van de cacaoboon. Maar de laatste schotel – die laatste vork die zo mysterieus op zijn zilveren steuntje rustte –, toen de laatste schotel werd opgediend juichte iedereen. *Sorbet de cassis*. Hoe kreeg ze het voor elkaar?

Het was een droom. Tijdens de vis werd Stewart even wakker en zag, uitstijgend boven de blinkende olie-en-azijnstellen en tafelversieringen, een pièce de milieu van bloemen en – konden dat druiven zijn? Het zag er even mooi en vertrouwd uit als een ander leven – een leven dat het zijne had kunnen zijn maar dat hij niet gekregen had. En hij vroeg zich af waar het gebleven was en wie het nu leidde – Stewarts andere leven dat intiem verweven was met zulke bloemen, ermee bestrooid was: paars, oranje en blauw. Ze vergaarden de schaduwen in hun bedauwde hart en onwillekeurig begroef hij zijn gezicht in de kleuren en de geur. Maar hij deed natuurlijk niets van dien aard. Hij at een hele vis, en de vis had een geamuseerde blik in zijn dode oog, en hij praatte over Schotland, misschien in een poging dat stuk nieuwe Schotse ruit met zijn overlappende vierkanten van geel en turquoise en grijs voor zich op te eisen.

Tijdens het varkensvlees scheen hij over zijn tante te spreken, maar hij moest vergeten zijn te zeggen dat ze dood was of dat ze zijn tante was, want Eliza lachte. Het varkensvlees had een erg harige korst en het was allemaal bijzonder verwarrend – misschien had hij geheel onbewust een grapje gemaakt.

'O, de Engelsen,' zei Eliza. 'De Engelsen hebben geen moeders. Die groeien als kolen in een tuin: ze ontstaan helemaal vanzelf. Of als ze al zoiets als een moeder hebben, is het altijd een kwestie van meubilair. “Ik verwacht mijn moeders meubilair” of “Deze kleerkast, vind je hem mooi? Hij is van mijn moeder geweest.” Achter elke Engelsman staat een vrouw met een mopmuts, omringd door stukken notenhout en mahonie, en volstrekt irrelevant. Maar de Fransen – hún moeders schrijven romans of verbranden romans in de open haard van hun salon, hun moeders zijn gerenommeerde minnaressen of kunnen een klok repareren die sinds 1693 niet meer getikt heeft. Een Spaanse moeder is het voorwerp van vrees, een Italiaanse moeder is het voorwerp van absolute verering, maar de moeder van een Engelsman... mopmuts, wat handwerk en een eikenhouten Queen Anne-schrijftafel, ingelegd met taxushout.’

Stewart voelde zich niet behaaglijk bij haar woorden. Hij was geen Engelsman. Hij stond op het punt om tegenwerpingen te maken – hij voelde zich bijzonder getergd – maar toen herinnerde hij zich dat hij geen linnen droeg, dus in plaats van op de tafel te slaan en te schreeuwen bracht hij zijn gebalde vuist naar zijn mond en schraapte zijn keel.

‘U bent te wreed, madame Lynch,’ zei hij.

‘Ik ben dolblij om dat te horen,’ zei Eliza. ‘Wij Kelten hebben redenen te over om wreed te zijn, die mogen we niet verzaken.’

Het begon Stewart duidelijk te worden dat hij een essentiële schakel in het gesprek gemist had. Of misschien niet alleen in dit gesprek maar in alle gesprekken. Misschien zou hij in deze kringen nooit meer thuis zijn. Iets aan dit vooruitzicht leek hem rampzalig en dus vroeg hij dapper:

‘En de Ierse moeder dan?’

‘De Ierse? O, die eten we op,’ zei Eliza. ‘Dat zou u moeten zien. We beginnen bij de tenen en slaan niets over.’

Iedereen keek naar zijn varkensvlees en er viel een korte stilte, die Pancho om de een of andere reden vulde met gejuich.

‘*Diabolito*,’ zei zijn moeder, terwijl Stewarts geest langs de benen van een arme vrouw omhoog knabbelde en op een hoogst ondenkbare plaats arriveerde. De vrouw was natuurlijk Eliza, maar het was ook een beetje zijn arme rottende tante, of de schone botten van zijn al jaren dode moeder, en de gewelddadigheid ervan greep hem zo aan dat hij 'Hoer!' of een andere profanatie wilde schreeuwen. 'Iers kreng!' was de uitdrukking die op zijn tong lag. Wat vreemd, dacht hij. En nutteloos. Hoe kon hij Paulino Alén of een van de anderen hier ooit uitleggen dat deze vrouw uit zo'n ergerlijk volk stamde?

Toen arriveerde de sorbet, en Stewart probeerde niet hardop te kreunen terwijl hij die at. Het hele maal lang was de oorlog of hun huidige situatie niet één keer aan de orde geweest, en de doffe ploffen van de in de verre modder slaande kanonskogels klonken je, als je eraan dacht om te luisteren, bijna aangenaam in de oren.

Toen duwde López zijn stoel achteruit.

'Señor,' zei hij met gespeelde formaliteit tegen de jongen Alén, waarop Eliza opstond ten teken dat ze zich mochten terugtrekken. Ze gingen naar een tafel in de hoek, waar een kaart werd uitgerold terwijl Pancho's ogen groot werden van woede en stil verzoek.

'U moet met me meekomen, dokter,' zei Eliza, 'terwijl Pancho zijn oorlog heeft. U moet me gezelschap houden en doen alsof u naar mijn hartslag luistert.'

'Een waar genoegen,' zei hij. Hij bood haar zijn arm, stijf vanuit de schouder als een oud man. Bij López bleven ze even staan om hem de gelegenheid te geven de hand van zijn maîtresse te kussen. En het was echt alsof je met dat tweetal in bed lag, zoals ze elkaar in de ogen keken. De galvanische golf van waanzin uit López (want hij was volkomen geschift) maakte Stewart duizelig. Maar Eliza leek hem prettig te vinden of te sussen of in te drinken – in ieder geval bleef ze ernaar kijken alsof ze er straks best mee naar bed zou willen.

'Koffie!' zei ze tegen de lucht voor zich en liep verder, Stewart bijna meetrekkend omdat hij moeite had dat zielige stuk Schotse ruit onder de vogelkooi voorbij te lopen, zo schaamde hij zich voor zijn verlangen ernaar.

In de kleine ruimte die Eliza's ontvangkamer was, voelde Stewart de last van het komende gesprek. Wat kon hij tegen deze vrouw zeggen? Zij was te groot en hij was te moe.

Ze liep een paar passen van hem vandaan en vroeg hem te gaan zitten. Daarna wachtte ze even. Toen kwam ze weer naar hem toe en liet zich met ietwat afgewend hoofd op de stoel ernaast zakken. Even bleef het stil – een schijnbaar vrij ontspannen stilte, maar al snel steeg een bel van ellende naar de oppervlakte en brak als:

'Weet u, dokter, het maakt me allemaal zo vreselijk moe.'

'De oorlog?'

'Nee. Dit, mijn beste dokter. Dit allemaal.' Ze draaide zich om en leek op haar eigen rokken te duiden – tenzij ze naar de vloer wees, naar het Aubussonblauw van het vloerkleed dat zo merkwaardig mooi bij het beige van de lemen vloer kleurde. Ze maakte een breed gebaar en liet haar handen weer in haar schoot vallen. Daarna keek ze hem aan met een blik die met recht 'stralend en triest' genoemd kon worden.

'Het maakt me zo vreselijk moe, dokter, om Eliza Lynch te zijn.'

Opnieuw in een hinderlaag gelokt, dacht Stewart, toen de drang om haar te bevrijden hem overviel, niet van de modder of de kogels – hoewel die ook een rol speelden toen hij haar over de zadelboog van een denkbeeldig paard wierp en haar wegvoerde. Nee, hij zou haar beetpakken en kussen en op een hoogst gewelddadige manier nemen, en haar daarmee bevrijden, niet van de oorlog of van de wereld maar van de vreselijke gevangenis van zichzelf. Dit haar, deze kleren, dit verheven, bevallige uiterlijk. Ga met me mee en we zullen gewoon leven. Er zullen vlinders in het weiland fladderen, enzovoort. God, wat was hij moe.

Ze kwam van haar stoel en liep doelloos door de kamer. Haar jurk was het mooiste wat hij in tijden gezien had – de zonsondergang die elke dag zijn half genezen hart brak niet meegeteld. Hij was groen. Wat voor soort groen kon Stewart niet zeggen. Groen dat stijf stond van zilverig licht in die donkere kamer. Ze pakte een ingelijste foto van López, zette hem weer neer en liep verder. Ze had, besefte Stewart, minstens drie flessen champagne gedronken. Eliza was altijd een gezonde meid geweest.

'Ik werk erg hard, weet u,' zei ze.

'Dat weet ik,' zei hij.

'Aan tafel werk ik bijvoorbeeld erg hard om alles soepel te laten verlopen, en ik vis niet naar complimenten, dokter, niet heel erg – maar die verbitterde blikken en de zinnen die uit de gezichten van de mensen kruipen, die Ongrootmoedigheden als ik door het vuur gegaan ben om iets acceptabels voor ze op tafel te zetten. Het middenstuk – die slordige bloemen in hun urn – dat heb ik nagemaakt van een schilderij van Jensen, de Deen. Het werk, dokter. Het werk! En waarom doe ik het? Ik doe het uit liefde. En een hoogstaand streven. Ik doe het zodat we niet altijd zo kléin hoeven zijn, en het is vulgair dat ik het zeg, dokter, maar paarlen voor de zwijnen is één ding; in ieder geval verachten de zwijnen de parels minder dan die mannen mij verachten.'

'Mijn beste dame,' zei Stewart, verrast door haar onzin. 'U begint te klinken als...' Hij wilde zeggen 'mijn vrouw', maar maakte er snel 'een heel gewone vrouw' van.

Gedurende één schokkend moment dacht Stewart dat hij dronken was. Toen schoot het hem te binnen dat de oorlog hem dit gevoel gaf; de oorlog en dit vertrek binnen de oorlog. Dit huis – een kom van licht als een diamant in de modder, of zelfs als een diamant in iemands drol – en hij had een vage herinnering aan een man met een opengereten buik – of was het de volle lengte van zijn darm? – hij had hoe dan ook een herinnering aan een man met een edelsteen in zijn binnenste bij Curupaití of Tuiutí of Curuzú of in een droom die hij hier in Humaitá gehad had, een droom van problemen en nierstenen en iets verbijsterend moois, kostbaars en hards, ergens diep in een man. Wat het moment was waarop hij wakker schrok en Eliza nog steeds hoorde praten – het brommen van de stem van haar man in de kamer ernaast een gedempt contrapunt. Er was helemaal geen tijd verstreken.

'Waarom zou ik niet gewoon klinken, dokter?' hoorde hij Eliza zeggen. 'Ik bén gewoon. Ik ben óók gewoon.'

'En wat nog meer?' vroeg hij brutaalweg. Tja, ze had hem tenslotte wakker gemaakt.

'Een hoer misschien?' had hij kunnen vragen – maar wie maakte zich daar tegenwoordig nog druk over? Ze waren allemaal vlees. (Hoewel, kon je zeggen dat vlees 'sliep', zoals hij nu slaap nodig had, en was het heerlijke aan Eliza niet juist dat ze absoluut vlees was en tegelijkertijd absoluut geen vlees, dat wil zeggen, een vrouw en geen potentieel lijk? En deze mallemolen van filosofie nam helemaal geen tijd in beslag in zijn hoofd, of anders precies de tijd die je nodig hebt om je ogen te sluiten en ze weer open te doen, wat een eeuwigheid is, of ongeveer zo lang als een oogwenk.)

'En de First Lady van Paraguay,' zei Eliza, haar stem enigszins gekwetst, en trots.

'Natuurlijk,' zei hij.

'Maar ze zouden me toch haten, geloof ik. Eerlijk. Je kunt net zo goed in Ierland zijn. Je kunt net zo goed in Mallow zijn – waar ik opgegroeid ben, weet u –, een bittere stad, mijn moeder moest ervan huilen – maar we komen allemaal uit bittere steden, nietwaar, dokter? Elke ongelukkige op het oppervlak van deze aardbol komt uit een of ander bitter stadje.'

Hij kon het alleen maar met haar eens zijn.

En terwijl hij opnieuw een poosje sliep en weer wakker werd (soms terwijl hij haar recht in de ogen keek) bleef ze praten. Ze was hoogst eloquent, hoewel ze de onthutsende gewoonte had plotseling op andere plekken in de kamer op te duiken.

'De grootheid van mijn lieve vriend is hem een last,' zei ze bijvoorbeeld.

Of:

'Het enige wat ik wil in deze afschuwelijke tijd is bij mijn gezin zijn.'

Verbazend genoeg meende ze dat ook. Hier, te midden van alles, praatte ze helemaal nergens over.

'U weet dat ik naar Humaitá kwam om aan de minachting van zijn broer te ontsnappen, en aan de minachting van zijn moeder en zusters in Asunción. Daarom kwam ik naar het slagveld, ondanks het feit dat ik indertijd in verwachting was. Omdat echte kogels niets zijn in vergelijking met de kleineringen die ik moest ondergaan van die vrouwen. Dat kwam ik hem vertellen. Toen ik hem vond, wierp ik me aan zijn voeten.'

Stewart werd wakker. Hij voelde een afloop in de lucht hangen.

'Voor elke vijand die hij heeft, heb ik er twee, want voor elke man die hem haat is er een tweede die zegt dat alles wat hij doet op mijn aandringen is, omdat de eerzucht van een vrouw iets onpeilbaars is – alsof ik een heks ben die hem met een betovering naar haar bed lokt en hem influistert: "Je moet vóór de lente de Mato Grosso binnenvallen, mijn schat." En daarom lijden we, dokter. Een vrouw kent geen grenzen, omdat ze niet mag handelen. Ze is alleen maar reputatie, omdat ze niet mag handelen. En dus worden onze reputaties, terwijl we niets doen, steeds onmogelijker en brozer en groter.'

Dit leek hem voor een deel waar, hoewel weinig verbeeldingsvol. Zeggen dat vrouwen irrelevant waren kwam hem altijd voor als – tja, irrelevant eigenlijk.

'Mijn beste Eliza,' zei hij.

Ze zweeg. Ze had zich van haar zwakste kant laten zien. Zich daar sterk van bewust probeerde ze hem terug te winnen. Stewart was klaarwakker toen ze zich met vurige, uiterst vrouwelijke ogen tot hem wendde.

'We hebben samen een lange weg afgelegd, William Stewart – u en ik. Ik vraag me wel eens af hoe we hier gekomen zijn.'

Tegen een heleboel van wat ze gezegd had kon hij bezwaar inbrengen. Hij kon bijvoorbeeld beginnen met het woord 'wij'. Hij zou haar erop kunnen wijzen dat hoewel ze zich allebei in dit vertrek bevonden, ieder van hen op een heel andere plaats 'gearriveerd' was. En hij hunkerde enorm naar het leven dat hij geleid had kunnen hebben – een leven met bloemen en zonder Eliza Lynch. Maar toen hij probeerde het binnen te gaan en zich er een beeld van te vormen, merkte hij dat dit niet ging. Het leven dat hij nu leidde, goed of slecht, was het enige dat hij had, en het was verbonden, hoe losjes ook, met deze ergerlijke vrouw. Hij kon zich geen leven zonder haar voorstellen.

'Maar in elk geval heb ik een vriend in u, dokter. In elk geval heb ik dat.'

Hij sprong nogal haastig overeind, maakte een buiging en ging weer zitten. Misschien meende ze het. Hun zwijgen was zo diep dat het uiteindelijk López aanlokte – hij rukte de deurflap opzij en stak zijn waanzinnige gezicht naar binnen. Heel even was Stewart bang, maar López was volstrekt niet jaloers. Zo'n klein radertje was Stewart in het geheel. En inderdaad, Eliza stond op en liep naar hem toe zoals een Grote Vrouw naar een Groot Man zou kunnen lopen. Waarop Stewarts maag hem plotseling aanzegde dat hij de laatste paar uur meer gegeten had dan in de voorafgaande week bij elkaar.

Op de terugweg naar zijn hut probeerde Stewart zich te herinneren dat hij verliefd was op deze vrouw, op een onstuimig soort manier. Hij probeerde zich de hoogstaande, spirituelere liefde weer te binnen te brengen die hij gevoeld had toen Eliza op haar grote wiel wandelde – met een jongen die een plank voor haar neerlegde en een andere jongen die hem achter haar opraapte.

'Alle liefde is omhaal,' zei hij, niet voor het eerst, en misschien wel hardop. Hij keek zoekend omhoog naar de maan. En die was er. De maan was wit en hij hield van Eliza Lynch. Uiteraard is spirituele liefde een kwestie van geloof. Je zegt 'ik bemin' en het is zo waar als tweemaal twee vier is. En zo leven we verder.

Aan de rand van het erf kwam hij langs een paar modderkleurige vrouwen die onder de deur van een schuurtje aan het wroeten waren. Het had een privaat kunnen zijn, maar toen Stewart het menselijke gejammer binnen hoorde, besefte hij dat het een soort cel of kerker was. De vrouwen – het waren er twee – probeerden een gat in de grond onder de deur te schrapen. Hij had de indruk dat ze probeerden de persoon in de cel eten te geven. Zo'n edelmoedigheid, dacht hij. Zo'n liefde.

'Goedenavond,' zei hij opgewekt tegen de opgewekt saluerende schildwacht. López had zijn eigen privé-gevangenis; een ander gat waarin geruchten konden groeien – dat hij mannen opsloot om door Eliza te laten verslinden, of dat Eliza vrouwen opsloot om door López verkracht te worden, zoveel hielden ze van elkaar – en terwijl het geslachtloze gejammer van de gevangene zijn rug kwelde, daalde Stewart de heuvel weer af en ging naar zijn bed. En toen hij in slaap viel in zijn lakense pak – op het moment dat hij het vod van zijn hals trok – dacht hij dat als hij zijn oorlog opnieuw kon beleven, hij zijn laatste linnen niet meer kapot zou scheuren voor een stervende. Als hij zijn oorlog opnieuw beleefde, zou hij zijn linnen koesteren – het was zo schaars – en de stervenden, waarvan er toch veel te veel waren, met rust laten.

Enkele weken later kwam het bericht dat de Ygureí gekelderd was en de Tacuarí door haar eigen bemanning tot zinken was gebracht. Stewart ontsnapte samen met López over de rivier naar de moeraslanden, en lieten Paulino Alén met een kleine eenheid achter om Humaitá te verdedigen. De jongen had zijn promotie gekregen. Hij moest bij Eliza in de smaak gevallen zijn, bij het diner.

DEEL 3

De rivier

Champagne

DECEMBER 1854, RÍO PARANÁ

We zijn in Paraguay!

Vanmiddag vonden we, na lange uren ronddobberen op deze enorme plas, de vaargeul. Het bruin van het water werd dunner. Dat zag ik pas toen Whytehead me erop wees, maar de algehele modderpoel waar we zo veel dagen op geleefd hebben begon stukje bij vloeibaar beetje over te gaan in het rood van de Río Paraná en het helderder grijs van de Río Paraguay.

De samenloop der wateren. Aan stuurboord werd het rood dikker en hechtte zich als een kleurige veeg aan de oever, alsof een gigantische schilder ver stroomopwaarts zijn penseel had gereinigd. Terwijl we hiernaar stonden te kijken, ik en Whytehead, heel geologisch gestemd, stiet mijn lieve vriend een kreet uit en rende het hele thuiscontingent naar de reling. Ze wezen op de roestbruine afscheiding die nog geen aparte rivier was, maar al een stroming in de grotere stroom vormde. En ik dacht aan alle wateren van de wereld – hoe ze zich met elkaar verweefden tot een waterige vlecht zoals deze op weg naar de zee.

Mijn vriend kwam naar me toe en verklaarde dat we vriendelijk gebied naderden.

'Mijn land,' zei hij met een ernstige buiging.

Ik nam het ogenblik waar om even te praten. Ik wees op de rode vlam in het heldere grijs. Ik zei dat dit was hoe wij zouden moeten zijn, nu onze levenslopen elkaar ontmoet hadden. Ik zei dat we onze waterige zielen in elkaar moesten laten overvloeien.

Hij keek over de reling.

'Misschien is het een veldslag,' zei ik, 'of een gewonde god die de verre wateren rood kleurt.' En hij bloosde bijna bij de hardnekkigheid van mijn stem. Mijn polsen zijn beurs van zijn vingerafdrukken en we staan onbehaaglijk tegenover elkaar, de hele dag.

'Het komt uit het verre noorden,' zei hij. 'Van de Mato Grosso en de bergen van Maracaju.' En toen:

'Als we oud zijn, zullen we daar onze tuin verzorgen.'

Wat me bijzonder dankbaar stemde.

En dus splitste de rivier zich, en in de wijder wordende gaffel, werd me verteld, ligt het land dat ik thuis zal leren noemen. Ik keek naar de landtong waar het precies begon. Paraguay. Het leek een eiland midden in de rivier, maar van één kant van het eiland kwam rood en van de andere kant grijs. We kozen het grijs. En zo dwaalde ons pad van zichzelf af. We waren voorbij de samenloop van de twee rivieren en ik nam afscheid van de Río Paraná, verborgen achter de glooiing in het land. En ook nam ik afscheid van het verre land dat hij naar ons toebrengt, afslibbend in de stroom.

Later die ochtend schuifelt Miltón langs om te zeggen dat de rode aarde afkomstig is van een plek zonder kwaad. En inderdaad, zegt hij, ik had gelijk over het bloed. Wat de rivier aanvoert, is inderdaad bloed. Maar toch niet zoveel, zeg ik, als het zo'n onschuldig land is. Hij kijkt me aan en ik zie hem nadenken over hoeveel hij zal zeggen en hoe het ontvangen zal worden.

Hij vertelt me tegenwoordig dingen, mijn kleine wilde. Het is een soort vleierij – althans zo beschouw ik het als hij langs zijn neus weg iets over deze demon of die boom laat vallen. Hij is natuurlijk jong. Ik zeg tegen hem dat hij een erg lekke indiaan is. Dat zijn hele ziel nog weg zal lekken als hij zoveel blijft praten.

En nu ligt het land van mijn lieve vriend op de rechteroever, terwijl links van ons een moeras zich als een platte grauwheid uitstrekt, helemaal tot de lijn van de horizon. Soms ligt hij erg laag, deze vlakte; dan weer lijkt de hele platheid ervan op te rijzen en door de hemel te snijden. Het effect is hoogst verwarrend. Ik draag Miltón op de hamaca om te draaien, zodat ik naar de andere oever kan kijken, en dat doet hij, heel plechtig. Hij maakt hem los en houdt hem in zijn armen en draait hem om en hangt hem opnieuw op, terwijl ik erbij sta en toekijk. Dan zie ik de futiliteit ervan in en schiet in de lach. Het is erg saai om zo dom te zijn, het is erg vermoeiend en bezorgt me eindeloze problemen. Toch staat Miltón er vrij trots bij als Francine me in de omgedraaide hangmat helpt – alsof de nutteloze ommezwaai van west naar oost ook hem enige voldoening geschonken heeft.

En dus lig ik nu naar de rechteroever te kijken – die Paraguay is. Het is inderdaad een arcadia, zoals mijn vriend beloofd heeft: allemaal wilde sinaasappelbomen en beboste dalen. Het lijkt zacht. Je kunt de nevel aan verre wouden zien hangen en de heuvels lijken heel middeleeuws in hun ongebaande landelijkheid. Eindeloos en oeroud en wachtend op het begin van het verhaal.

'Vertel me eens over jullie demonen,' zeg ik tegen Miltón. 'Zijn ze erg kwaadaardig?'

'Ze zijn groot,' zegt hij.

'Hoe groot? Zo groot als een jaguar, zo groot als een boom?'

'Niet groot op die manier,' zegt hij na een poosje. 'Ze zijn groot zoals een lied groot is.'

Ze zijn als een lied dat je niet kunt horen – behalve dat je het soms wél hoort. Ze hebben de vorm van dingen, maar ze hebben geen vorm. Ik vertel hem dat hij een bijzonder filosofische indiaan is. Hij zegt dat sommige zo groot zijn als een jaguar. En ze zien er ook uit als een jaguar. Dan lijkt het alsof ik hem voor het hoofd gestoten heb, want hij slentert weg en ik moet hem met een glimlach overreden terug te komen.

Later vertel ik dit alles aan mijn lieve vriend, en hij geeft me een scherpe blik – niet kwaad, alleen maar onderzoekend. En ik heb opnieuw het gevoel dat hij me tot op mijn botten kent.

Maar sinds het moment dat we zijn eigen land binnen gevaren zijn heeft hij iets onschuldigs over zich, een rust en een gedrevenheid. Hij wil iets doen. Hij wil dingen gedaan krijgen.

Humaitá komt in zicht, een druk plaatsje met een spierwitte Spaanse kerk die blinkt op de heuvel. Mijn lieve vriend zwaait als een jongen, terwijl de kapitein aan de stoomfluit trekt en een fel gekleurd flottielje zich uit de algehele drukte losmaakt. De scherpe kano's scheren over het water; een school vissen of een nest bootjes dat aan onze grote houten buik komt zuigen. De indianen hebben zichzelf versierd met linten; ze fladderen aan het eind van hun speren en het ziet er allemaal heel vrolijk en wild uit. In elke boeg staat een man, heel ontspannen, met een mantel om die achter hem aan wappert en telkens zijn 'hele gedoetje' onthult.

Ik ben er een beetje duizelig van, van de zon en de linten en de rest. Wie had dit kunnen denken? Van alle plaatsen ter wereld – wie had ooit kunnen denken dat ik hier terecht zou komen, op deze afgelegen plek, kijkend naar zo veel mannenvlees, en zo gelijkmoedig. Want het is erg bruin vlees, houd ik mezelf voor, en als zodanig geen smet op mijn deugdzaamheid – ik kan me niet omdraaien om dit laatste *aperçu* geamuseerd met mijn lieve vriend te delen, wiens inheemsheid, nu de zon het wit van hem heeft afgelikt, minder geaffecteerd lijkt. Ik realiseer me dat de zon hem erg zwart heeft gemaakt, of in ieder geval roodbruin – even bruin als de mannen in de boten; even bruin als de gezichten die tussen de bomen op de oever naar ons kijken, zo stil dat ze onderdeel van de schors lijken te zijn.

De mannen in de kano's dragen sporen en hoedenranden, maar geen hoeden of laarzen. Mijn lieve vriend vertelt me dat de sporen alleen maar decoratie zijn; vrijwel geen van deze mannen heeft ooit op een paard gezeten. Dat is iets waar hij bijna trots op lijkt te zijn, en het wordt me duidelijk dat dit zijn mensen zijn en hij van hen houdt en dat ik dus ook van hen moet houden.

'Wat raar,' zeg ik.

De hoedenranden, zegt hij, is alles wat over is van Francia, de eerste dictator, die eiste dat al zijn onderdanen een hoed droegen, zodat ze die konden afzetten als hij voorbijkwam. In de loop der jaren zijn de hoeden uit elkaar gevallen, maar de randen zijn gebleven. Het is een manier om de mensen te vertellen dat ze geregeerd worden, zegt hij. En ik zeg:

'Op een dag zal men ze voor jou afzetten.'

Ik kijk naar deze naakte mannen, hun hoofden en hielen gevat in zilver en vilt, en vind ze nu al mooi en onschuldig. En ze zetten de randen inderdaad af; ze zwaaien de kleine rondjes in de lucht en schreeuwen begroetingen.

We ontvangen de gouverneur van het district in zijn eigen salon – een slecht in elkaar zittend mannetje in een geklede jas en nanking broek. Hij zal met ons meevaren tot Asunción, maar eerst moeten we dineren op zijn binnenplaats en toespraken houden en een varken roosteren en wat dies meer zij. Tijdens het eten zie ik dat hij zijn voeten onder de tafel verbergt en zijn schoenen uittrekt. Desondanks is hij bijzonder sonoor en ernstig.

Ik neem mijn kans waar om hem naar Francia te vragen – wiens naam, besef ik, vanaf het moment dat ik mijn lieve vriend ontmoette in de lucht gehangen heeft. En dus beschrijft hij – ernstig, sonoor – een geheel in het zwart geklede man met een driekantige steek, een man die Rousseau en

Voltaire las, een man 'die zijn eigen revolutie, zijn eigen guillotine zou zijn'. Als Francia zijn paleis verliet, waren de straten leeg – waren alle luiken in Asunción dicht. Zelfs de honden werden doodgeschoten, opdat ze niet tegen hem zouden blaffen terwijl hij als Lady Godiva door de stad reed. *El Supremo*, noemde men hem. En elke vijfde man was een spion. Hij sloot de grenzen en vestigde een natie, namelijk de natie op welks grondgebied we nu stonden. De Spaanse kolonisten waren zijn grootste vijand. Er zou geen 'zuiver' bloed meer bestaan, zei hij. Vanaf nu was alle bloed zuiver, was alle bloed Paraguay.

Mijn lieve vriend, die altijd een oogje houdt op mijn gesprekken, vangt dit laatste op en brengt een dronk uit op 'alles in de smeltkroes'. (Vanavond heeft hij zijn cognac doorgeslikt.) 'Op mijn nikkervader, *El Excelentismo* Carlos Antonio López, en mijn creoolse moeder, die bastaard-Spaans is, vermengd met elke bastaard die je maar wilt.' Ik kijk naar mijn kleine groepje om te zien hoe ze dit opnemen. Whytehead ziet eruit als een hertogin die de suikerpot wil pakken en merkt dat die niet op haar dienblad staat. Stewart heft zijn glas en stoot een amechtig hoera uit. Waarop López zich naar de Britten buigt en zegt:

'Maak u geen zorgen. De Spanjaarden zijn de kanker hier, niet jullie.'

Oei! En voor het geval hij mij voor een van hen aanziet, zeg ik: 'Heel anders dan het arme Ierland,' met een aanstellerig lachje dat iedereen lijkt te beledigen, zelfs mijn lieve vriend.

Er is een heleboel champagne gedronken. Om ons over dit pijnlijke moment heen te helpen verklaar ik dat mijn lieve vriend ons iets zou moeten vertellen over die man Francia, als één staatsman over een andere, en dus komt hij overeind en maakt zich op voor een toespraak.

'Je kon hem niet aanraken,' zegt hij met een plotselinge openhartigheid. Dan kijkt hij naar de tafel en trekt er met zijn duimnagel een streep in. 'De man kon er niet tegen aangeraakt te worden. Je mocht niet naar hem kijken. Dat was de wet. Dus toen hij doodging, wilde niemand bij zijn lijk komen. Bovendien, wie kon geloven dat hij dood was? Drie dagen lag hij daar.'

Hij kijkt omhoog naar de nachthemel en als hij opnieuw spreekt, is zijn stem dik van onvergoten tranen. Zijn eigen vader, zegt hij, had Francia's lange botten op laten graven en half verrot bij Asunción in de rivier laten gooien. Zijn eigen vader. En het brak zijn hart dat hij het moest doen.

'Mijn vader,' zegt hij, 'is de eenzaamste man ter wereld.'

En daarna naar bed, waar ik hem troost bied voor vaders en mannen met driekantige steken, en de wereld met al zijn noodzakelijke exhumaties op afstand houd.

Jurken voor vandaag: in de oude empirestijl.

De Josephine: een witte mousselinejurk met hoge taille over een scharlakenrode onderjurk, uiterst simpel, om in te zitten als het heet is; ook voor mijn toestand en om mijn lieve vriend te behagen als hij weigert zich af te laten leiden van militaire zaken – zoals deze hele middag met Whytehead: een gesprek over kanonnen afvuren en het al of niet getrokken zijn van de kanonlopen aan boord van de Tacuarí. Te dragen met een witte kanten voile, bijna een bruidssluier.

De Josephine *à Visite*: dito met hoge taille in grijze lustrine met een vestachtig lijfje, heel mannelijk, in lila; te dragen met lange, duifgrijze chevreauleren handschoenen.

De Corsicaan: een pellies van legerblauw, de schouders imitatie-epauletten, met scharlakenrood tablier en diepe manchetten van idem; voor recepties, of voor het inspecteren van troepen, zoals mijn vriend voorstelt – want hij heeft grootse en bijzonder efficiënte plannen. Ik moet hun mascotte worden, zegt hij, ik moet hun Hoger Ding worden.

De Dronkaard: mijn drinkjurk. Iets groens om de blos op mijn wangen af te zwakken. Toen ik vanavond in de spiegel keek, zag ik dat ik vuurrood was.

Nu hoor ik ook gebonk tegen de binnenkant van het schip, een iel geluid dat door het water aanzwelt tot een dreun. Het komt van zo ver onder de waterlijn dat mijn hele schedel er hol van lijkt te worden.

'Wat is dat?' vraag ik ten slotte, en bij ontstentenis van een antwoord van mijn slapende vriend, maak ik de deur van onze luxehut open en zie Valera, de adjudant, buiten zitten. Ik weet niet waarom hij voor mijn deur zit. Of waarom hij wakker is. En of hij daar zit om te bewaken of te beschermen. Ik trek mijn waardigheid samen met de voorkant van mijn open peignoir om me heen en vraag met heldere stem wat er aan de hand is.

Er zit, vertelt hij me, een gevangene in het ruim.

'Wie?'

Valera kijkt niet één keer naar mijn deshabillé. Met grote tegenzin dwingt hij de naam die ik wil horen uit zijn keel. Het is de gouverneur van Humaitá.

Het mannetje in de nanking broek? Maar ik had hem zelf de loopplank op zien komen en Valera had hem aan een dronken elleboog naar zijn vertrekken geleid. Dus ze hebben hem opgesloten. Dat moet op een blik of een knikje gebeurd zijn – ik heb in ieder geval niets gezien. En nu heeft het kleine kereltje iets gevonden om mee te bonken – het klinkt als een blikken beker – en het hele schip is onrustig. Ook heb ik het idee dat er een wind opsteekt, want een zwak rollen onder mijn voeten maakt me enigszins misselijk.

'Waarom? Wat heeft hij gedaan?' Maar de adjudant geeft me alleen maar een ietwat minachtende blik.

Als ik weer in bed lig, maakt het gebonk me hoorndol: het is even moeilijk te negeren als het gekreun van de stervende zeeman destijds

Tok.

Tok.

Tok.

Is hij opgehouden?

Tok.

Nee. Of misschien toch. Hij houdt op, niet één keer maar honderd keer. Na elke klop houdt hij op. Waarop hij na elke klop alsnog besluit niet op te houden. Hij besluit nog één keer te kloppen.

Kort voor de dageraad verzamel ik mijn moed en loop naar waar mijn lieve vriend in het waakzame donker hangt. Misschien zou de man nu vrijgelaten moeten worden, zeg ik voorzichtig, of in ieder geval zo veel caña toegediend moeten krijgen dat hij in slaap valt. Waarop een heldere stem uit het donker komt waar zijn mond moet zijn. Hij oppert de mogelijkheid mij naar het ruim te sturen om de man gezelschap te houden – we zouden ons daar uitstekend vermaken; we zouden ons verder kunnen onderhouden over Voltaire.

'O, Voltaire,' zeg ik dapper. 'Die idioot. Iedereen in Voltaire wordt een bil afgesneden en het is altijd de linker. Althans bij de vrouwen. Aan het eind zijn ze geen van allen nog dubbel.

'Net goed voor ze,' zegt hij. Waarna hij zich bevrijdt uit zijn hamaca en naar de deur beent.

'Zeg tegen hem dat hij ophoudt met dat lawaai of hij krijgt een kogel.'

Valera, of een of andere rat van een zeeman, haast zich weg in het donker en even later wordt alles stil.

Weer later word ik wakker en zie dat mijn lieve vriend weg is. Er komen zachte, dringende geluiden uit het vertrek naast het onze – het vertrek met de deur naar het dek. Iemand praat. Ik realiseer me dat ik hier in de val zit. Ik denk dat Valera hierachter zit – zoals hij voor mijn deur hurkte. Ik zie mijn vriend al overweldigd – dood! Zijn lichaam al drijvend in ons kielzog, een rafelig ding op de vlakke rivier. De stem praat verder en de toon is zo samenzweerderig dat ik de deur niet open durf te maken. Ik druk mijn wang tegen het hout en til het slot iets op en adem voorzichtig uit terwijl ik de deur op een kier zet om te zien wie de nieuwe meesters van mijn lot kunnen zijn.

Het eerste wat ik zie, bij de flikkering van een olielamp, is het gezicht van mijn lieve vriend zoals de Spanjaard Goya het geschilderd zou kunnen hebben, helemaal bruin en blauw in het rokerige gele licht. Er staan twee kristallen tuimelaars met cognac voor hem, weggeduwd en halfvol. López slaat zijn handen voor zijn gezicht. Dan kijkt hij weer op. Ik zie dat hij met de kleine gouverneur praat. Hij wendt zich naar hem toe en weer van hem af. Hij heft zijn hand en wrijft zijn vingers over elkaar, klikt er een, twee keer mee in 's mans gezicht. Hij knijpt heel even in de brug van zijn eigen neus en zegt iets met kalme nadruk, alsof het de honderdste keer is – zijn ogen nog steeds dicht. De gouverneur zegt niets: zijn gezicht is doodstil en ietwat extatisch, en nat van de tranen.

Het kind heeft al sinds vier uur vanmiddag niet bewogen. Ik had niet bij de stervende zeeman moeten gaan zitten. Ik weet het. Of misschien is het de champagne.

Ik geloof niet dat hij slaapt. Als ik wakker word, is hij al weg, maar hij komt terug om me mijn ochtendcacao te brengen, in bed. Hij pakt mijn onderarm en kijkt naar de afdrukken die zijn vingertoppen erin hebben achtergelaten. Dan draait hij zich om en is weer weg.

Geen ontbijt. Later zie ik hem vanachter mijn mousselinen sluiers over het dek ijsberen. Er is altijd wel iets om aan te vallen, zich in vast te bijten, schoon te maken of te poetsen of overboord te smijten. En niets ervan, lijkt het, heeft iets met mij te maken.

'We zijn in Paraguay,' zegt hij als ik hem vraag samen iets te gaan eten – met andere woorden: 'Ik heb het druk'; met andere woorden: 'Dit is wie ik ben. Ik ben weer mijn eigen man.'

En dus lig ik huilend en plannen smedend binnen en slaap

de hele middag. En toch ben ik niet in de steek gelaten. Als ik wakker word, zwaar van dromen, zie ik dat hij bij me is komen zitten, misschien om een poosje naar me te kijken. Hij zit in zijn stoel en staart naar de grond, met grote ogen naar een doffe verschrikking kijkend. Maar als ik me beweeg, kijkt hij op en glimlacht heel natuurlijk.

'Hoe maakt de jongen het?'

'Goed,' zeg ik. 'Je kleine worstelaar.'

En dan hijst hij zich van zijn stoel en is weg.

Hij heeft zo weinig geduld met me tegenwoordig. Ik weet niet wat hij wil. O, ik weet dat hij wil dat ik 's morgens kies welke kleren hij aan zal doen. Hij wil dat ik Frans met hem spreek. Hij wil dat ik hem over Voltaire vertel. Maar hij wil meer. Hij wil dat ik een of ander mes in hem omdraai en ik weet niet waar of in welke wond.

Er is iets mis nu, buiten wat er normaal mis is – en nooit goed zal worden – met hem. Er is een afspraak: er is een of andere afspraak waaraan ik me moet houden, en als hij naar me kijkt, probeer ik me te herinneren wat het is. Ik heb het ooit geweten, maar ik ben het vergeten. Hij wil iets. Misschien iets kleins. Misschien de spil. Natuurlijk – hij wil de meid. Die mag hij hebben. Als dat alles is. Wat maakt het mij uit?

Ik laat me door Miltón terugbrengen naar mijn hamaca, maar ze komt aanrennen om me erin te helpen – en het is een heel karwei, elkaar bij de schouders pakken en rukken en sjorren tot ik veilig val.

'Blijf bij me,' zeg ik. En ze gaat op een vouwstoeltje naast me zitten.

De meid. Ze heeft geen slecht profiel, heel zuiver, op de manier waarop eenvoudige gezichten soms zuiver zijn. Een verborgen heilige. Haar vader is een sul en haar moeder een hoer en zie haar eens – mijn slimme meid Francine. De trucjes die ze kent. De geheimen die ze al sinds haar jeugd heeft moeten bewaren. Wat de reden is waarom ze altijd zo'n uitstekende meid voor me is geweest.

Me toegestuurd door Dolores de Spaanse omdat ze te knap werd. En ik keek naar haar en vond haar perfect geschikt en helemaal niet te knap. 'Ik zal je Francine noemen,' zei ik. En ze maakte een knix en was blij dat ze in dienst genomen werd.

Ik vraag me af hoe ze echt heet.

'Hoe heet je?' vraag ik.

'O, Francine immers, mevrouw.' De vraag lijkt haar oprecht te verbazen, dus ik laat het erbij.

Nu ze naast me zit, komt mijn lieve vriend tijdens zijn eindeloze ronde helemaal naar mijn paviljoen en maakt een buiging wanneer hij zich omdraait. Ik voel haar kriebelig worden en stil, naast me. En bij de vierde of vijfde draai hangt het me de keel uit – maar meters! – en stuur ik haar naar binnen.

Ik wil het domme kind vertellen dat ze er misschien een huwelijk aan overhoudt, zoals M. Raspail mij met Quatrefages liet trouwen. En hoewel dit niet Parijs is, kan er misschien toch een mouw aan gepast worden. De adjudant Valera zou misschien geschikt zijn, of iemand van een iets lagere rang. Hoewel alle hoop op Whytehead nu misschien wel vervlogen zal zijn.

'Wil je weten hoe ik getrouwd ben geraakt?' vraag ik als ze haar stoeltje opvouwt. Vanaf haar hurken kijkt ze naar me op.

'O zeker, mevrouw.'

Maar ik merk dat ik het niet kan. 'Een ander keertje,' zeg ik.

Ze gaat weg en ik verval in gretig stilzwijgen. En zo ploegt het schip voort, terwijl ik mijn narigheden tel.

Hij wil de meid.

Terwijl ik me kleed voor het diner wordt de verveling van dit alles me zo te veel dat ik het parelsnoer op de tafel voor me moet smijten. De meid verwijdert zich, evenals de lijfknecht, en mijn vriend komt naar me toe om het snoer met eigen handen vast te maken. We kijken elkaar aan in de spiegel.

Ik zeg dat ik de adjudant Valera niet om me heen wil hebben, dat de man me niet aanstaat. Mijn vriend zegt dat hij een bijzonder efficiënte jongeman is en ik zeg dat het me koud laat hoe efficiënt hij is en dat ik hem 's nachts niet voor mijn deur wil hebben zitten omdat zijn lange neus me niet zint, evenmin als de manier waarop hij die voor me ophaalt.

In dat geval, zegt hij, zal hij hem laten geselen.

'Waarvoor?'

'Voor brutaliteit, mijn lieve.'

Maar dat is het ook niet.

Ik wend me af van de spiegel en sta op. Het scheelt maar een haar of ik huil. Ik wil van hem weglopen, maar ik kan nergens heen. Hij pakt me bij mijn schouders en kijkt me aan en schudt me een beetje heen en weer – teder. Dan laat hij zijn hand langs mijn arm afglijden om mijn hand te vinden, die hij aanraakt, vasthoudt en optilt voor een kus; en al die tijd blijft hij me aankijken.

En zijn ogen beloven alles.

Ik wil spottend lachen. Maar dit is geen vulgaire koehandel. Dit is een uitnodiging. Hij nodigt me uit zijn leven te delen – zijn onmogelijke leven, waar de hemel blauwer en het gras groener is, waar je dingen kunt krijgen door ze gewoon te pakken. Hij vertelt me dat als ik moed houd, zoals hij, ik alles kan hebben wat ik begeer.

'Francine!' roep ik haar terug.

Als ze binnenkomt, wringt López zich in de smalle deuropening langs haar heen en maakt een klakkend geluid met zijn tong. Dan is hij weg.

De hut is zo klein. De meid kijkt me aan, dan laat ze haar hoofd zakken en wil naar de toilettafel lopen, maar ik houd haar tegen. Ik zeg dat ze rechtop moet staan, opdat ik haar kan zien, en ze friemelt met haar vingers terwijl ik haar grondig bekijk.

Ze is zeventien. Ze heeft al een kind, dood of achtergelaten, en de sporen ervan moeten ergens onder haar kleren zitten om het te bewijzen. Ik trek het haar achter haar oren om naar neten te zoeken. Ik zou haar het liefst een klap geven, maar in plaats daarvan wijs ik naar de zeep en zeg, terwijl ik het vertrek uit loop:

'Was je.'

Het is heel lekkere zeep. Rozenolie.

Ik kan hem niet aan haar ruiken als ze na het eten binnenkomt. Misschien houdt ze niet van rozenolie. Dat maakt me boos. Het maakt me echt woedend.

En dus gaan we aan tafel zitten om te kaarten.

'En wat is de inzet vanavond?' vraagt Stewart. 'Weer een verhaal? Een kus?'

Dus hij voelt het ook. Francine bloost niet eens. Mijn vriend leunt achterover en tast nonchalant naar de karaf achter zich. Ik loop bedrijvig naar hem toe en bedien hem zelf. Ik zeg dat dit te saai is – en dat dit komt door meneer Whytehead; we moeten om geld spelen, want wat is een avond zonder de belofte van een bankroet? Ik wend me tot mijn lieve vriend en zeg: 'Je moet meneer Whytehead meer geld geven, mijn lieve, zodat hij zijn scrupules kan overwinnen en spelen. (Ik geloof dat ik een beetje dronken ben.) Of geef op zijn minst de meid geld, zodat we echt kunnen spelen.'

Het lijkt erop dat ik bij toeval een oplossing gevonden heb. En nog een alleraardigste ook. Mijn vriend kijkt me aan en heft zijn glas. Dus hij is eindelijk content met me.

'Op de royaliteit van Madame Lynch.'

En hij schreeuwt door de open deur: 'Geld!'

We spelen in dezelfde opstelling als een paar avonden eerder. Mijn vriend kijkt in ontspannen contemplatie naar zijn hand. Stewart is zoals altijd enorm, puffend en fronsend boven twee harten en een schoppen. Aan de andere kant van de tafel leunt Whytehead stijf over de schouder van de bevende meid.

Nu en dan fluistert hij iets. En één keer wijst hij.

En eindelijk kan ik ook eens genieten. Als ik het meisje meer geld zie inzetten dan ze in een jaar kan verdienen. Als ik haar ermee om zie gaan – het gewicht en gerinkel ervan in haar handpalm, het toenemende gevoel van de metalen randjes die in een stapeltje tussen haar duim en wijsvinger glijden, dat ze vervolgens op het groene laken legt. Haar hand trekt zich terug. Zo voorzichtig.

Ik zie een ader kloppen in haar hals.

Ik ken geld. Ik ken de waarde ervan. Driehonderd pond bijvoorbeeld – dat een meid het een heel leven met dat bedrag zou kunnen redden, dat mijn vader er een maand van kon leven, dat mijn moeder er meer dan een jaar haar kinderen van had kunnen opvoeden. Ik verbrandde een keer een bankbiljet dat aan meneer Bennett toebehoorde. Een briefje van vijftig. En ik zei tegen hem, terwijl ik het deed: 'Ik denk dat ik u vanmiddag voor niets zal beminnen.'

Dit zijn de dingen die ik de meid zou kunnen vertellen, terwijl ze het geld schuchter op tafel gooit en schrikt als een van de munten wegrolt. Terwijl ze, hand na hand, een bescheiden bruidsschat verliest – dat wil zeggen, een leven, een echtgenoot, een kind dat ze zou kunnen houden zou ik haar kunnen vertellen dat geld het minste probleem is, mijn beste.

En grote goedheden, ze verliest echt. Het neemt iets meer dan een uur in beslag. Het duurt een minuut per keer. Whytehead buigt zich over haar schouder, zijn superieure geest bol van berekeningen, maar hij kan haar niet helpen. Stewart, die promesses op zijn toekomstige salaris inzet, wint haar geld eveneens. Hij steekt zijn arm uit en trekt het over het groene laken naar zich toe: eenmaal, tweemaal. Hij wint het vijf keer of meer. De tastbare realiteit ervan verdwijnt in zijn zak als het spel afgelopen is. Als het afgelopen is en de meid niets meer te verliezen heeft.

'Ik schijn vanavond het best geboerd te hebben,' zegt Stewart heel goedgemutst – alsof ze het een andere keer misschien weer zal terugwinnen. Dan loopt hij met log leedwezen naar de karaf. Maar zijn handen beven als hij zich inschenkt.

Mijn lieve vriend glimlacht en excuseert zich om buiten te gaan roken. Niemand volgt hem. Misschien omdat ze niet gevraagd zijn. Maar toch – Stewart, die sigaren éét, die er een hartstocht voor heeft, strijkt met een vinger over de groeven in het kristal van zijn glas. Whytehead, die altijd zo trouw aan de zijde van mijn echtgenoot blijft, schijnt eindelijk losgeweekt te zijn. En opnieuw verbijstert het me hoe we wijken voor de begeertes van anderen.

Zelfs ik ben erdoor van mijn stuk gebracht, tot ik zeg:

'Je mag gaan.'

Ze krabbelt overeind en loopt weg, niet naar de hut waar mijn kleren voor de nacht klaargelegd moeten worden, maar naar de openlucht.

Hij is niet mijn echtgenoot. Natuurlijk niet. Ik moet op mijn woorden letten. De man die niet mijn echtgenoot is komt een kwartier later binnen – ik heb het bijgehouden op de klok. Zijn sigaar brandt nog steeds, hoewel die nu een peuk is die hij zonder plichtplegingen door de patrijspoort aan de andere kant van de hut keilt.

'En waarom,' vraag ik, 'moet een man binnenkomen om de peuk van zijn sigaar het raam uit te gooien als hij de hele rivier ter beschikking heeft om hem over de reling in te gooien?' Ik zeg dat hij de voldoening van de patrijspoort moet proeven, omdat mannen altijd met dingen willen smijten. Maar niet alleen dat; het moet ook ergens op gericht zijn – en hoe kleiner het doelwit, of in dit geval het gat, hoe beter.

Iedereen lacht. Mijn vriend kijkt naar me met nieuwe bewondering. En ik beantwoord zijn blik heel onbevangen. Het is net alsof we dit samen gedaan hebben. En dat geeft me een eenzaam en heel lichtzinnig gevoel, allebei tegelijk.

Later komt Francine me in het donker losrijgen. Ik ben in een stoel in slaap gevallen, omdat ik bang ben het kind of mezelf te wurgen als ik ga liggen, een van de twee. En dus fluistert ze me iets in mijn oor en duwt me een beetje naar voren om bij de haakjes en baleinen te kunnen.

Ik kreun zacht. En in mijn slaapdronken staat kan ik alleen maar denken aan de nabijheid van haar buik en de hoop dat daar niet ook een kind in zit. Ik kan hem aan haar ruiken en dat maakt me enigszins misselijk. Want in de afspraak, wat die ook was, stond niets over reuk.

En dan heeft ze me uitgekleed en ben ik onder de dekens gestopt, vrij van mijn korset en zo gelukkig als een gekookt ei, helemaal afgepeld.

Midden in de nacht word ik wakker en voel dat hij nog niet naar bed gekomen is. Het duurt even voordat ik besef wat daar de reden voor kan zijn, en als die tot me doordringt, ben ik klaarwakker en razend. Hij mag niet bij haar slapen. Deze uren, denk ik, zijn bedoeld om te straffen. In welk geval hij teruggestraft zal worden. Want dit is een verkeerd spelletje. Hij speelt nu een klein spelletje en kleine spelletjes vervelen me gigantisch en bandeloos. Ik wist niet zeker of ik wilde spelen, maar als ik geen keus heb dan speel ik serieus.

Dit is mijn ambitie midden in de nacht.

Ik hoor het donker ademen en bewegen – een dier dicht bij mijn oor. Ik slaap nooit alleen. In Parijs liet ik Francine bij me kruipen als ik geen man in bed had (nu kan ik haar moeilijk roepen). Want ik had altijd mijn zuster en toen mijn zuster de benen nam, was er een overvloed aan meisjes bij Mme Hubert. De eerste, en enige, nachten die ik alleen doorbracht waren in die herberg, toen meneer Bennett me naar Parijs bracht.

Of me niet naar Parijs bracht. Hij was ziek van iets als verdriet – hij was er stijf van, in de hoek van de postkoets die we genomen hadden. Het was net alsof zijn rug zich niet naar de vorm van de bank wilde buigen. Hij keek naar me terwijl ik uit het raam keek of met de kaarten speelde die ik in een klein notenhouten kistje had meegebracht. Geestige kaarten – drie kinderen die met hun vliegers speelden, vormden de hartendrie, herinner ik me; hoewel alle kaarten die ik omdraaide schoppen waren, met wenende vrouwen en geraamtes.

'Uw lot,' zei ik, terwijl ik ze op de schoot van de arme meneer Bennett gooide – hoofdzakelijk om de andere passagier in de postkoets te amuseren, een dikke man met een glazig oog. Mannen om me heen maakten meneer Bennett intussen zo razend dat zijn vingertoppen er blauw van werden, en ik hoopte dat hij niet dood zou gaan voordat we in Parijs waren, dat wil zeggen, voordat ik mijn fortuin had gemaakt. Ik was veertien. We kwamen door Orléans en ik kon Parijs op de weg ruiken. Ik zag de rook ervan in de verte; er zat een veeg Parijs op de helderblauwe hemel.

We brachten een nacht door in Artenay en meneer Bennett sloot me op in mijn kamer, uit jaloezie dacht ik. Ik weet niet wanneer hij vertrok. Misschien at hij eerst. De herbergier had instructies dat ik moest blijven waar ik was – de rekening was al betaald.

Dit ontdekte ik de volgende morgen, na een nacht van verschrikking. Gevolgd door een tweede. En een derde. Ze lieten me zitten zoals je een hond op zou sluiten; om hem nog gekker te maken op de man die hem vrijlaat. Ik denk er nog steeds aan. Ik had geld – flink wat geld – in mijn koffer en op diverse verborgen plaatsen in mijn kleren. Na de eerste nacht werd mijn kamer niet meer op slot gedaan. En toch hunkerde ik naar het bevrijdende klopje. En toen kwam het.

Het was de dikke man die bij ons in de postkoets gezeten had. Zijn naam was M. Raspail.

De baby draait zich om. Als het een meisje is, verdrink ik het en daarmee basta.

Niet dat Raspail zo verschrikkelijk was. Hij kon zijn geneugten eindeloos volhouden en was erg heimelijk aangelegd – hij liet me bijvoorbeeld nooit getuige zijn van het spasme, als dat er al was, wat ik wel eens betwijfel. Maar hij was intelligent en wist mijn kracht altijd tegen me te keren. En bij de gedachte aan zijn handen walg ik nog steeds.

Dus als het een meisje is, verdrink ik het.

Ik geloof niet meer in de baby. Die nu als een schip in een fles in me vastzit: hij is te groot. Hij zal me mijn leven kosten als hij eruit komt. Ik denk niet dat ik ervan zal kunnen houden, wat alleen maar goed is. Mijn moeder leed aan overmatige liefde voor haar baby's, met als gevolg dat het, toen ze ze verloor, ook met haar gezondheid gedaan was. 'Wacht,' lijkt ze nu tegen me te zeggen. 'Hou er niet van als het klein is. Hou er niet van als het de borst krijgt. Geef het niet de borst. Laat het pas bij je komen als het gespeend is, en dan nog niet lang. Je kunt beginnen met ervan te houden als het naar je rokken waggelt. Je kunt er iets meer van houden als het begint te praten. Maar je mag er pas echt van houden als het je verlaat, de wijde wereld in. Veilig. Gearriveerd. Levend.' Arme mama. Arme Adelaide Schnock. Zo blond en Saksisch-dom, met haar tisane in kleine porseleinen kopjes voor de wantrouwige losbollen van Mallow.

De volgende morgen hoor ik mijn lieve vriend aan de deur morrelen. Er valt een lange stilte als hij merkt dat die op slot zit. Ik wacht op het geluid van zijn zich verwijderende voetstappen of een pistoolschot op het slot; een bijl door het notenhout of de laarzen van rennende mannen. Ik wacht op zijn smeekbede of het geluid van zijn moedeloos langs het hout afglijdende lichaam. Ik voel zijn zwijgen. Ik proef het en vang het op met mijn eigen zwijgen; langer, onverschilliger.

Ik steek een stiletto door het sleutelgat. Helemaal erdoorheen.

Ik zal voortaan altijd alleen slapen. Ik zal mijn geesten naar beste vermogen bezweren. En op die manier zal hij nooit meer weg kunnen lopen, zal hij alleen maar naar mijn deur kunnen komen.

Ik trek het mes terug. Hij klopt. Ik doe open en glimlach.

Later ga ik naar mijn hamaca en de meid duikt op om me in het net te worstelen. Ik neem niet eens de moeite om naar haar gezicht te kijken.

Ik heb een vrouw ooit horen zeggen dat de geboorte net zoiets was als in slaap vallen – even simpel en mysterieus. Wie kan je vertellen hoe het voelt om in slaap te vallen? Dus als mijn baby in de adem schiet, zal ik weten wat een slapeloze engel weet als hij voor het eerst wakker wordt. 'Dus dit is waar alles om draait. Dus dit is waar we naar hunkeren.'

Ik lig in mijn tent en til het dunne gordijn op en zeg: 'Miltón,' en hij rent naar me toe.

'Miltón, ik hoor hem schreeuwen. Zou je kunnen gaan kijken wat je meester wil?' De jongen kijkt me onbewogen aan en spuugt als hij wegloopt. De hele wereld beledigt me, geloof ik, en dan doe ik mijn ogen dicht en houd op met denken.

Koffie

1869, ASUNCIÓN

Het rijtuig was een oud Spaans geval, hoog en gesloten en het zwartste ding dat je ooit gezien hebt. Zo zwart als obsidiaan. Het was het zwart van tien lagen lak, zo niet meer, en hoewel een zwarte koets op zich niet opmerkelijk was, verwarde deze het oog doordat het zwart door geen enkele andere tint of kleur gebroken werd – leer, tuig, bit, alles zo diep zwart dat je erin zou kunnen vallen. De wielen, zei men, waren van ijzer en je zou zweren dat het glas in de raampjes zwart was, als er zoiets bestond – het was alsof ze achter een weduwsluier zat, alsof er kolenstof door het glas was gemengd. Misschien kwam het gewoon door het glanzend zwarte interieur dat je zo moeilijk naar binnen kon kijken: de glimmende banken, de bungelende franjes van git, de kussens van zwarte zijde met zwarte borduursels. Het was een soort kwinkslag, een grapje dat alleen Eliza kon begrijpen. 'Ik wilde hem zwárt,' zei ze lachend.

De paarden waren zo zwart dat ze in je droom konden galopperen – hoewel er roze blocide waar zweren, geaderd en bevuild door vliegen, uit hun dikke huid waren gebarsten. Ze trokken een zware vracht. De koffers zaten vol juwelen en gouden bestek – dat was zeker. Er zaten diamanten in de vulling van de banken, de kussens zouden best kunnen rammelen als je ermee schudde en onder Eliza's eigen crinoline zat een gebogen, vuurvaste doos boordevol Amerikaanse mijnaandelen. Zei men althans.

Soms dacht men eraan hoe heet het daarbinnen moest zijn. Eliza zat in de koets met haar hofdame voor de garderobe, de weduwe van generaal Díaz. De Kleine Kolonel, Pancho, zat naast de koetsier en snoerde zich vast voor het geval hij in slaap viel, of maakte zijn riemen los in gereedheid voor een eventuele overval.

En met een soldaat voorop en een slordige stoet in zijn kielzog reed het rijtuig noordoostwaarts. Ze reden naar waar het licht iel was: soldaten en gevangenen, reizende kooplui, wat gekken, meisjes met zuigelingen in hun armen. Ze volgden de hoge, op springveren rustende doos, terwijl die hellend en hotsend over boomwortels en stenen reed. Ze tilden hem over riviertjes, wrikten hem uit moerassen, duwden en rolden en redden elk scherp ijzeren wiel ervan, al doende hun wang tegen tien lagen lak leggend. En niet één keer deed ze de deur open.

Soms vergaten ze dat er iemand in zat. Als de nacht viel en de tenten opgezet waren, kwam ze naar buiten en zag er precies zo uit als zichzelf, maar overdag spande het wisselende landschap wisselende strikken voor hun geest, zodat ze als ze van rots in hoog gras kwamen, als ze een hoogte bereikten of de uitloper van een berg rondden, soms dachten dat ze hier al eerder geweest waren – misschien nog pas gisteren – of meenden dat hun leven op de een of andere manier vooruitgeschoven was, dat het een andere dag of een andere week was en niemand hun had verteld waar de verloren tijd gebleven was.

Op een avond kwam ze de koets uit met een pasgeboren baby, en niemand wist of het haar kind of het kind van de weduwe Díaz was, want niemand had iets gehoord. De vrouw die het kind gebaard had, was zwijgend te werk gegaan, zoals een Guarani vrouw, die beter weet dan te schreeuwen. De vader maakte het weer goed. Toen Eliza hem het kind toestak, nam López het aan en galoppeerde met het naakte ding boven zijn hoofd de slordige colonne langs, joelend en zijn paard kerend en wendend. Dus het kind was van hem, glimlachten ze – hoewel dat de vraag wie de moeder was nog steeds niet beantwoordde.

Stewart was ook niet bij deze geboorte geweest, maar hij kreeg het verzoek een min voor de baby te zoeken, wat hem noopte de borsten en tanden van drie luidkeels protesterende vrouwen te controleren – samen met hun luidkeels protesterende baby's, die schenen te voelen dat hun geboorterecht verkwanseld werd. Hun tanden bleken slecht en hun melk te dun, en dus zette hij ze alle drie op een kar in de staart van de stoet en gaf de baby door van de ene tiet naar de andere, tot een meisje tussen de bomen uit kwam met een dode baby in haar armen – en lekkend. Toen Stewart haar zag staan in het stippellicht voelde hij een groeiende vlek op zijn eigen borst, alsof hij door een kogel getroffen was – maar toen hij omlaag keek, zag hij niets.

Hij werd voortdurend doodgeschoten tegenwoordig. Hij volgde zijn eigen lijkkoets door de heuvels voor de langste begrafenis ooit vertoond. Die was onbehoorlijk vroeg begonnen, nog voordat zijn lijk zelfs kans had gezien de kist in te klimmen, en dreigde hem nu te ontgaan, de rouwdragers, de paarden, zijn eigen dood. Op andere momenten volgde hij een Londens huurrijtuig, dat hij aangehouden zou hebben als hij een halve Engelse crown had gehad. En één keer was het net een hoed, dacht Stewart, een enorme hoed op het hoofd van een piepklein mannetje dat zingend en met zijn hoofd waggelend op de eindeloze grasweg voor hen uit danste.

Na de koets kwamen de karren. De eerste kar was voor haar kleren: die lag volgestapeld met leren dozen, twintig of meer, allemaal met een trieste blauwe uitwas in hun naden. De volgende kar was voor haar piano, rechtop en vastgesnoerd en klaar om bespeeld te worden en bedekt door een rode hoes: een enorme doek vol zorgeloze herders en knappe herderinnetjes op hun schommels – plus een klein hondje, eindeloos keffend en steigerend, alles herhaald en in elkaar gevouwen van het ene eind van de lijkwade naar het andere. Daarna een kar voor bedienden en jongere zoons, dan eten. En als laatste een gesloten wagen voor de moeder en twee zusters van López – die op een kooi leek, omdat de stof van de gevlochten hoepels gerot was. De dames López zaten op zakken cassavemeel en bonen en wiegden mee met de wagen. 'Ik pis in je soep,' had de moeder van Il Mariscal naar verluidde geroepen. 'Ik pis in de soep van elke man hier.'

Die zou ze niet zo snel vinden – mannen waren schaars tegenwoordig: wat je nu nog had, waren gezinnen en flarden van gezinnen, weduwen en wezen. En de restanten van mannen die nu het leger vormden. En soms was het waar, waren er wél mannen. Ze doken op. Je zag ze 's morgens met hun sporen en hoedenranden aan het vuur hurken, de mannelijke inhoud van een dorp die zich had aangesloten bij hun queeste – want een oorlog kon je het niet echt meer noemen, zelfs geen gevecht. Maar het was ook niet níets. Het was de laatste veldslag, zei Bernardino Caballero, een man die, zou je denken, genoeg laatste veldslagen gezien had om een idee te hebben van wanneer een oorlog afgelopen was.

Of zelfs, dacht Stewart, waar de afloop begonnen was. Bij Angostura misschien, waar de dappere kapitein Thompson naar de vijandelijke linies liep en zijn zwaard overhandigde. Of later, op de hoogten van Azcurra, na de zoveelste laatste veldslag: twintigduizend Brazilianen tegen een bataljon vrouwen en kinderen met baarden van gras en wol – waarbij de nieuwe hoofdstad (een vrij berooid stadje) Peribíbuí verloren ging. Daarna Acosta Nu, tot de laatste seconde verdedigd door Caballero om López in staat te stellen naar San Estanislao te vluchten – weer een andere 'hoofdstad', verloren zonder dat er een schot werd gelost. Toen Curugiatí, toen oostwaarts naar de hoogten van Panadero. Al deze plaatsen dik aangestreept op López' landkaart – hoewel Stewart kon wijzen tot zijn arm er lam van werd op die of deze verre plek die wachtte op een Guarani om zijn naam eraan te ontlenen.

Na de karren en wagens kwamen bepaalde gevangenen die nooit doodgeschoten werden. Zij vormden het levensverhaal van Francisco López. Een vrouw die hij begeerde. Een vrouw die hij niet begeerde. Een man die hem minachtte. De zoon van de zuster van de man die hem bij Curupaití of Curuzú aan de Brazilianen verraden had. Ze kregen meer voedsel dan de gewone soldaten, opdat ze niet zouden bezwijken als ze gegeseld werden. Sommigen van hen waren kerngezond en Stewart vroeg zich af waarom ze niet vluchtten. Maar hoe konden ze als iedereen hier op de vlucht was? Ze vluchtten al zo lang dat je bijna dacht dat dit leven was – een eindeloos hergroeperen tegen legers die groot zijn – ja-zeker, heel groot – maar ook log en uiterst verachtelijk.

'Ha!' zei Stewart om zijn conclusie kracht bij te zetten, en het kleine meisje dat nu altijd met haar hand op zijn stijgbeugel naast hem liep, keek glimlachend op.

Het was een Guarani meisje van onbestemde leeftijd.

Ze luisteren niet naar woorden, had Stewart gemerkt. Deze kinderen kíjken alleen maar – altijd naar de verkeerde plek. Ze kijken niet naar je ogen maar naar je mond. Of ze kijken niet naar je mond maar naar je handen. Ze geven je niet zozeer het gevoel dat je op het verkeerde been staat, als wel dat je het verkeerde gezicht hebt. Of ze keken naar je ogen in plaats van erin, wat niet hetzelfde is: soms hunkerde je naar een menselijk wezen dat je blik beantwoordde. Misschien was dat het nut van honden. En hij bracht die dag een poosje door met aan ogen denken – of die de poorten van de ziel of de spiegel van de ziel waren. Geven ze toegang of reflecteren ze, en hoe zat het met de anatomie ervan?

Hij dacht aan de domme blauwe ogen van George Thompson in Angostura, die hem aankeek terwijl hij met het gevest van zijn binnenkort over te geven zwaard speelde. De tafel waaraan ze zaten, met een stroom mieren die over de rand kroop op weg naar de andere kant van het vertrek. De rest van de mieren marcheerde monter over de vloer.

Thompsons azuurblauwe ogen. Een wolkje wit om de pupil, een bijpassende buitenring van donkerder grijsblauw – er zat een motief in die donkere rand die richting pupil viel, een soort gotisch aderpatroon. Welk blauw kwam eerst? Stewart was arts. Hij diende dit soort dingen te weten, wat voorafgaat of laat is bij kleur, en hoe kleur groeit. Hij had destijds meer aandacht moeten schenken aan het beurse marineblauw van de ogen van zijn eigen kinderen, toen dat in bruin verkeerde.

Verder stroomafwaarts lag een Brits schip te wachten, zei Thompson. Dat zou hen naar Argentinië brengen, en vandaar naar huis. Stewart antwoordde niet. Hij keek naar zijn jammerlijke handen, zijn gekannibaliseerde nagels. Hij wilde niet weg.

En zo werd zijn leven bepaald door een soort plakkerigheid. Hij wilde zijn gezin in Asunción niet verlaten – die kleine onbekenden die zijn vrouw voor hem had grootgebracht. Hij wilde zijn vrouw niet verlaten – die zelf een vreemde was voor de vrouw die hij ooit bemind had. Bovendien kon hij Thompson niet uitstaan. En dus liet hij zich meeslepen door de oorlog, die minder een stroom was dan een reeks van aparte momenten, elk zo scherp en verschillend van het vorige dat het hem op de lachspieren werkte, het idee dat niets meer met iets anders in verband stond.

Die dag gaf Thompson Stewart zijn paard. Hoe had hij zich overgegeven? vroeg Stewart zich soms achteloos af. Was hij te voet gegaan?

Het lome rijzen en dalen van de rug van het dier onder zich deed hem denken aan een trage, abrupte coïtus, maar het leende zich ook tot andere rapsodieën en spijtigheden –

dat hij niets bijgedragen had, bijvoorbeeld. Bomen die om hem heen groeiden vroegen om botanie, vogels om taxonomie. Er waren dingen die zijn tante bewonderd zou hebben als je ze in een glazen pot op haar schoorsteenmantel had gezet. Zo was er de roem van een tentoonstelling: 'Een reeks glazen ogen, geblazen en verschillend getint op indicatie van dr. Stewart, met een korte notitie aangaande hun metamorfose en pathologie. Het oog van een diabeticus, het oog van de bedroefde vrouw, het oog van de blinde.'

En er was ook iets heerlijks aan het niet-doen van die dingen. Aan nooit iets gedaan te hebben behalve meedrijven op de stroom, die ondanks zijn kritiek uiteindelijk toch niet de stroom van taak of verplichting was, maar de vloed van zijn eigen plezier. De enige keer dat hij tegen zijn eigen zin inging, was toen hij stopte met drinken: de rest – ballingschap, trouwen, het leger, kinderen –, alles een ergernis en alles het enige wat hij op dat moment wilde doen. Het speet hem dat hij een leven van onafgebroken spijt had geleid en de keuze, met al zijn plagende verdriet, dood had verklaard. In plaats daarvan keek hij naar het leven om zich heen, van fungus tot bloem, en dacht aan ogen.

Soms had hij al rijdend het gevoel dat hij ergens in opgesloten zat, dat hij naar buiten keek door de kassen van zijn ogen zoals een soldaat uit de oudheid door een spleet in zijn helm keek. Hij had het gevoel dat er een leemte tussen zijn schedel en zijn ik zat, een gebied van duisternis dat hij met zijn blik moest overbruggen.

Op andere momenten had hij het gevoel dat zijn ogen even groot waren als zijn gezicht en even open; zijn gezicht zelf even breed als de hemel. Maar dan was de helm weer terug en schoten zijn ogen door de gaten. Als kogels. Hij vuurde zijn blik naar een boom, naar een vogel. Hij miste nooit.

Hij wou dat hij een pen had, of zelfs dat Venancia hier was, zodat hij zijn observaties met haar kon delen. Hij was bijna spraakzaam geworden en dus vertelde hij het meisje met haar hand op zijn stijgbeugel dat het oog geen deur of spiegel was maar een wapen, in staat van oorlog met de wereld. En ze keek naar hem.

Een paar dagen later gaf ze zich over. Ze keek in zijn ogen en deed daarna iets met haar eigen ogen. Een soort flauwte, maar zonder haar blik af te wenden. Ze maakte haar ogen vlak en neutraal, zodat ze, vond hij, er heel kil uitzagen. En toen – gingen ze open? Op de een of andere manier werden ze uitnodigend, als water. Een minieme verschuiving. Een smelten. Precies genoeg om 'ja' te zeggen. Of zelfs 'alstublieft'.

Stewarts genot was niet meer wat het geweest was. Het was schriel en zwak en hij wist zich geen raad met het lichaam van dat meisje onder zich, zo klein. Het leek meer een bundel dan een lichaam, hoewel het heet was van binnen – wat hij een trieste gedachte vond. Zijn begeerte was een dun, hard lemmet waarmee hij zichzelf verwondde, niet haar, terwijl begeerte vroeger (hij kon zich amper herinneren wat het geweest was) oceanen, rivieren, wouden, God sta ons bij: álles was. Het meisje was jonger dan hij gedacht had en hij gebruikte haar niet meer.

De laatste keer dat Stewart met Venancia geslapen had, viel er niets te doen. Misschien had er een fysieke uitwisseling plaatsgevonden, maar het stond hem niet bij als een vleselijk gebeuren. Als hij bijvoorbeeld dood zou gaan en al stervend zou proberen zich te herinneren wanneer hij voor het laatst in zijn vrouw was geweest en zij hem voor het laatst omklemd had, zou hij dat niet kunnen. Terwijl ze verder trokken en het landschap zich voor hem ontrolde en achter hem uitrafelde, vroeg hij zich af of de mensen die hij in het verleden had achtergelaten nog wel bestonden. Hij vroeg zich af of er een manier bestond om het pad weer aan elkaar te naaien en naar huis terug te keren, terug naar hen. En het speet hem van die nacht die hij in het donker naast

Venancia had doorgebracht, pratend over pakhuizen, vergunningen, een advocaat in Buenos Aires die ze allebei kenden. Er was hun een kans geboden en ze hadden hem laten liggen. Een kans waarop, wist hij niet. Begeerte wel op de laatste plaats. Hoewel het mogelijk ook een kans op begeerte was.

Overdag dacht hij hier niet aan – dan waren er altijd genoeg andere ergernissen om hem bezig te houden; de huid, die ontworpen was als penitentie en niet als bescherming, de wisselende vergezichten, de wolken die in de takken van een woud hingen, het gevoel van legende in het landschap en ook van oneerlijkheid dat je zo'n weidse schoonheid moest aanschouwen vanuit de enge foltering van je lichaam; een geschaafde hiel, een zwerende schouder of het gevoel dat je leven ontspoord is. En dan, rond de middag, kwam de dagelijkse wanhoop. Het was iets lichamelijks, als een plensbui; het droop van je af. Het belastte elk stukje en vakje van Stewart met een vloeibaar verdriet, zodat hij niet zozeer reed als wel zijn tranen meedroeg in een overvolle, klotsende leren zak met lekkende naden waardoor ze naar buiten spoten.

En met het verdriet kwam een beslissing. Hij zou zijn last afleggen. Elke dag rond het middaguur besloot Stewart zichzelf met het dichtstbijzijnde werktuig te doden. Hij savoureerde de vastheid van zijn voornemen, zwolg in de opluchting. Hij smachtte evenveel naar de dood als naar water, meer dan naar eten, en hij tastte naar het heft van het mes aan zijn riem.

Maar hij zou weg moeten rijden, tussen de bomen door – en waar was het juiste pad, de meest vergevensgezinde open plek? De wond diende precies goed te zijn. Het pistool in zijn zadeltas had geen munitie. Hij zou in de zadeltas kunnen tasten of het leren vlechtwerk op het heft van zijn mes kunnen strelen. Misschien zou hij eraan denken het leer in zijn mond te steken, want de arts in hem wist dat dit moment voorbij zou gaan als hij maar at.

Maar zijn keel was zo droog. Soms zoog hij een poosje op zijn mes. Of hij beet in zijn wang om iets scherps te voelen en het bloed te proeven. Dan kwam het plotseling over hem en propte hij zijn mond vol met het beetje eten dat hij gekregen had. Even later voelde hij het gebed ervan door zich heen stromen, waarna hij altijd blij was dat hij nog leefde. Er was altijd iets om hem blij te maken – de scherpte van gras of een steen met een prachtig rood aderpatroon of stuifmeel waar het kind langs streek en dat zijn vlek op haar huid achterliet.

Tijd voor een verhaal. Hij keek naar het groene grastapijt, de middeleeuwse rotsen, het zwarte, dreigende rijtuig, en hij hield zijn kleine meisje aan de hand. Zijn Lelie. Zijn Roos.

Halverwege de middag zat hij opnieuw zonder woorden. Hij wist niet goed wat er nog in de pan van zijn schedel zat, maar het laatste wat verdween was het mechaniek om dingen te tellen. Bij elke passerende boomstam kon hij zichzelf voelen tikken, vijftig, eenenvijftig, tweeënvijftig – alsof tellen de laatste strohalm was. En toen waren ook de getallen verdwenen en bestonden zijn gedachten uit naamloze rotsen en bomen, de naamloze ogen van het kind aan zijn zij en de weidse, naamloze hemel.

Schemering.

Net als 's morgens had hij 's avonds zijn handen vol aan de verzorging van López. Waarna er soms eten was, of zelfs muziek. Bij het slapengaan haakte zijn geest achter iets huiselijks dat het meisje hem bereid had, een hete steen tegen de bergkou of haar eigen lichaam opgerold naast het zijne: dan voelde hij zijn eigen nietigheid onder de sterren en hunkerde hij, op de flank van die koude heuvel, naar iets met precies de temperatuur van Venancia Báez. Zijn vingers bewogen terwijl hij in slaap viel, zoekend naar openingen in haar denkbeeldige kleren, en de gladheid van haar huid voelde even intiem als vergetelheid, en even groot en goedaardig.

Hij dacht aan de laatste nacht die hij bij haar had doorgebracht, in San Fernando aan de monding van de Tebicuarí. Hij zag haar ogen in het donker. Ze was erg slim, zijn vrouw. Ze was niet heimelijk naar het kamp gekomen – en ook niet openlijk. Ze kwam als een vrouw die onder het stof zat en hinkte op schoenen van boombast, en zo liep ze de schildwachten voorbij en het kamp weer uit, terug naar het veroverde Asunción.

Na zonsondergang glipte ze zijn hut binnen en keek hem aan.

Later zag hij haar lichaam. Of een stukje ervan.

In de eerste tijd na hun trouwen had Stewart met meer dan Venancia's lichaam geslapen, maar het was haar lichaam dat nu bij hem lag, terwijl ze naast elkaar lagen en in elkaars ogen keken en praatten – hoofden dicht bij elkaar om niet gehoord te worden. De ronding van haar heup en de hoek van haar schouder, haar borsten die in een lijn naar hem toe vielen; het was ongetwijfeld haar lichaam, of een gezwollen versie ervan. Maar het leek hem te weelderig en hypocriet nu. Venancia's vlees, ooit zo bedwelmend, irriteerde alleen nog maar: het deed alle beten op zijn huid opveren. De hele pudding ervan – zijn eigen uitgehongerde, sterfelijke schenkels naast haar bevend van iets dat begeerte kon zijn maar meer op tranen leek.

'Waar leef je van?' had hij gefluisterd, waarop zij enkel glimlachte. Venancia verbouwde dingen in het bos of onder de vloerplanken, ze teelde dingen in het donker. En nog terwijl hij haar over een bank in Schotland, een makelaar in Buenos Aires vertelde, besloot hij haar niet aan te raken. Ze had zichzelf aan een of andere militaire idioot geschonken, besloot hij, aan deze of gene Braziliaan, want: 'Ik heb kinderen te voeden.' En hoe kon hij haar daarop aankijken? Het waren tenslotte zijn kinderen.

Venancia's lichaam. Het vulde de hut waarin ze lagen met beschuldiging. Het was niet haar schuld. Stewart keek in haar ogen (hun bruine smeekbede) en wist dat ze haar gunsten kon schenken aan wie ze wilde, maar dat haar leven aan hem toebehoorde. En ook al haar slimheid, alleen maar aan hem. Ze had deze tocht niet gemaakt om over geld te praten, maar uit liefde voor hem. Toch klonken de woorden die in zijn hoofd kwamen als 'Ik wil niet', en vervolgens 'Ik wil niet', keer op keer. Het begin van een zin die op vele manieren kon eindigen, waaronder – daar was geen twijfel aan mogelijk – 'Ik wil niet langer je man zijn, Venancia Báez.'

Hoog in het Amambaigebergte streelde Stewart het koude haar van het meisje dat naast hem sliep. Het was bruin. Ergens in haar lijn was een blanke man. Waarschijnlijk een jezuïet.

'Arme William,' wilde hij zeggen. 'Arme William Stewart.' De scrupules die hij vroeger had. Nu wilde hij alleen nog maar het raspen en zuchten van de adem van het meisje horen. Het enige wat hij wilde, was zijn leven nog één keer in het lichaam van Venancia (geboren) Báez storten.

Later maakte hij het meisje wakker om naar een laaghangende ster te kijken die in de beenkleurige dageraad een uiterst fijn licht om zich heen had geslagen. Hij wist niet zeker of ze het begreep, maar ze zat ontspannen op zijn benen en toen hij gewezen en zij omhooggekeken had, bleven ze zo even zitten, wachtend op het begin van de dag.

Ze was jonger nu. Hoe dieper ze de noordelijke heuvels in trokken, hoe kleiner en hulpelozer ze hem toescheen. Dus misschien was het waar. Misschien waren ze toch op weg naar een onschuldiger oord.

's Morgens klom Eliza achter op een kar en speelde op de gevangen piano, nog steeds vastgebonden op zijn plaats. Ze speelde 'La Palomita', terwijl López gewoonlijk iemand doodschoot. Dat deed hij persoonlijk – er waren zo weinig mannen meer die het voor hem konden doen, maar ook, moeten we toegeven, was het zelf doen tegenwoordig een noodzaak voor hem, zoals een ochtendfluim of een scheet.

Maar toen het tijd werd om zijn broer dood te schieten, de ontzaglijk onbekwame Benigno López, onthield hij de man geen enkele eer. Hij deed een beroep op Bernardino Caballero, de hoogste officier die hij over had. Ook liet hij iedereen in de houding staan alsof ze parade hielden. Hij gebaarde naar Stewart om de veroordeelde te onderzoeken op zijn gezondheid en het knellen van zijn boeien. Hij sleepte zijn huilende moeder naar de paal en pakte haar schouders en schudde haar heen en weer en gooide haar op de grond als om te zeggen: 'Kijk eens! Kijk eens wat je met deze vrouw, je moeder, gedaan hebt.' En voor deze gelegenheid speelde Eliza 'La Palomita' staandebeens. Ze was gekleed in het rood.

Benigno werd tot op zijn onderbroek uitgekleed, en de berg van zijn buik was immens komisch en angstig. Hij beefde en hijgde en was zo uitnodigend dat López hem tegen wil en dank nog een laatste keer lossneed en hem rondjes liet rennen, knorrend als een varken. Iedereen brulde. Ze schopten of spuugden, terwijl Benigno krijste. Hij leek ervan te genieten, op een bittere manier. Hij krijste fantastisch en vervolgens krijste hij nog beter. Daarop gaf López Caballero een kort knikje, waarop deze het manvarken terug naar de paal liet slepen en liet fusilleren.

Eliza speelde het laatste couplet van de laatste ronde van 'La Palomita' en werd door Pancho, haar zoon, van de kar geholpen. Ze had niet één noot gemist.

Na Benigno verbood López het gebruik van kogels vanwege de schaarsheid ervan en werden mannen ter plekke met een lans doorboord. Vooral de mannen die met Benigno hadden samengezworen, maar ook, triest genoeg, de jongen Paulino Alén, die na de val van Humaitá met een gat in zijn keel naar het kamp in San Fernando kwam. Hij had geprobeerd de hand aan zichzelf te slaan en gefaald, en dus maakte López er een cadeautje van door het karwei voor hem af te maken. Stewart had zijn stem tegen deze of gene dood kunnen verheffen, maar werd voortdurend geconfronteerd met de algemene waarheid van de oorlog en de eer van hun zaak. Benigno had samengezworen – dat stond vast. Hij had een complot gesmeed om zijn broer een mes tussen de ribben te steken, het land aan de vijand uit te leveren, zich de voorraden toe te eigenen, de marcherende soldaten vlees te ontzeggen, alle soorten vet spek en lamsbouten, reuzel en koteletten en bloedworst en pens van het front weg te halen. Het gaf Stewart voldoening de man te zien sterven, want het was rechtvaardig. Het deed hem genoegen moeder López te zien jammeren, haar pose als De Maagd onder een of ander barbaars kruis. En ook om de traan uit het groene oog van de Kleine Kolonel te zien biggelen voordat hij zich omdraaide om zijn moeder van de kar te helpen.

Ergens onderweg was Stewart een werktuig van López geworden. Zoals iedereen. Ze konden hem voelen in hun bloed. De afschuwelijke roofzucht die je in zijn bezit kon nemen, het uitzinnige houwen en hakken – dat was López –, de vreselijke aandrang om te schijten die na het doden soms in je opzwol, zodat soldaten op het slagveld binnen het bereik van het vijandelijke vuur hun broek lieten zakken. Het was geen angst die hen incontinent maakte, maar een waanzin van het lichaam die hen tot barstens toe vulde en een uitweg zocht – ongeacht wat voor uitweg: ook vleselijk, in welk opzicht de mannen eindeloos hardnekkig en laaghartig waren.

Stewart, die doorgaans buiten het heetst van de strijd bleef, hield zijn broek schoon, zowel voor als achter. Hij beperkte zich tot onverschilligheid – een eng, jankend soort waanzin die een man de dood in kon jagen omdat zijn lelijke kop hem niet aanstond. Een beschaafd, meesmuilend iets dat door de hoop vijandelijke gewonden liep en die of deze de keel doorsneed. Dit waren allemaal genoegens. En hij wist dat als ze eenmaal naar buiten glipten, het hem nooit meer zou lukken ze terug te roepen.

Als de lijfarts van Il Mariscal leefde Stewart dicht bij het abrupte gebaar – een handbeweging die iemand het leven kon kosten. Hij probeerde niet te kruipen. Hij opende zijn dokterstas met besliste gebaren en sloot hem met een bevredigende klik. Toen werd hij te voorzichtig met zijn tas. Toen werd hij te slordig met zijn tas. Hij liet hem staan als hij op een mannelijke, gezellige manier op zijn hurken zakte en dagelijks de presidentiële voeten onderzocht, de eeltplekken en de vele kleine gewrichten. Hij wreef López af als een paard, betastte de pezen waar ze zich aan het bot hechtten. Hij vroeg naar zijn spijsvertering en keek achter een boom om zijn stoelgang te controleren, die steevast reden tot gelukwensen was. Hij tilde zijn lid op en wreef het in met een kalkmengsel om de druiper een cosmetischer consistentie te geven. Hij behandelde het lichaam van López met opgewekte handen. Dat te weigeren bracht niet alleen zijn persoonlijke gezondheid in gevaar, maar ook de gezondheid van alle aanwezige mannen, om nog maar te zwijgen van het welzijn van het hele Río de la Plata-gebied.

En soms vond Steward López, als hij met hem over de behoefte aan helden of de tendens tot mechanisatie in het moderne leven praatte (zijn voet nonchalant tikkend op de dokterstas), de evenwichtigste man ter wereld.

In Tacuari dromde het verspreide leger samen en bleef een week op dezelfde plek. Er was een *estancia*: een hoefijzer van schuren rondom een open binnenplaats waar López aan een tafel zat en schreef. Daarna leunde hij achteruit en las zijn aantekeningen. Hij praatte met een rij mannen en leek vonnissen uit te spreken. Daarna wuifde hij hen weg. Hij verschoof de papieren die voor hem lagen. Hij rangschikte ze in bepaalde patronen. Van tijd tot tijd verbrandde hij er een.

Verder was er geen waanzin.

Eliza moedigde het gevoel van respijt aan. Ze slaagde erin de plek de sfeer van een kleine badplaats te geven. Op de binnenplaats was een kleine bron, waar ze in houten bekers water uit putte dat ze persoonlijk naar de mannen bracht, hun voorhoudend hoe versterkend het was en vol geestdrift over de zuivere hoogten waar het vandaan kwam. Er was ook eten, uit de schuren. En hoe onzeker hun leven ook was, er waren dingen die je al een poosje niet gehad of gehoord had, bijvoorbeeld het tikken van regen op je dak, waardoor Stewart een middag lang in een trance van herinnering wegdommelde.

Hij was voor de duur van hun verblijf ondergebracht naast Eliza's vertrekken – een sympathiek kwartier: sinds ze halt gemaakt hadden, worstelde Stewart met een scherpe koorts die zijn eigen klok volgde – hij wist nooit wanneer hij zich zwak of helder zou voelen of wanneer hij het bed moest houden. Het was een klein, prikkelend kamertje zonder ramen en met één rottende deur. Waar de binnenmuur naar het dak klom, zat een gezegende opening in de vorm van een platte driehoek, een donker gat waardoor de geluiden van Eliza's 'salon' hem bereikten terwijl hij op de grond lag. Wat een Babel! Hij ontwaakte of viel in slaap bij de stemmen van haar zoons die Frans met hun moeder of Spaans met elkaar of Guarani met de soldaten spraken. Eén keer meende Stewart Duits of iets dergelijks te horen – Zweeds misschien – iets gutturaals en rationeels en prachtigs dat hem beval te gaan liggen en zijn kleren aan te houden. En één keer een hele zin in het Engels: 'Het boek ligt op de vensterbank,' wat het mooiste was wat hij in tijden gehoord had.

Het meisje legde een reinigend vuur in zijn deuropening aan, dat in het daglicht flets oranje opvlamde en met zijn hitte de binnenplaats erachter vervormde. Stewart zag dingen in de trillende lucht die hij besloot aan niemand te vertellen: niet aan het meisje, niet aan Venancia, niet aan zijn tante, niet aan zijn moeder, niet aan Eliza aan de andere kant van de muur. Geen enkele vrouw zou hij de dingen die hij zag vertellen. En hij hunkerde ernaar zijn ogen op Eliza's jongens te laten rusten, die hetzelfde bleven, stuk voor stuk, en ontspannen in de sluier van hitte.

Stewart kon zien dat het flinke jongemannen waren, en uiterst trots. Eliza had een bepaalde manier van zitten of zijn die hen met een ruk tot staan kon brengen als ze haar zagen – omdat ze haar natuurlijk aanbaden, zoals jongens doen; en zij adoreerde hen evenzeer. Als hun vader binnenkwam, stoven ze uiteen, maar ook hij was toegeeflijk, geduldig en vriendelijk. Er was niets ontaards aan zijn huishouden. Het had niets duisters dat Stewart gewaar kon worden, zelfs als het overal om hem heen donker was en zijn eigen dood even nabij leek als het gezin aan de andere kant van de muur. En vervolgens dichterbij. Zijn eigen dood scharrelde rond in de hoge driehoekige opening – hij rook de naderende verrotting, hij kon de lange zwarte nagels over de steen naar binnen zien kruipen.

'Heb je zin in een kopje koffie, schat?'

Het was moeilijk te zeggen hoe ziek of gezond hij was als dit soort zinnetjes op hem neerdwarrelden. Koffie? Hij moest op sterven liggen. Hij keek naar het meisje dat een lap natmaakte en zijn borst afveegde. De lap, het water, het meisje: die dingen waren echt. De koffie kon niet echt zijn Hij moest oppassen met koffie. Hij moest in leven blijven.

Toen rook hij hem.

En Stewart besloot dat alles echt was, in zekere zin. Want de goden kunnen voor zichzelf allerlei soorten gelukzaligheid scheppen. Het gemak waarmee ze rondrennen en praten en schreeuwen. De vrijheid die ze hebben. De heerlijke alledaagsheid ervan.

'Trek je schoenen uit, schat, en leg je voeten hierop,' zei Eliza de kannibaal. Eliza de boze. Eliza die zwanger Humaitá in rende, zich aan de voeten van Il Mariscal wierp en vroeg: 'Waarom haat je broer Benigno me? Waarom beledigt en vernedert hij me zo? Waarom?'

Maar Stewart ijlde en de dood zat ineengedoken tussen het strodak en de muur. De dood was een nest insecten, een dikke, krioelende zwarte driehoek, glanzend en deinend en afzakkend langs de muur om over hem heen te kruipen. En hij krabde en jankte in het stro, terwijl uit de kamer ernaast het geluid kwam van een kruk die op de grond werd gezet.

'Is dat beter?'

Nee. Hij ijlde en Eliza was net als elke andere echtgenote. Ze moest een beetje zeuren en treiteren; ze mocht nooit helemaal content zijn. Want zo waren echtgenotes nu eenmaal, het was hun noodlot: vrouwen moesten altijd tegengewerkt worden en mannen moesten altijd falen.

In de week van zijn koorts hadden ze, dacht Stewart, hoogstens twee keer gemeenschap gehad, in een verdergelegen vertrek. Natuurlijk hoorde hij veel meer, maar die gebeurtenissen onderscheidde hij van de minder echte aan de hand van de puppyachtige joekergeluidjes van López. Stewart dacht althans dat het López was. Voor Eliza zou het een raar gemiauw geweest zijn. Maar je wist nooit.

En zo lengde de week tot één lange, gouden middag waarin ze al met al zo gelukkig waren als je maar zijn kon, de duivel en zijn hoer. En Stewart deelde hun geluk aan de andere kant van de muur, terwijl zij hun leven inrichtten naar regels die zowel teder als esthetisch waren, terwijl Eliza de ene omslagdoek na de andere te voorschijn haalde om over de stoel te draperen, of de lamp verving door een kaars, omdat hij dat liever had.

En Stewart stond hun een leven toe zoals elk ander echtpaar: een gedeeld verleden, mogelijkerwijs doorspekt met momenten van grote vrijmoedigheid; in verlegenheid gebracht, soms, door emoties die hun verstrengelde lichamen in hun broosheid niet schenen te kunnen verdragen – bijvoorbeeld López na de dood van zijn vader of Eliza op een gewone zondagmiddag als het haar toeleek dat ze gevaar liep in haar eigen leven te verdrinken en zich aan hem vastklampte als een vrouw die schipbreuk had geleden.

En zo nam de koorts af.

Pancho riep hem. Zich met twee handen aan de deurpost klemmend leunde hij het kleine kamertje binnen en zei:

'Ik geloof dat mama iets mankeert.'

Stewart tuurde naar het silhouet van de jongen in het donker.

'Ogenblikje,' zei hij. En zo ging hij ten slotte naar de andere kamer.

Hij had gelijk gehad. Die was prachtig. Ze had het ruwe meubilair bedekt met grijsgroene en grijze draperieën. Aan de muur hing een penantspiegel, evenals een buitengewone klok. Er hing een parfum van seringen en een muffe, magische geur die 'thuis' leek te zeggen. Te midden van al deze gezellige rommel zat Eliza in een nerveuze, overspannen houding. Ze draaide zich niet om, maar beantwoordde de groet van de arts met:

'Inderdaad, een heel goede avond.'

En nog keek ze hem niet aan. Ze sprak uit haar mondhoek, alsof ze een ontluikende gedachte die zich op de tegenoverliggende muur leek te vormen niet wilde storen. Ze had haar ogen half dichtgeknepen, alsof ze probeerde de vorm van een vlek te begrijpen, een ontbrekend stukje witkalk misschien, een toevallig samenspel van licht en schaduw of de verschrikking van mos dat zich verspreidde in een hoek bij de deur.

Stewart dacht dat hij haar aangestoken had met zijn ijlkoorts, maar haar temperatuur was normaal. Hij tilde haar hand op en voelde haar pols. Toen palpeerde hij kortstondig het vlees onder haar kin, bij haar oren en onder haar schedel waar die op haar ruggengraat rustte. Heel even balanceerde Eliza's gezicht, haar grijze hersenen, in zijn handen.

Na welke zegening hij ging zitten.

Het kraken van de biezen zitting leek eindelijk haar aandacht te trekken. Ze keek naar hem, haar hoofd ietwat scheef, als een vogel. Het was een lange blik die uiterst vervreemd was, zowel van hem als van de wereld waarin hij zat.

Stewart zocht en vond de term: 'hysterische verlamming'. Dit overkwam vrouwen in Edinburgh van tijd tot tijd, meende hij zich te herinneren.

Toen hief ze haar hoofd en kwam met een ruk tot zichzelf.

'Dokter Stewart,' zei ze, 'ik had behoefte aan wat pijlwortelthee.'

'Natuurlijk,' zei hij.

'Pancho was zo vriendelijk. U weet dat ik er een hekel aan heb dat hij klusjes doet voor zijn arme mama, maar een betere jongen is er niet.'

'Mama,' zei Pancho.

'Of "jongeman", zou ik eigenlijk moeten zeggen. Kom eens hier, schat.' En Pancho stapte dapper naar haar toe en liet zich op één knie vallen. Hij keek zijn moeder aan en zij hem. Ze legde haar hand op zijn schouder en bij het voelen van haar aanraking liet hij zijn hoofd in haar schoot vallen.

Haar ogen op dat moment waren schemerblauw. Ze hadden de kleur van het licht als het afscheid neemt.

'Ze heeft me benoemd tot chef van de slaap,' zei Pancho. Stewart knikte. Hij was gekomen om met de jongen te praten. Of hij was gekomen om bij het vuur op de binnenplaats te zitten, waar ze toevallig het onderwerp zouden kunnen aanroeren van zijn moeder, die haar pijlwortelthee bij nader inzien niet had opgedronken maar sereen rondom López redderde toen die aankwam en een soldaat naar binnen riep om te zingen.

Daarna de nodige ophef over de piano, die meteen afgeladen en naar haar vertrekken gebracht moest worden. De avond ondraaglijk gemaakt door muziek, een liedje met de titel 'Barbara Allen', noten die je met een laagje bedekten en elk spleetje betastten. Toen de stilte eindelijk schoon was, liep Stewart naar buiten om te spugen en naar de sterren te kijken en met de erfgenaam te praten.

De jongen moest ongeveer zestien zijn. In het vuurschijnsel was zijn huid van een oneffen, glanzend bruin en hij zag er hoogst romantisch uit zoals hij bij het vuur hurkte, zij het ook dat hij ietwat somber in de baaierd van vlammen staarde. Hij dacht ongetwijfeld aan De Oorlog.

Hij had een zeer heldere blik. Stewart schepte troost uit zijn groene ogen, die vensters van licht in zijn gezicht waren. Hij schepte troost uit het feit dat dit hele reizende circus in ieder geval één rariteit bezat die 'de beeldschone jongen' genoemd kon worden. De jongen die simpelweg kijkt. En hij was niet de enige die zoiets voelde. Geloven in Pancho was een algemeen genoegen. De mannen keken naar zijn ogen zoals je naar de hemel zou kijken, voor de vertroosting van kleur, en ze verwenden de jongen met zijn juweelachtige starende blik.

Achter hem hield zijn halfbroer, de bastaardzoon van Juana Pesoa, zoals altijd vurig de wacht in de schaduwen.

Ze praatten van man tot man.

'Ik ben ook de baas van de piano. Ik heb mijn eigen brigade. 's Avonds tillen we hem op als hij opgetild moet worden. We houden hem vrij van vocht. Ik laat er een man onder slapen, voor het geval. Maar niet vanavond, want hij staat bij mijn moeder, binnen.'

Stewart vroeg niet wie de piano aan zou vallen, maar de jongen zei niettemin: 'Voor het geval. En bovendien is muziek een nobele zaak, nietwaar? Dat zeg ik steeds tegen de mannen, dat muziek net zo'n machtige bezigheid is als doden en op haar manier even nuttig. Ik laat ze voor "het beest" zorgen, zoals ze het noemen. Of soms ook "het beest van zijn mama", als ze willen dat ik ze sla.'

En vervolgens begon hij, alsof hij een lijst opgezegd had en meteen weer vergeten was, opnieuw.

'Nachtelijke veiligheid. Wat zij slaap noemt. Ik zorg persoonlijk voor het beddengoed. Ik maak het bed zelf op. Dat is een tedere plicht, weet u.'

'Zeg dat wel.'

De jongen wilde iets zeggen.

'Maar 's morgens, dokter, is het bed soms nog precies zoals ik het achtergelaten had, zelfs de lakens niet teruggeslagen. En soms is het zo omgewoeld en verkreukeld dat ik haar het liefst een standje zou geven. Ik zeg: "Mama, waar is dit goed voor? Als ik vier soldaten voor je deur heb staan die hun ogen openhouden opdat jij de jouwe kunt sluiten. Je zou onze nachtwacht moeten worden, je zou in onze dromen lopen.'

'Ze slaapt niet,' zei Stewart voorzichtig.

'Ze slaapt, geloof ik, in het rijtuig, een minuut of tien achter elkaar. Maar 's nachts slaapt ze niet.'

'Ze ziet er prima uit.'

Daar leek Pancho even over na te denken.

'Ze maakt altijd een schone indruk, dat is het hem. Ongeacht of ze geslapen heeft en ongeacht in welke tent of kamer. Ze maakt altijd een schone indruk.'

'Misschien omdat ze zo mooi is,' zei Stewart, en de jongen keek opgelucht. Het was inderdaad een last die hij torste – de onuitsprekelijke schoonheid van zijn lieve mama.

'Denkt u? Voor een zoon is dat moeilijk te zien. Maar inderdaad, ik geloof dat ze mooi is, hoewel ze nu oud is. Ik geloof dat een jongen dat zonder schroom van zijn moeder kan zeggen.

Stewart stond op. Hij was bekaf.

'Je moet zorgen dat ze frisse lucht krijgt als we weer verdergaan,' zei hij. 'De koets is potdicht.' En de jongen pookte ietwat mismoedig in het vuur en knikte.

Het zou allemaal gewoon doorgaan, dacht Stewart. Als ik dood ben en als López dood is. De zoon zou doorgaan, terwijl de Vrouw – de schone Vrouw – aan het handvat van de afschuwelijke machine van de wereld zou blijven draaien.

Zonder hen zouden we echt beter af zijn, dacht hij – als soort. Afgezien van alle omhaal. En het stemde hem triest dat de behoeften van een vrouw op zo'n monsterachtige manier bevredigd moesten worden, zo niet door haar minnaars dan toch door haar zoons. Dat Eva niet alleen Adam kuste maar ook Kaïn. Dat het allemaal verder sukkelt.

Toen hij in slaap viel, hoorde hij haar door de muur met de jongen praten.

'Pancho,' zei ze, 'waar hebben we dit ding vandaan?'

'Ik geloof uit de kathedraal in Asunción.'

'Nou, het is een foeilelijk ding.'

En Stewart bracht zijn dromen door met zich afvragen over welk ding ze het had.

De volgende avond zocht Stewart de jongen opnieuw op. Het was sterker dan hij. Hij wilde met de toekomst praten. Hij wilde die ogen zien.

'Ze kan nóg zo veel onzin verkopen, maar mijn positie is belangrijk, weet u. Als we haar kwijtraken zijn we volstrekt verloren.'

'Inderdaad,' zei Stewart.

Hoewel hij intussen in de jongen geloofde, niet in de moeder. De moeder van de jongen was een hoer. Stewart had de betekenis van dat woord nooit goed begrepen, maar nu begreep hij de betekenis. Het was het prikken op zijn huid van haat of afkeer – de ondraaglijke gevoeligheid waar zijn huid de nachthemel raakte. Een gevoel alsof hij viel. Stewart dacht dat hij ervan uit elkaar zou spatten. Het was een razernij en een hunkering en het enige woord dat hij eraan kon geven was 'hoer'. Alles was smerig en donker nu, en zijn wakende dromen stonken naar Eliza tot hij haar zoon op moest zoeken en zijn ogen op hem moest laten rusten.

Alsof Pancho zijn behoefte aanvoelde, probeerde hij de

oudere man op zijn gemak te stellen – maar natuurlijk viel het een jongen met zo'n opvoeding moeilijk de juiste toon te treffen. Hij besloot een verhaal te vertellen.

'Ik wedde met mijn jongens dat ze de heks Cordal niet zouden durven pakken,' zei hij. 'In Humaitá, toen ze nog in een kooi zat. Hebt u haar gezien? Als je een bot naar haar toe gooide, bekeek ze het alsof ze nog nooit een bot gezien had en mijn jongens deden het allemaal in hun broek – ze gooide het altijd terug en dan stoven ze schreeuwend uit elkaar – of ze knaagde erop met een verlekkerd gezicht en één keer stak ze het in haar geslachtsdeel of hoe je het ook noemt, haar kut, maar niet erg diep. Toen begreep ik dat ze ons uitdaagde en ik gooide de gesp van een riem in de kooi voor de eerste man die de heks Cordal zou pakken. U had mijn vader moeten horen lachen. Hij zei dat hij in zijn "Spreuken" zou schrijven dat een uitdaging een spiegel is, want zodra ik dat zei, was ik natuurlijk verplicht om zelf de kooi in te gaan en het te proberen. Maar ik deed het. Met de nodige moeite – want de kooi was klein en de heks, zoals u begrijpt, niet bijster voldaan.'

'Dat begrijp ik,' zei Stewart.

'Ze bokte vreselijk en ze spuugde. Ik zweer u dat ik schroeivlekken op de grond zag.'

'Serieus?' vroeg Stewart, die inmiddels niets meer hoorde.

'Ze heeft mijn vader een keer behekst, weet u, maar het werkte niet.'

Thompsons paard stierf. Stewart zoog aan zijn fraaie pezen. Hij kauwde erop, dagen achtereen. En toen hij de binnenkant ervan opgegeten had, droeg hij de schenkels van het paard over zijn eigen benen, met de vetlokken aan elkaar genaaid, als leren sokken of harige laarzen.

Op een dag keek hij vanaf de bergen neer op de zachtglooiende cordillera achter zich en zag dat het meisje verdwenen was. Ze was steeds kleiner geworden. Een poosje was het hem zwaar gevallen haar afwezigheid te beseffen. Stewart keek om zich heen, keer op keer, zich afvragend wat er ontbrak – was het zijn mes? De drie kogels die hij gevonden had om zijn pistool te laden als hij ooit buskruit kreeg? Toen hij zag dat het 't meisje was, keerde Stewarts geest zoekend terug op zijn schreden, niet naar het meisje maar naar de man die hij was toen hij het meisje nog bij zich had. Dagen geleden. Misschien een week. Toen hij hem vond – die gewezen versie van dokter Stewart – trok hij hem in zichzelf voor een heftige, kortstondige omhelzing.

Inderdaad, vertelde de man hem, ze was weg. Ze glipte steeds vaker de struiken in. Haar loslijvigheid veranderde in cholera, ondanks de inmiddels zo schone lucht om hen heen. Inderdaad, op het moment dat de cholera hen verliet, nam hij haar met zich mee. En 's nachts had haar lichaam gelekt in zijn losse omarming. En die morgen was ze gevallen en Stewart had haar niet opgeraapt. En waarom zou hij haar oprapen? Er was geen tijd. De Brazilianen zaten maar een paar uur achter hen. Er was geen terpentijn, geen braakmiddel om haar te behandelen, en het weinige dat hij nog had, was voor het exclusieve gebruik van señor López.

Waarop Stewart zijn oude ik weer liet gaan en zich opnieuw naar de koets wendde, die als een tor de flank van de heuvel op kroop.

Aan de oevers van de Aquidabánmi stierf de os die de pianokar trok, evenals veel van de mannen. Ze stonden op de rand van de hoge weidegronden, waar het woud minder dicht werd, een plek die gezegend werd door kolibries en minzame briesjes en cirkelende gieren die iets over die rivier geweten moesten hebben, want drie uur na het drinken van het water werd zowel mens als dier overvallen door buikkrampen. Ze hadden amper de kracht om hun tenten op te slaan en die nacht kon je López in het donker horen tieren, hoewel het ook een andere man geweest kon zijn –

een sterke man – brullend tegen de dood. Maar ondanks het gebulder had de dood, zoals ze zagen toen de ochtend aanbrak, de zwakste ossen en veel kinderen en een groot aantal vrouwen en mannen opgeëist.

López gaf bevel de piano daar achter te laten en moest zijn bevel herhalen. Zijn eigen zoon keek hem aan en ging toen snel aan de slag. En toen ze hem van de kar getrokken hadden, vouwden twee leden van zijn jongensbrigade de enorme doek op in de opvouwdans die je vrouwen ziet maken, herders die herderinnetjes komen kussen, heen en weer, op en neer en weer terug.

Eliza bleef in haar rijtuig. Ze deed alsof ze niet keek, maar zodra de piano op het gras stond, zetten de paarden zich weer in beweging. Stewart, die achterbleef om de overlevenden te verzorgen, keek het ding na, rechtop in een veld vol lichamen, stil of kreunend. De verleiding werd hem te veel. Hij tilde het deksel op en speelde voor haar ten afscheid. Terwijl de rij vluchtende Paraguayanen over de verre heuvels trok, liet Stewart zijn verwoeste handen over de toetsen dwalen. Hij merkte dat hij 'La Palomita' speelde, alsof de piano geen andere melodie kende, en dus sloeg hij een poosje dezelfde noot aan om hem een lesje te leren. En toen hij lang genoeg zijn blik afwendde – om naar de prachtige vogels te kijken, bijvoorbeeld, of naar de prachtige bergen – hoorde hij een oud deuntje uit zijn handen vloeien. Iets Schots, dacht hij, hoewel de naam ervan hem niet te binnen wilde schieten.

Toen hij ze die avond inhaalde, was López ongeduldig. Zijn ontlasting was geel, zei hij. Er zat een rookluchtje aan. Stewart schreef houtskool voor. Lachend zei hij dat daar in ieder geval genoeg van voorhanden was – en besefte toen hij naar López keek dat hij bijna gestorven was.

Maar hij was niet gestorven. Hij had iets te eten gekregen en was gaan liggen. Hij keek naar de sterren, terwijl zijn rug in de harde Paraguayaanse grond zocht en zwijmde, en hij luisterde, zoals iedereen, naar de ruzie in de presidentiële tent.

Ze maakten ruzie in het Frans. Van tijd tot tijd zag je een schaduwspel van lijven op het tentdoek, maar de schimmen groeiden of slonken hopeloos of verslonden zichzelf als ze van de ene wand naar de andere sprongen. Je kon niet goed zien wat er gebeurde. Eliza treurde natuurlijk om haar piano. Maar dat zou ze niet zeggen: ze zou het niet met zoveel woorden zeggen. In plaats daarvan somde ze een litanie op van dingen die ze te verduren had: eindeloos reizen en slecht eten en geen hulp en slecht gewassen kleren. Haar keel was zo vol dat ze zich verslikte in de woorden, ze moest ze uit haar keel dwingen tot haar stem brak tot een iel gekrijs, een gejammer.

'En wanneer gaan we trouwen, klootzak? Wanneer ga je met me tróuwen?'

Zo te horen stond ze vlak voor hem. Stewart stelde zich voor dat hij haar polsen vasthield. Ze probeerde hem te slaan of te bijten. Die prachtige tanden. Natuurlijk kon López een pistool pakken en haar doodschieten. Hij kon haar de tent uitduwen en haar met een lans laten doorboren voordat ze de grond raakte. Hij kon haar bij de gevangenen zetten en dagelijks laten geselen. En vervolgens – en dit was hun grootste troost in die laatste afschuwelijke dagen – kon hij geen van die dingen doen omdat hij van Eliza Lynch hield.

Stilte. De presidentiële lijfarts hield zijn adem in. Misschien had Il Mariscal een klap gekregen. Misschien had hij een zere lip of een pijnlijk kruis. De stilte hield zo lang aan dat hij zelfs dood kon zijn. Of anders zij. Of misschien gebeurde er helemaal niets; misschien zaten ze ieder een boek te lezen. Toen het geluid van tranen – Eliza die plotseling een huilbui kreeg en hem sloeg (of sloeg hij haar misschien? Hij was een bruut maar niet zó'n bruut), of was het eigenlijk wel slaan? Het had een ritme – en het ritme versnelde en verdichtte zich tot een dof hameren en toen, na een hoog, puppyachtig gejank, hield het op.

'Hoera!' zei het vrolijke gezicht van de jongen die aan de andere kant van Stewarts kampvuur zat.

'Hoera!' antwoordde Stewart hem, want kinderen waren de ergste spionnen. En hij zwaaide kortstondig met het stokje waarop hij zat te kauwen.

Als een man in een vrouw is, beheerst hij de wereld.

DEEL 4

De rivier

Bloemen

JANUARI 1855, RÍO PARANÁ

Eindelijk een stad van enige omvang. Ik zie hem in de rokerige verte, helemaal plat en los op het landschap, als een morsvlek die niemand wilde opvegen. De huizen zijn klein en kriskras door elkaar gebouwd, zo ver weg; dan duidelijker – een vlag, een waslijn. De rode pannen die ik langs de rivier gezien heb en waarvan de buikige rondingen steevast op de *estancia* van een rijke duidden, worden bij onze nadering zo talrijk dat ik me afvraag waar ze er zoveel vandaan hebben. Rode pannen. Honderden rode pannen. Duizenden!

Zo lang heb ik op de rivier gezeten.

Ik sta in de voorsteven, gezicht vooruit, buik vooruit. Het schip stampt achter en onder me, door mijn dikke hete voeten. Het is een wiegeliedje, gezongen in mijn botten. Toch wordt de slapende baby wakker bij de aanblik van deze stad aan de horizon; de blinde baby is verrukt door wat ik zie. Mijn bloed schildert hem een beeld van de naderende toekomst en hij roffelt zijn antwoord op mijn strak gespannen huidtrommel.

En hij houdt niet op. Terwijl mijn oog even blijft rusten en weer verder gaat – over de daken en de boten en de nu in zicht komende kades –, terwijl ik mijn handen samenknijp en bijna wring van opluchting en verwachting, draait en slaat en hamert het kind door. Is het een boodschap of is het een dans? Is het een worsteling met zichzelf, de drang om vrij te zijn? Ik voel zijn ongeduld – maar wat kan ik doen?

Kijk, kijk!

De baby die niet ziet maar dringend vraagt: Wat is het? Wat is het?

Thuis. Waar je vandaan komt.

Hoewel dit kind al van overal komt: Parijs, Rome, Madrid, Bordeaux. Het enige thuis dat het gehad heeft ben ik. En afgaande op het gestomp en getrappel, de kracht en felheid van zijn intenties, kost het hem zelfs moeite om daar te blijven. Mijn reizende jongen. Mijn man die de wereld in wil.

'Ze treffen je hard, je kinderen,' zegt mijn moeders matte stem in mijn hoofd. 'Ze treffen je hard en ze beginnen vroeg.' De gedachte dat ze best eens gelijk kon hebben maakt me moe. Maar nu ken ik ook, precies zoals zij destijds, het genot van zo'n onderwerping – aan de onverschillige vuisten en onverschillige glimlach van het kind van je eigen hart. Ik zal je uit mijn schoot laten, maar niet uit mijn armen. Ik zal je uit mijn armen laten, maar niet uit mijn hart.

En ook: 'Ga als je wilt – dit is ook een last voor mij.'

En dus sta ik in de voorsteven, stil en stijf als een standbeeld, terwijl mijn buik bruist. Kleine kinderen beginnen schreeuwend langs de oever te rennen als we voorbij de eerste hutten glijden: een meloenenakker, een slijkgat langs het water voor het wroetende varken, een meisje dat naar ons kijkt, haar dunne rok opgetrokken boven het water – zo vlak – dat tussen haar benen stroomt. Zo plat – ben ik gekomen om haar te vertellen – stroomt het helemaal naar de zee. En ze heft haar gezicht om ons voorbij te zien varen, en haar blik zegt dat ze altijd geweten heeft dat ze op een dag zoiets zou zien, zoiets moois, en als ze mij ziet staan, boven in de boeg, weet ze ook wie ik ben.

Maar mijn maag keert zich om bij het ruiken van zo veel menselijke bewoning en de baby draait de andere kant op. Het wordt tijd om naar binnen te gaan. Zo'n draai en tegendraai, zoals meneer Whytehead het misschien zou uitdrukken, dat ik plat op mijn bed moet gaan liggen, opnieuw onpasselijk gemaakt door het deinen en zuchten van de rivier, en hunkerend, echt hunkerend naar weer vaste grond onder mijn voeten.

Ik lig in het hete donker van de hut en stel me voor hoe statig het schip langs de oever glijdt. Ik span me zo in dat ik niet meer weet of we varen of stil liggen. Maar dan, veel later, hoor ik de mannen schreeuwen en ankerkettingen schuiven en ratelen. Het schip trekt de kabels strak en stopt. We zijn er. Ik kom overeind om door de patrijspoort te kijken en zie een dringende menigte op de kade. Het is precies zo'n menigte als die ik zag van de eerste boot waar ik ooit op gevaren heb, de pakketboot van Queenstown naar Plymouth. Wat inhoudt dat mijn leven in cirkels verloopt en bij nader inzien dus toch geen rechte lijn is.

Al mijn rusteloosheid verzandt in een stille weeklacht terwijl ik op het bed lig en denk aan alle dingen die ik meegemaakt heb, alleen maar om weer op mijn uitgangspunt terug te keren – alle reizen die ik gemaakt heb, de zeeën die ik overgestoken ben en de liefde die ik onderweg verloor of afdankte. Mijn familie, saai en kwaadaardig; ik zou ze bijna missen – en ik vraag me af waar mijn vader nu is.

Ik was tien en meende dat ze het op zijn leven voorzien hadden. De oogst was opnieuw mislukt en de rentmeesters die we elke dag aan de deur verwachtten, bleken steevast de armen te zijn, steeds berooider en hologiger. Een vrouw stak een paarse knokkel uit om mijn wang te aaien en zei, heel lief, dat ze me wel op zou willen eten, zo mooi en mollig als ik was. Toen het platteland verzwakte – bij het eerste of misschien het tweede lijk in de berm – werd mijn vader plotseling sterk genoeg om ons te verzamelen en mee te nemen en in het holst van de nacht naar een schip te brengen, achtervolgd, dacht ik, door die skeletten. Ze dromden op de kade, asgrauw in het toortslicht, en hieven hun handen naar de scheepswand alsof die een logge godheid was, de god van ontsnapping. Het kan best zijn dat een aantal van hen verdronk – ik was er in elk geval doodsbang voor, en nog steeds krimpt mijn maag samen als ik een plons hoor. Maar mijn herinnering bestaat uit flarden. Een gezicht misschien. En het eerste mannelijke lid dat ik ooit gezien heb, bijna even dik als de twee benen aan weerszijden ervan. De man – lag hij of zat hij? In ieder geval was hij stervende, heel loom, met zijn hand doelloos bewegend in zijn slappe schoot.

Ik geloof dat ik huil. De tranen glippen uit mijn ogen, heel snel en stil, alsof ze niets met mij te maken hebben.

We zijn er.

De ergst denkbare Atlantische oversteek, dat zei men althans in Buenos Aires: dagen en weken storm, het kapotte roer, de mannen allemaal ziek. Het merendeel van die gebeurtenissen buiten mijn gezichtsveld; mijn stomme lichaam, geteisterd door zijn eigen storm, rollend en kotsend tot ik bang werd dat ik het kind nog zou uitbraken.

En voortaan zal wat zich ook op die kade bevindt, welk pad daar, een meter of twee van de wand van het schip, ook begint, het pad van mijn leven zijn.

En O! alles stort met donderend geraas op me neer. Ik lig op mijn bed en zij ligt maar anderhalve meter van me vandaan, mijn toekomst, ze is maar een sprong ver weg. Ik zou het kunnen zwemmen. Een vlieg zou nu uit mijn toekomst kunnen komen aanvliegen en me steken terwijl ik nog in mijn verleden lig. En dan ben ik bang dat ik het misschien niet voor elkaar krijg. Dat ik er niet toe in staat zal zijn. Ik zal nooit mijn voeten op de plank zetten die naar de grond leidt waar mijn pad begint.

Normaal gesproken huil ik niet. Ik ben niet huilerig aangelegd. Ik druk met duim en wijsvinger op mijn oogleden om mijn gezicht voor verwoesting te behoeden, maar ik kan het niet tegenhouden. Het is net of alle slechte tijden teruggekomen zijn en aan me hangen. Waarom zie ik ze als vrouwen? – een troepje vrouwen dat huilend aan mijn rokken trekt en zegt: Je mag niet verdergaan.

Ik ben zo'n idioot. De weken nadat Misha me in Parijs liet zitten waren, dacht ik toen, de ergste weken die ik ooit mee zou maken. Idem toen ik uitgehuwelijkt werd aan die man, Quatrefages. Dito de herberg in Artenay. Ik zou een lijst kunnen maken van de ergste dingen die uiteindelijk allemaal best meevielen. Wat is Misha nog voor me? Alleen maar een pop, met zijn kleine blauwe jasje en zijn gesnoef. De herinnering aan zijn mond of zijn keel doet me niets meer. Het enige wat me nog kwetst zijn z'n leugens. Kijk eens naar deze pop (ik zwaai hem heen en weer in mijn hoofd) – hoe hij me voorgelogen heeft. Ai. Ai. Ai.

En nog steeds kan ik niet van het bed komen.

Lieve hemel, we zijn er. En ik denk dat ik hier – anderhalve meter van de wand van dit schip – veilig ben. Ik zal verlost zijn van M. Raspail en meneer Bennett en al die anderen. Ik zal veilig zijn voor hun jaloezie. Want ze waren, denk ik, allemaal jaloers op me, zoals een man jaloers kan zijn op een schilderij waar hij wel geld voor kan geven maar dat hij nooit echt zal bezitten. Zoals mannen jaloers zijn op alles wat mooi is.

Ik zal een rijtuig hebben dat helemaal zwart is. Het zal mijn begrafeniskoets zijn. Het zal het zwartste ding zijn dat je ooit gezien hebt en mijn vlees erin het witste. En als López me hier aan mijn lot overlaat, zal ik er spiernaakt en onzichtbaar in rondrijden, en mijn naam zal luiden: Heb-Het-Hart-Eens.

Doe de deur open.

Dit zijn de dingen waaraan ik denk terwijl de tranen mijn gezicht ruïneren en de baby schopt en worstelt om vrij te zijn. Ik denk dat mijn naam Sterfelijkheid is.

Arme zwangere Dora, die denkt dat ze een man kan doden door alleen maar op een bepaalde manier naar hem te kijken. Daar ligt ze op het bed – haar huid vol uitslag, haar voeten zo groot dat ze de hielen uit haar schoenen moet snijden. Haar buik is erg heilig, weet u. En terwijl die groeit, verschrompelt Dora. Wat kan haar redden? Alleen liefde, natuurlijk. En een klein beetje geld.

Ik ben zo ver van mezelf verwijderd dat ik Francine niet binnen hoor komen. Ze trekt me aan mijn schouders omhoog en ik huil en zeg dat ik er niet toe in staat ben, dat ze me niet mag dwingen. Ik zeg ook (althans dat geloof ik) dat ze moet weten dat ik haar, voor het geval ik doodga, alles vergeef wat ze me aangedaan heeft. Ik schaam me meteen voor mijn kletspraat – we schamen ons allebei. Francine zegt niets, maar laat me weer zakken, terwijl ik blijf huilen. Ze veegt mijn handen af met iets koels, evenals mijn gezicht.

'Wat moet ik doen?' zeg ik steeds. 'Je ziet wat voor iemand hij is.' En zo verder, tot Francine zegt:

'U moet van hem houden. Er zit niets anders op.'

Mijn zonneklare Francine. Ze heeft gelijk. En een gloed trekt door mijn bloed bij de waarheid ervan. Heel plotseling. Ik heb een plekje in mijn ziel gevonden waar ik kan staan – het plekje waar ik van López houd. Het is erg verheven en eenzaam, maar ook gezellig, ook warm. Ik staar naar het plafond. Ik heb het gevonden. Mijn tranen zijn opgedroogd.

Dan worden, met een klap, mijn blikjes met poeder en verf op de kaptafel gezet. Een ruis van lila als ze mijn jurk optilt en over mijn voeten laat vallen.

'We zullen ze een stukje Frankrijk laten zien,' zegt ze.

Ik zucht en mijn verdriet wordt verrukkelijk. Ik ben aangekomen. Ik ben verliefd. De weg is bereid. Deze jurk was twee maanden geleden de nieuwste kleur in Parijs, en hij is de nieuwste kleur op dit gigantische continent: hij is de toekomst en hij omhult me.

Toch ben ik bang. Ik kan me in het openbaar niet meer gedragen. Dat weet ik. Kijk eens hoe ik huil en beef als ik alleen ben. Het komt door de baby – zijn omvang, die me nu zo dom en onmachtig maakt. En hoewel ik me in gezelschap kan beheersen, lukt dat maar even. Alles moet kort zijn tegenwoordig. Aankleden. Wandelen. Alles moet kort zijn.

Ik mompel dit als een soort refrein, terwijl ze me in de kleren steekt. Directoire, onderrok, geborduurde onderrok, gesteven jupon, gebreide katoenen kousen, korset. Mijn buik verzet zich tegen haar rijgen. Halverwege ons geduw en getrek wordt mijn bult opeens helemaal hard. En tegelijkertijd begint ook het krampen, een gevoel op je huid zoals je op je hoofd zou hebben als ze je haar te strak aantrokken. Het kruipt van twee kanten en komt samen in het midden. Ik duw de meid van me af en ga zitten en denk na en begin langzaam te tellen, terwijl ik met mijn hand over mijn huid strijk.

Begint het?

Francine kijkt naar mijn vragende aanraking en zegt:

'U voelt het heus wel als het komt, reken maar.' De hardheid smelt weg tot de gebruikelijke bult en we strikken de veters – snel, snel – als mijn buik even niet oplet.

Chemise, ondermouwen, jurk. Mijn prachtige lila hoed.

En zo zit ik op mijn stoel en trek mijn gezicht in de plooi. En zo wordt het tijd.

Ik moet van hem houden, want door zulke enge spleten in ons leven moeten we ons wringend en kruipend een weg zoeken. Ik moet houden... niet van zijn grootheid, maar van het verdriet in zijn bruine ogen. Ik moet houden... niet van de ring, maar van de dierbare hand. Dat is de enige weg voorwaarts, de enige weg erdoorheen.

Maar als hij de hut in komt, oogverblindend in het blauw, heb ik geen tijd om hem te vertellen dat ik van hem houd, nu. Ik kus zijn lieve mond en zeg dat ik vijf, misschien zeven minuten heb om weer stralend en compleet te worden. Waarna ik weer een dier word. Ik heb precies pvijf minuten, zeg ik, als we op de loopplank stappen en de wind mijn voile optilt, en daarna zal ik in totale onmacht op de grond liggen.

En mijn nobele Lief perst mijn arm zo hard tegen zijn zij dat ik op lijk te stijgen van de druk – strak, strakker – tot ik op mijn tenen naar beneden en door de adulerende menigte zweef, met hun lachende, opdringende gezichten. Ik hef een hand om mijn gezicht te beschermen tegen iets wat me wordt toegeworpen. Een bloem. Iets vuurroods dat als een grote klodder bloed door de lucht op me toe vliegt. En ik weet dat ik me op één gezicht tegelijk moet concentreren, tegen één kind tegelijk moet glimlachen. Een oude man. Een vrouw. Een man. Een meisje. Ze strekken hun handen naar me uit, maar niet open, niet in een smeekbede. Ze beschrijven kleine cirkels in de lucht – bravo, bravo. Een vechtersbaas dringt de rest achteruit om een palmtak onder onze voeten te leggen en ze lachen en roepen; niet López! López! maar Barrios! Barrios!, wat de naam van de jongen met de palm moet zijn, en ik voel me – hoe kan het ook anders? – welkom geheten als door mijn eigen familie: Kijk, zeggen ze. Hier is Barrios, onze nar.

Toch tikt er een klok in mijn bloed. Vijf minuten, vijf minuten. En het gevoel van de blije aarde onder mijn voeten maakt mijn buik heel hard en pijnlijk. Het lijkt wel alsof ik het hiervoor onderdrukt heb. Harder en harder omklemt hij mijn hand, terwijl we naar de plek lopen waar de rijtuigen staan. Hier zijn we in het nadeel omdat we te voet zijn, maar we spelen het als een echtpaar dat een wandeling maakt in het Bois: hij pronkt met zijn Franse manieren en tilt zijn Franse hoed op en loopt door terwijl ik buig en glimlach, denkend dat ik nog nooit mensen met zo veel haar heb gezien, een gezin dat één grote wenkbrauw is, zelfs de vrouwen moeten zich scheren. En tegelijkertijd in mijn hoofd tot zestig tellend, want ik besluit dat ik bij negenenvijftig mijn wang in het welkome stof gedrukt zal hebben. Maar even na de veertig zijn we er. Miltón springt in een rijtuig om me naar binnen te helpen. López geeft me een zetje van onderen en met een klein beetje hulp laat ik me bevallig en giechelend als een meisje op de bank zakken.

Een bloem valt voor mijn voeten op de grond. Nog een. Het regent bloemen. De paarden zijn stevig en rustig terwijl we ons een weg door de drukte banen. Miltón staat op het spatscherm alsof het de boeg van de Tacuarí is. De zon schijnt door zijn gerafelde broek en maakt er gaas van, en opnieuw komt hij me mysterieus voor; zijn dunne botten en zijn zachte, oude gezicht. Hij zwaait en de menigte schreeuwt. Wat tevens het geluid is van het bloed in mijn oren als de klok van mijn lichaam begint te luiden.

IK HAD EEN vrolijke bevalling. Althans een poosje. Ze zeggen dat het vrouwen vreemd maakt en elke vrouw op een andere manier, maar de vloed van mijn vruchtwater maakte me aan het lachen en de strakheid van mijn buik leek zo op lachpijn dat ik vond dat ik net zo goed mee kon doen. Het nam ook helemaal bezit van me, net als lachen. Ik moest me met beide handen aan het bed vastklampen, onmachtig van de pret die zo dicht bij pijn staat. O Here. O Here. Iets anders moet je niet zeggen. En dan: Het komt eraan. Iets wat nog leuker is dan het vorige. Zo leuk dat ik doodga. Het kan zijn dat ik een beetje gek was.

Ik lag in een vreemd vertrek. Het was wit. Er was, geloof ik, al een dag voorbijgegaan sinds onze aankomst. Een bezorgd uitziende matrone boog zich over me heen, klokkend en lief. Voor de ramen hingen dofrode gordijnen, honderd jaar oud, zo vergaan dat toen ik er een beetgreep, het in mijn vingers uiteenviel. Ik vond het vreemd dat de stof niet zozeer scheurde als wel brak: honderden draden en dwarsdraden die allemaal loslieten. En toen de stof scheurde, of misschien iets later, voelde ik iets soortgelijks in mijn binnenste, een splijten of een loslaten, ik weet niet precies wat.

Toen Francine met de dokterstas binnen kwam, besefte ik

dat ik me niet alleen vastklampte aan oude gordijnen maar ook aan mijn laatste beetje verstand, en waar ik dat voor bewaard had was precies dit moment – het ogenblik waarop de dokter met zijn venijnige dot chloroform de deur binnen komt. En ik weet hoe bang ik al die tijd ben geweest, niet voor de pijn, die het lot van alle vrouwen is, maar voor doodgaan, en nog meer: voor de mogelijkheid dat de baby dood zou zijn. Dat mijn Lief daar zou staan en naar me zou kijken met een armzalig stuk vlees in zijn handen.

De tas komt binnen, maar de dokter niet. Francine loopt terug naar de deur en er is onenigheid. Miltón is er en Stewart ook, ik weet het zeker. Dronken, denk ik, de man is dronken. De wereld is stom geworden. Ik geloof dat ik krijs. Francine grabbelt in de tas. Miltón staat voor me met zijn vinger op zijn lippen en hij is zo vastbesloten dat ik stil moet zijn dat ik ophoud en plotseling naar de kamer luister. En ja, zeg ik, ik kan ze horen. Ze maken een hoog, helder geluid, heel zuiver. Ze verzamelen zich in de vorm van de kamer, Miltóns demonen. Ze zitten in de kromming van een hoek, of in de schuine lijn van een schaduw die van het luik naar de grond valt. De drie lijnen die een hoek vormen, zijn de drie noten van hun lied, of misschien is het maar één noot – prachtig mooi. Het is een a: ik zou hem op de piano kunnen spelen. En hoewel het maar één noot is, lijkt het een hele symfonie, alsof hij een heleboel andere noten aangedragen moet krijgen. En hij klinkt nog steeds zuiver – een a – simpel en puur. Ik voelde dit in een flits, de vorm van de kamer, de vorm van de demonen daar, de noodzaak stil te zijn terwijl de baby in me zijn zeilen hees.

Deze dingen herinner ik me: dat de baby hoog en groot onder het bot voer tot ik dacht dat ik in tweeën zou splijten, niet in pijn maar zoals een vrucht open kan barsten van plezier over zijn eigen rijpheid. Het hoofdje kwam. Hij spiraalde de wereld in als een schroef die uit me gedraaid werd, en zijn neus leek erg groot. Dat dacht ik toen de rest van hem nog in me zat, en het leek zo'n vreemd of onwaardig moment dat ik in de lach schoot, en de lach perste zijn schouders eruit en de rest glibberde vanzelf naar buiten. En hij ademde.

Een jongen. Ik wist het. Ik zal hem Juan Francisco noemen, naar zijn vader. En het verzachten tot 'Pancho' voor mezelf.

Hij scheen verbaasd te zijn van zijn eigen huilen – althans dat dacht ik. Maar ik ben al te gek op hem. En toen, even later, was mijn Lief er. Hij pakte de jongen bij zijn nek, vlocht zijn vingers om de vogelbotjes van zijn enkels en hief hem hoog boven zijn hoofd, alsof hij hem aanbood aan het plafond, of het raam, of de straat beneden. En hij schreeuwde terwijl hij dat deed. Hij brulde. Allemaal tot grote ergernis van Miltón, die naar hem toe rende en keef als een vrouw. Waarop López de baby afstond. Hij smeet hem bijna naar de matrone, van wie ik nu weet dat ze Juana Pesoa heet.

En later ligt hij in de kromming van mijn arm. Ze zeggen dat je van een kind moet houden – maar niet te veel! Ze zeggen dat je dit moet doen of dat moet doen. Maar een woord als 'liefde' betekent niets voor ons. Het is niet eens een gevoel dat ik voor hem koester, of hij voor mij. Het is een stilte, of lijkt althans heel veel op stilte. Het is de innerlijke vorm van mij – en het is de uiterlijke vorm van hem. Het is niets waar je een woord tussen kunt steken.

En nu maak ik me zorgen over de manier waarop zijn vader mijn jongen optilde, als om het noodlot te tarten: de geesten of goden van dit land. Hoewel ik weet dat we ons eigen leven maken. Wie weet dat beter dan ik, die eindelijk mijn leven gemaakt heeft – met deze reis, deze man. De kroon op het werk van een vrouw, noemde juffrouw Miller het altijd. Nou, zie mij eens, ik heb een kind dat nooit honger zal hebben, en sterker nog, juffrouw Miller, ik heb een kind gekregen dat altijd rijk zal zijn. En als ik naar zijn lelijke kleine gezichtje kijk, verbaast het me: hoe voorzichtig

– ondanks al mijn fouten –, hoe vreselijk voorzichtig ik geweest ben.

Het enige vreemde aan dit alles is dat als ik een paar weken later het huis zoek om de vrouw te vinden en haar te bedanken (wie weet de enige vriendin die ik hier zal hebben), ik het niet kan vinden. Ik vraag naar het huis van Juana Pesoa en krijg aanwijzingen, maar ik sla de ene hoek na de andere om in mijn kleine faëton. Dit gebeurt zo vaak dat ik de paarden door een jongen aan de halter naar de deur laat leiden, maar het huis waar we stoppen heeft maar één verdieping, terwijl het huis waar ik bevallen ben er twee had. In mijn herinnering althans. Toen het gordijn in mijn hand uit elkaar viel, stond ik bij een raam en keek naar de straat beneden me. Er liepen mensen met hun eigen besognes, zich van niets bewust. Maar dit huis heeft blinde muren, een fraai gesneden houten rooster voor het enige raam, dat over een steegje op een andere muur uitkijkt.

Als ik aanklop, doet de dienstmeid van Juana Pesoa inderdaad open. Om me gerust te stellen laat de vrouw des huizes me de kamer zien waar Pancho geboren is. Hij heeft een raam dat uitziet op de binnenplaats en het gordijn dat ik in het stoffige licht zie hangen is nog steeds gescheurd.

'Ik dacht dat ik hoog zat,' zeg ik. 'Ik dacht dat ik op de eerste verdieping was.' En ze kijkt me aan.

Schoon linnen

MAART 1870, CERRO CORÁ

Hij moest begraven worden voordat hij verrotte. Hij was enorm dik, nog steeds. Zijn ogen waren niet dicht en niet open: onder elk ooglid blonk een blind zwoerdje wit – door hun flauwe kromming net twee kleine glimlachjes. Eliza liep de hele lengte van het lichaam af, van zijn hoofd tot zijn voeten. De dood maakte hem kleiner: ze moest plotseling halt houden toen ze bij het einde van hem kwam. Ze stopte, draaide zich om en liep terug naar zijn hoofd. Op deze manier legde ze nog een keer, en nog een keer, zijn hele lengte af, en toen een jonge Braziliaanse kapitein naar haar toe liep, duwde ze hem zonder haar pas te onderbreken van zich af.

Toen bleef ze staan bij zijn middel en keek naar hem. López lag zoals hij uit de rivier getrokken was – zijn tenen elegant omlaag wijzend en zijn armen langs zijn zij. Het water had zich vermengd met het bloed uit zijn wond en strepen op zijn hemd gemaakt, het laatste stukje schoon linnen in Paraguay. Daardoor leek het alsof hij niet gestorven was aan een kogel maar ten gevolge van een klein huiselijk ongelukje. Het leek alsof hij gestorven was aan een vlek.

Eliza schoof een bleke arm opzij, trok haar voet terug en gaf hem een trap in zijn ribben. Met een flodderig geluid reutelde de laatste lucht uit zijn longen en alsof ze daarvan schrok, gaf ze hem snel opnieuw een trap, in zijn nek. Daarna liep ze weer naar zijn voeten. Bij haar volgende ronde schopte ze tegen zijn hoofd, en zijn schedel was zo zwaar en hard dat ze haar voet leek te bezeren. Het hoofd viel opzij en rolde weer terug, terwijl ze haar teen naar achteren haalde en zacht op en neer bewoog. Bij het terugrollen gingen zijn ogen helemaal open, als om zich bij de grassprietjes die ongezien vlak bij zijn dode oogbal groeiden over de schop te beklagen.

In de tussentijd waren de mannen naar de rand van het bos gekomen om te kijken. Niemand verroerde zich. De Braziliaanse generaal Camarrá had een contingent klaarstaan om haar te beschermen, want de Paraguayaanse vrouwen begonnen de dood van López te bejammeren. Het was een verslagen, meelijwekkend geroep, alsof ze het lijk even makkelijk zouden verscheuren als begraven. En als ze hem niet konden vermoorden omdat hij al dood was, zouden ze zich misschien behelpen met haar.

Eliza luisterde. Ze bukte zich en trok iets uit de laars van het lijk. Het was een mes, maar in plaats van het op te heffen en in haar eigen hart te steken liet ze zich op haar hurken zakken en stak het met kracht in de grond, precies op de plek waar zijn ogen naar de grassprietjes blikten. Al gravend praatte ze tegen hem in het Engels om iedereen uit de buurt te houden. Je hoorde het metaal door de grond vreten en de luide zinnen die ze sprak. Soms afgewisseld door zacht gefluister in het Frans, de taal die ze spraken als ze alleen waren. Van tijd tot tijd stopte ze en rechtte haar rug, want het mes was klein en haar handen waren klein en het gat dat ze voor zich zag, zou pas die avond van aarde ontdaan zijn.

Halverwege de middag huilde ze even en krabde sneller, de droge rode grond met haar blote handen op- en wegscheppend om een ondiepe schaal te maken die, als je ernaar keek, misschien groot genoeg was om de wilde dieren van hem af te houden. Daarna stond ze op en bracht zichzelf op orde. Ze veegde haar rok af en trok haar mouwen omlaag. Ze stopte een losse haarlok achter haar oor, stak toen haar handen achter haar hoofd en trok haar weelderige haar los. Het viel op haar rug en ze schudde het uit en gooide het over een schouder, waarna ze het pakte en er een mysterieuze knoop in legde. Het was zo'n bedreven gebaar – een, twee handbewegingen. Daarna hield één hand de massa omhoog, terwijl de andere de speld pakte die plotseling tussen haar tanden zat alsof ze hem had opgehoest.

Ze keek naar de mensen. Ze liep om het lijk van Francisco López heen, zodat het tussen haar en het gedolven graf in lag. Daarna bukte ze zich opnieuw en begon hem erin te schuiven en vervolgens te rollen.

En zo was het bijna gebeurd.

Stewart keek het kamp rond dat ze de avond daarvoor hadden opgezet, nu verwoest en onder de voet gelopen. Ze zaten in een breed dal, een hoge schotel in de bergen – de Cerro Corá. Een man met een pakmuildier had hem de naam verteld en was doorgelopen. Ze hadden hem laten gaan – alsof dit geen oorlog was, met alles wat een oorlog vereiste, maar enkel een weg die ze volgden en die je ook in de tegenovergestelde richting kon bereizen.

López begon de slag kwijt te raken – hij die meer dan iemand anders begreep wat een oorlog van je verlangt: dat je je eigen broer doodschiet, je eigen zwagers doodschiet. Dat je je moeder laat zweren dat jij het enige wettige kind bent van je vader Carlos Antonio, de vorige dictator López. Dat je één verhaal uit iemands rug en vervolgens een ander verhaal uit zijn borst ranselde. Dat je voortdurend de details veranderde of, als de details hetzelfde bleven, de conclusies veranderde. Dat je de feiten grillig en glibberig liet zijn, zodat de vijand als het ogenblik komt niets tastbaars vindt om te doden.

Maar de man liep door, levend, en mocht zijn waardevolle muildier meenemen, en hij liep tot hij het Braziliaanse leger vond en leidde het terug naar hun schuilplaats, het meetrekkend als speelgoed aan een touwtje. En zo kwam het dat de man die López verried de man was die hij behandeld had met de meeste – nonchalante – egards.

Ze slopen van twee kanten het dal in, zich schuil houdend in de plooien van de bergen, en zonder te stoppen of te hergroeperen, zonder de geringste strategie hadden ze zich op het Paraguayaanse kamp gestort. Misschien was het duidelijk dat er geen strategie vereist was, en gekwetst door deze laatste onheusheid keek Stewart om zich heen naar de vluchtende, grabbelende menigte van mensen die alle voorraden of kinderen die ze mee konden nemen bij elkaar graaide en naar de rivier de Aquidabánmi rende. Misschien was 'menigte' intussen een te groot woord. Ze waren een reizend circus, een verdrijving, een dorp dat uit een open plek komt zwerven. Ze waren mensen die geen leven meer te verliezen hadden.

Desondanks wierpen de Brazilianen zich op hen als een grijnzende roversbende, naar elkaar fluitend en zwaaiend met wapens, zwaarden en lansen – ze waren te dichtbij voor vuurwapens en te verspreid voor een massagevecht. Een soldaat die laag en hard kwam aangalopperen hieuw iemand met zijn sabel het hoofd af en werd toegejuicht alsof hij een truc vertoond had toen de verbaasde nek zijn uitroep van bloed in de lucht spoot.

Een man draaide zich struikelend om met de bedoeling Stewart dood te schieten, en hij had het gezicht van een jongen van middelbare leeftijd. Er was een ziekte die dat teweegbracht, dacht Stewart, toen de bejaarde tiener zijn geweer tegen zijn schouder zette – wat was de naam ook weer? De luide keelklanken van het Portugees klonken hem als mismaakt, boosaardig misschien, in de oren; als door de mangel gehaald Spaans. Stewart vond het erg buitenlands klinken. Toen schoot hem te binnen dat hij een Brit was en dat alle talen dus eigenlijk buitenlands waren. En ten slotte besefte hij dat er, als hij een Brit was, geen reden was om hem dood te schieten, omdat dit strikt genomen niet zijn oorlog was.

Met plotselinge overtuiging hief hij met één hand een lege fles terpentijn en met de andere een Smellie-verlostang om aan het verschrompelde kind te laten zien; beide snel uit zijn open tas gegrist. Het kind keek ernaar en strompelde verder, zijn benen nog steeds gekruist in hun dodelijke dressuur. Het geweer bleef op Stewarts gezicht gericht, onder een steeds scherpere hoek, en schoof weg – en precies op dat moment haalde de jongen de trekker over, wendde, nog steeds schreeuwend, de loop af en rende verder.

Stewart keek naar de verlostang. Die had de vorm van een gigantische schaar. Elke poot was een lus van metalen lint, gevormd om rond de zachte contouren van een babyhoofdje te passen. Misschien waren de lussen bedoeld om rond de oortjes van een baby te passen. Stewart was er niet helemaal zeker van. Hij had de tang uit Groot-Brittannië meegebracht om Pancho, Eliza Lynch' eerste zoon, te verlossen. Het was het laatste instrument in zijn bezit van 'William Stewart, arts en vroedkundige', en hij verbaasde zich dat het nog steeds bestond: dat het niet was geslepen om tot snij- of steekwapen te dienen en niet stuk was gezaagd voor schroot. Stewart gebruikte het vooral bij het koken – het was handig om iets uit een pan te pakken of iets om te draaien in het kampvuur. Maar er was duidelijk iets aan die zwartgeblakerde tang wat hem tot een dokter bestempelde, of tot te gek om te doden, want alle Brazilianen reden hem voorbij, terwijl hij neerkeek op de verlostang die hem zijn eigen leven geschonken had. En toen het erop zat, toen men zich bewust werd van het einde – dat mysterieuze besef dat met zo'n vaart door een slagveld flitst dat strijdende mannen elkaar aankijken en aarzelen en stoppen. Toen het voorbij was – al heel gauw – stond Stewart in een weiland, levend.

Het werk dat voltooid was, was het doodschieten van Francisco Solano López. Er was niet veel geschoten en

Stewart meende het schot in kwestie door de schaal van de heuvels te hebben horen schallen, nog lang nadat het de vluchtende rug van de man had getroffen.

Eén soldaat beweerde het gezien te hebben, toen ze in de schaduw van de bomen stonden – later zaten – om een oogje op Eliza Lynch te houden. Hij zei dat het midden in de rivier was gebeurd. Het paard probeerde onder hem uit te krabbelen toen Il Mariscal met een ruk overeind schoot – bijna verbaasd – en vervolgens vooroversloeg op de nek van het dier. De man zei dat het paard er niets van moest hebben en López in het water wierp, waar hij even spartelde alvorens de bellen begonnen op te stijgen. Dus hij was evenzeer gedood door zijn paard als door de Brazilianen, zei hij. Een paar meter verder en hij zou misschien ontkomen zijn, of anders misschien krijgsgevangen gemaakt, in welk geval hij nu bij hen zou zitten. Dat was zo'n verbijsterend idee dat iedereen stilviel en naar de plek keek waar hij lag om er zeker van te zijn dat hij nog steeds dood was.

Sommige mannen sloegen een kruis.

Een ander zei dat het paard wist dat het tijd was. Hun grootste afkeer, hun grootste angst, zei hij, is iemand verpletteren. En een dode man op hun rug is nog erger. Ook zei hij dat López dol was op dat paard. Op alle paarden, zei hij even later. Hij zei dat López van elk paard hield waar hij ooit op gereden had. En dat de paarden die liefde beantwoordden. Meestal althans.

Stewart wilde weg, maar dat ging niet, want ze stonden op een kluitje onder de waakzame blikken van de Brazilianen.

'Dokter,' zei hij opnieuw tegen de schildwacht. '*Inglés. Inglés.*' Maar hij werkte de man op de zenuwen – zijn rossige haar, dacht hij; het feit dat zijn gezicht zo verveld en korstig was door de laatste lange maanden in de zon. Hij zag er inderdaad nogal uit als een ziekte, en nog een buitenlandse ook. En dus grinnikte hij – een innemende grijns – en liep weer terug naar de mannen.

Ze zaten op de grond en waren gedwongen, als boete misschien voor hun vele misdaden, toe te kijken hoe Eliza het lijk, eerst het ene eind, dan het andere, naar het gat rolde. De benen van Francisco Solano López gingen eerst, gevolgd – heel traag – door de rest van zijn lichaam, dat een halve slag draaide toen het viel, zodat zijn gezicht nog één laatste keer opkeek alvorens in de grond te verdwijnen.

Daarna stond ze op – alsof ze, dacht Stewart, wilde dat iedereen de staat van haar jurk zag. 'Kijk eens wat jullie met mijn mousseline gedaan hebben,' hadden haar handen kunnen zeggen. Ze liet ze zakken in een tragisch gebarenspel dat ook had kunnen betekenen: 'Moge God ons vrouwen barmhartig zijn. De dingen die uit ons vallen en die we nooit meer op kunnen rapen.'

Ze liep naar waar Pancho lag en knielde bij hem neer. En nog steeds durfde niemand haar te helpen toen ze een arm onder de knieën en een arm onder de lendenen van haar zoon schoof. Zo probeerde ze hem op te tillen, zoals je een ziek kind zou optillen, maar ze kon het niet. Zijn verstijvende benen rezen in een komisch soort schop omhoog waardoor het bovenlichaam weer terugviel. Eliza liet eerst het ene, toen het andere been vallen en probeerde het opnieuw. Ditmaal begon ze met een hand onder zijn lendenen en daarna reikte ze naar de knieën, maar haar armen waren te kort voor de lengte van haar dode zoon en uiteindelijk sloeg ze ze allebei om zijn bovenlichaam en droeg en sleepte hem zo op haar knieën naar het graf.

Het was bijna donker. Stewart had de tijd om dit alles gade te slaan: de armen van de jongen die zich spreidden terwijl zijn knielende, trekkende moeder hem naar het gat sleepte dat ze in het gras had gemaakt. Zijn hoofd hing opzij om zijn moeder de huid van zijn oor en keel te laten zien. En zijn ogen waren op de mannen gericht.

De Kleine Kolonel keek naar hen over het gras. Zijn gezicht werd gekleurd door de zonsondergang. Het leek het gezicht van een heilige – hij was zo jong en zijn groene ogen werden verglaasd door het rood van de vlammende hemel. Eliza liet hem aan de rand van het graf op de grond vallen, tilde vervolgens zijn hoofd en schouders op en begon ze in het gat te duwen. Ze tilde en duwde nog meer. Maar het werd duidelijk dat ze zichzelf in de weg zat, en dus stond ze op om naar de andere kant te lopen. Daarbij moet ze op de zoom van haar jurk getrapt hebben, want halverwege werd ze abrupt tegengehouden en scheurde er iets. Eliza keek naar de naad waar haar rok aan het lijfje genaaid was en haar gebogen lichaam stiet een geluid uit dat Stewart zich zijn hele leven zou herinneren.

'Waarom hielp je haar niet?' vroeg Venancia vele jaren later. En Stewart keek zijn vrouw met liefdevolle verbazing aan.

'Ze zouden me doodgeschoten hebben,' zei hij.

Maar hij dacht niet aan Eliza en niet aan de lijken en zelfs niet aan hoe één daad tot een andere had kunnen leiden, maar aan de rivier die met de nevel speelde en het avondappèl van de vogels in de Cerro Corá.

Iemand was haar ook te hulp gekomen, in het begin. De schildwachten lieten hem aanvankelijk zelfs gaan – misschien omdat zijn gezicht zo rauw en naakt was. Op enige afstand van haar bleef hij staan en maakte een merkwaardig bedekt gebaar in haar richting. Zijn houding was hunkerend, reikhalzend, en zijn hand fladderde naar het midden van zijn borst alsof hij wilde zeggen: 'Pssst!' Toen ze haar hoofd optilde en naar hem keek, richtte hij zich op en glimlachte. Toen duwde de schildwacht hem weg. Het was de oudste zoon van Francisco López, zag Stewart, de zoon van zijn eerste maîtresse, Juana Pesoa.

Die avond praatten de krijgsgevangenen – grotendeels creoolse Spanjaarden en Guarani's van waarneembare rang – over het noodlot. Stewart was verbaasd over hun temperament, maar: 'Filosofie is de luxe van de verslagenen,' zei de neef van zijn vrouw, Federico Báez. Ze vertelden over de veldslag van die dag alsof deze jaren geleden had plaatsgevonden. Hoofdzakelijk verhalen over hoe ze zelf ontkomen waren, de gebeurtenissen waaraan ze hun leven dankten. De oorlog was afgelopen. Het was alsof het bloed terugstroomde naar een slapend been en sommige mannen huilden; er hing zo veel verdriet in de lucht dat ze elkaar op de wang en de mond kusten en een aantal van hen in elkaars armen in slaap viel.

En Stewart zei dat je ondanks de vele verschillende manieren waarop je de loop van een leven kon volgen, soms toch zou denken dat je hier hoe dan ook terechtgekomen zou zijn. Dat je toch de persoon geweest zou zijn die je bent, op de plaats waar je bent, kijkend naar een bepaalde vrouw die haar zoon begraaft. En de verhalen die je je kinderen vertelt, over reizen en toevallige ontmoetingen, over verdwaalde kogels en het rollen van de dobbelstenen – misschien zijn ze waar, maar uiteindelijk zijn ze toch niet noodzakelijk.

'Waarom heb je die schaar dan nog steeds vast?' vroeg Federico Báez, en Stewart zag dat hij de zwartgeblakerde verlostang sinds twaalf uur die middag niet uit handen had gelegd.

Tijdens de lange voettocht naar huis werden nog veel meer verhalen verteld. Een ervan ging over Eliza die een berg lijken beklimt – als een voddenraapster of een vrouw die iemand verloren heeft –, zoekend naar één enkel gezicht. Iedereen scheen het te kennen en elke man zag een ander gezicht. Volgens een van hen was het 't gezicht van een minnaar, een Braziliaan die na López' dood in de bres zou springen. Een tweede zei dat het gezicht dat ze zocht het gezicht van een vrouw was en dat ze, toen ze het vond, met haar ring over haar wang en oog kraste alsof ze het lijk wilde laten bloeden. Een van Il Mariscals vrouwen hoogstwaarschijnlijk, waarvan er zoveel waren. Maar dat is het probleem met wraak – je kunt de doden niet doden. Het verdríet dat je voelt, zei hij, als je vijand dood is en je hem geen pijn meer kunt doen.

Een klein hondje

1873, EDINBURGH

Venancia had er even weinig bezwaar tegen om te vertrekken als Stewart, na de dood van hun laatste baby. Bovendien kon je in Paraguay moeilijk geld uitgeven, en ze schenen tegenwoordig een heleboel geld te hebben. Het probleem met Paraguay was dat alles bedacht en besteld en verscheept moest worden. En natuurlijk maakte de oversteek alles veel mooier – een stoel, een sjaal, een geglazuurde porseleinen roos; wat voor tierelantijntje het ook was, het werd het opmerkelijkste tierelantijntje ter wereld, tot je de doos openmaakte. Er zat iets in de lucht van Asunción wat dingen deed verschrompelen.

Dat was uiteindelijk Eliza's talent, zei Venancia. Een talent voor verschepen. En voor hun vertrek ging ze naar La Recoleta en kwam terug met een fraai smeedijzeren hondje met een smalle, scherpe rug. Het duurde even voordat Stewart zag wat het was – een laarzenschraper die bij Eliza's voordeur had gestaan. Eén maar? De tweede had iemand anders al meegenomen, zei Venancia; ze had een jongen moeten betalen om deze uit het beton te hakken waar hij in was gestort.

Als Venancia iets was, was het wel hard. Stewart wist dit, hoewel de koude lucht van Schotland haar bedeesd en bovenmatig vriendelijk leek te maken.

'O zeker,' zei ze bijvoorbeeld tegen een plaatselijke zeurkous bij de thee. 'O, daar ben ik het helemaal mee eens.'

Waarop Stewart naar het raam liep om het uitzicht te bewonderen.

Soms vond hij haar verstopt in een kamer, waar ze maté dronk uit die onsmakelijke kalebas. Ze had een vreselijke voorliefde voor asperges en hield haar eigen kippen in een hok bij het huis. Verder leken ze geen van beiden nog sporen te dragen van de oorlog en de magere jaren die ze doorstaan hadden.

Venancia's schoonheid had natuurlijk erg geleden, maar dat kwam door de kinderen. Ze kon elke leeftijd zijn, dacht hij soms, van dertig tot dood. Stewart had altijd een zwak voor oude vrouwen gehad, hoewel hij nooit verwacht had er een in zijn bed te vinden, of er zelfs, zoals wel eens voorviel, min of meer onvoorzien gemeenschap mee te hebben, iets wat hem steevast ietwat lacherig maakte.

Vroeg in de avond, als Venancia het drukst bezig was, liep hij soms zonder reden achter haar aan, van kamer tot kamer, tot ze hem met fladderende handen van zich af joeg, iets wat hem altijd amuseerde, alsof ze samen iets heel geestigs hadden gedaan.

Dit was de vrouw naar wie hij van San Fernando tot de Cerro Corá verlangd had. Nu stond ze voor hem – een vrouw met dezelfde naam als de vrouw in zijn hoofd. Dit, dacht hij ten slotte, was liefde. En inderdaad, als ze dichtbij kwam, voelde hij soms iets soepels, iets los dat leek op de losheid van de tong van een man in de mond van een vrouw, of het wisselende spel van de herinnering, of een gevoel van vlees dat bezwijkt.

Op een herfstige dag ging Stewart naar het centrum van Edinburgh om zijn raadsman te spreken en zijn zwangere dochter te ontmoeten en met haar over de Royal Mile te wandelen. Ze zag er echt Schots uit – wat inhield dat ze haar moeders schoonheid was misgelopen, maar wel Stewarts goede manieren geërfd had, en hij was vreselijk trots op de inhoud van haar buik, die iets, en niets, met hem te maken had. Het was net zoiets als met je stem gooien, dacht hij. Of een vis vangen door de lijn los te laten.

En dus was hun wandeling heel statig en huiselijk en schitterend, terwijl Stewart hier en daar zijn hoed afnam voor een kennis en zijn dochter naast hem zacht pufte. Zo'n respectabele voortplanting op de Royal Mile – het had veel weg van een vergezicht: de toekomst die zich voor hem opende, terwijl hij voelde hoe zijn eigen leven zich sloot.

Maar toen ze voorbij de St.-Giles kwamen, onderging de straat een subtiele mutatie en keek Stewart om zich heen om te zien wiens ogen hij voelde. Het was een bediende in livrei – zo minimaal aanwezig als het een knecht betaamde. Dat was het misschien: dat hij té afwezig was. Het was alsof hij zichzelf omringde met roerloosheid, en in die roerloosheid moest Stewart plotseling denken aan bomen. Geen platanen of iepen of zelfs eiken, maar bomen die in het voorbijgaan in je oog tikten, bomen die, als je de moeite nam om te kijken, elk van een krankzinnige variatie en karakter waren. 'Als je hier doodgaat,' leken ze te fluisteren, 'vreet ik je botten op. Maar heel erg langzaam.'

Het was de roetmop, Miltón. Iets schoner dan de laatste keer dat hij hem zag, maar nog steeds dezelfde indiaan die van San Fernando tot de oever van de Aquidabánmi schoon graan at terwijl dat van Stewart beschimmeld was; die zich op een avond naar Stewart toe boog en in zijn oor fluisterde: 'Water, chambertin, Latour, champagne,' alsof hij er geen woorden in stopte maar zijn tong.

Stewart voelde zich ietwat onteerd door die ogen op zijn dochter. Of misschien gezegend. Want de man lachte naar hen – en het was zo open en vriendelijk, dat was het mysterie ervan. Het was de glimlach die het meisje hem gaf als ze, hoog in het Amambaigebergte, aan zijn stijgbeugel liep. Bedachtzaam en toch vrij: een geschenk. Het was altijd zoveel meer dan hij verdiende, dacht Stewart – waar die mensen het ook vandaan haalden.

Daarna keek hij vol paniek om zich heen op zoek naar Eliza Lynch.

Ze was voor hem langs gelopen. Ze was op nog geen halve meter voor hem het trottoir overgestoken, op weg naar een deur in de Royal Mile. Hoe kon hij haar gemist hebben? Ze straalde iets huiverigs uit, alsof de straat haar podium was, de stenen vol vervoering. Een kap van vossenbont speelde met het idee om van haar goudblonde lokken te glijden terwijl ze voor de deur stond te wachten. Hij kon haar gezicht niet zien. Toen draaide ze zich iets om en streek met de rug van een gehandschoende hand over haar wang. De handschoen was roodbruin en de mouw van haar jurk rood – een herfstthema: ze was het seizoen zelf, vlammend van copieuze verrotting en glorieus triest. Ze was ook een oude slet. Misschien kon zoiets in Parijs, maar dat goudblonde haar was schandalig fleurig onder de hemel van Edinburgh.

Haar begroeten was uitgesloten, maar hij vond het opwindend zo dicht in haar buurt te zijn. Eliza Lynch: veranderd – oud misschien – maar in eigen persoon, ongeacht in wat voor vlees. De deur viel achter haar dicht en Miltón wendde zich naar het rijtuig waar ze uit was gekomen; een fraaie kleine cabriolet met een hondje op de bank. Het hondje – of kon het zijn dat Stewart het zich louter verbeeldde? – was dezelfde kleur geverfd als het haar van zijn vrouwtje.

Stewarts hart bonkte alsof hij aan een dodelijk gevaar was ontsnapt, een kogel of een aardverschuiving – maar de straat was in het geheel niet veranderd. Zijn weg vervolgend voelde hij een groeiende hitte tussen zijn schouderbladen die Miltóns blik geweest kon zijn. Of nog waarschijnlijker de drang om zich om te draaien en op precies het juiste moment voorbij te lopen. Zijn besluit was bijna genomen. O, om weer voor haar te staan, oog in oog. Het genoegen. Hij zou er goed geld voor betalen om het voordeel van de verrassing te hebben: haar duidelijk te maken, door een koelheid, een flauwe glimlach, een neigen van zijn hoofd, dat nee, dat hij haar niet vergaf. Hij vergaf haar niets. Niet de oorlog, niet het geld. Niet zijn hele leven.

'Voelt u zich wel goed, papa?'

Toen hij haar voor het laatst zag, was ze geketend.

Ze moet met de Braziliaanse generaal Camarrá gesproken hebben. Eliza was vijfendertig toen López doodgeschoten werd, te oud om het onschuldige meisje te spelen, te recentelijk van haar minnaar beroofd om de hoer te spelen. Stewart kon de hoge, gekwetste toon die ze tegen hem aansloeg bijna horen, maar ze moet iets anders hebben geboden dan haar lichaam. Geld, zeker – het was zonneklaar dat bij zoiets geld kwam kijken. Maar mensen met geld waren er legio. Ze moet iets anders hebben geboden – dat ondefinieerbare iets wat ze had. Haar faam. De wending die een vrouw maakt als ze zegt 'Ik ben mooi', die een man hulpeloos maakt, ongeacht of het werkelijk waar is.

Of misschien mocht hij haar gewoon, net als de meeste mannen.

Of ze had misschien 'Red me' gezegd – en het was waar dat de dames López, als hun een half uur tijd was gegund, haar met blote tanden verscheurd zouden hebben.

En of Camarrá nu goed of gehaaid was, Stewart zag haar in ieder geval in Concepción in een kanonneerboot klimmen. En, ketenen of niet, gevolgd worden door al haar bagage – tot de laatste koffer – alsook door haar jongere zoons, haar gevolg en de weduwe Díaz.

Ze ontsnapte.

Zodat Stewart en de andere gevangenen over het rivierpad sjokten, terwijl generaal Camarrá op zijn paard met het grootste genoegen de meest verguisde vrouw tussen hier en Buenos Aires salueerde en de boot de stroom vond en afzakte naar Asunción.

STEWART VROEG ZICH niet af wat ze zo veel jaar later in zijn eigen woonplaats deed; ze bracht een bezoek aan haar advocaten, net als hij. Ze moesten drie dagen later voor de rechter verschijnen, want zo loopt het af, dacht hij, niet met de dood maar met een rechtszaak – een kwestie van vijftigduizend pond die op zijn naam naar de Koninklijke Bank van Schotland was overgemaakt, een promesse die Eliza beweerde in haar bezit te hebben. Dit was een vrouw die de gouden kammen uit de haren van de prostituees genomen had, een vrouw die het land uitgezogen had. Ze had hem persoonlijk een brief geschreven. Een hele tirade – waarin ze vrijelijk met het woord 'trouweloosheid' strooide.

'Trouweloosheid.' Stewart deed zijn ogen dicht. Hij lachte. En toch voelde hij zich trouweloos. Zonder enige reden voelde ook hij zich trouweloos.

Eliza Lynch beweerde dat het geld uitvoerbelasting op de export van maté was die op een buitenlandse bank was gestort om te worden gebruikt door de kinderen van de dictator. Ze kon zeggen wat ze wilde. López was nooit met haar getrouwd. En als het geld inderdaad van haar was, nou, dan hoorde het toe aan ene Xavier Quatrefages, haar wettige echtgenoot. 'Lang niet het ergste beest,' zoals ze die nacht bij het kerkhof bij La Recoleta gezegd had. 'Maar evengoed een beest.'

De naam was hem altijd bijgebleven.

'Papa?'

'Ja hoor, schat. Prima.' Hoewel hij zich allesbehalve prima voelde. Hij was hard aan een borrel toe. Hij wilde zijn dochter bij Eliza Lynch uit de buurt halen. Hij wilde naar huis en zijn laarzen schoon schrapen en zijn vrouw zien.

DANKWOORD

Ik heb uitgebreid geput uit het werk van Josefina Plá (*The British in Paraguay in the* 19th *Century*, Richmond 1976) en van Helene Clastres (*The Land-Without-Evil: Tupí-Guarani Prophetism*, University of Illinois Press 1995). Wat de rest betreft: Eliza Lynch schijnt haar Engelstalige biografen tot allerlei hatelijke vormen van overdrijving te bewegen. Een aantal feiten lijkt evenwel altijd hetzelfde te blijven, en rondom deze feiten is dit (amper minder geromantiseerde) verslag opgebouwd. Maar het is een roman. Het is Niet Waar.

Mijn dank gaat uit naar The Arts Council/An Comhairle Ealíonn in Ierland, naar de fantastische staf in het Tyrone Guthrie Centre in Annaghmakerrig en naar de bibliotheek van Trinity College in Dublin.

Mijn bijzondere dank aan Mario Rosner in Buenos Aires voor een afbeelding van wat hoogstwaarschijnlijk de Tacuarí is, aan de vrienden en vriendinnen die het manuscript gelezen hebben en aan Shane Enright voor aanvullende bibliotheekwerkzaamheden.